फरेब

समीर

डायमंड बुक्स

प्रकाशक : **डायमंड पॉकेट बुक्स (प्रा.) लि.**
X-30 ओखला इंडस्ट्रियल एरिया, फेज-II
नई दिल्ली-110020
फोन : 011-40712200
ई-मेल : sales@dpb.in
वेबसाइट : www.diamondbook.in

Fareb

By : Sameer

फरेब

अचानक बाहर कहीं बादल गरजे और वंदना भय से कांप गयी। रात्रि के ग्यारह बज रहे थे और बलराज साहनी अभी न लौटे थे। चिंता का कारण यह था कि संध्या के समय किसी अज्ञात व्यक्ति ने उन्हें फोन पर धमकी दी थी और कहा था कि आज की यह रात उनके जीवन की अंतिम रात भी हो सकती हैं।

साहनी यह सुनकर मुस्करा दिये थे।

वंदना ने उन्हें बाहर जाने से रोका था। आग्रह किया था कि वो आज की रात घर से बाहर न जायें। साहनी फिर भी चले गये थे।

साहनी से कोई रिश्ता न था उसका। यूं ही दुर्भाग्य के थपड़े सहते-सहते एक दिन वह उनकी दुनिया में आ गयी थी। अपनों के नाम पर कोई था नहीं। जो थे-वे सब परायों की भांति एक-एक करके उसके जीवन से दूर चले गये थे।

अकेले जीना कितना कठिन होता है- वंदना ने यह उसी दिन जाना था। बिना पतवार की नाव अन्ततः डूब ही जाती है- किनारा कभी नहीं मिलता। साहनी उसके लिए पतवार न बनते तो...? सोचते ही वंदना के अस्तित्व में भय की लहर-सी दौड़ गई।

सहसा फोन की घंटी बजी।

वंदना ने रिसीवर उठाकर कहा- 'हैलो।'

'कैप्टन कुमार।' दूसरी ओर से कहा गया।

'अंकल कहा हैं?'

'बीनापुर-फ्लाइट टू टू की प्रतीक्षा कर रहे हैं। जयदेव, टोनी और खान उनके साथ हैं।'

'तुम कहां हो?'

'एयरपोर्ट पर।'

'तुम जानते हो- संध्या के समय एक अज्ञात व्यक्ति ने...।'

'गीदड़ भभकी थी वह।'

'फिर भी-अंकल को आज की रात बाहर न जाना चाहिए था।'

'अंकल का स्वभाव ही कुछ ऐसा है वंदना। खतरों से खेलना उन्हें अच्छा लगता है।'

'मुझे तो भय लगता है कुमार।'

'भय क्यों? मैं जो हूं उनके साथ। क्या तुम्हें अपने कुमार पर भरोसा नहीं?'

'मेरे लिये यही काफी है कि अंकल तुम पर भरोसा करते हैं।' वंदना ने इससे अधिक कुछ न कहा और रिसीवर रख दिया। कुमार अंकल का अंगरक्षक भी था और उनका प्राइवेट सैक्रेटरी

भी। किंतु संभवतः अंकल का कुमार से इससे अतिरिक्त भी कोई रिश्ता था तभी तो वह उससे अपने बेटे के समान स्नेह करते थे।

बैठे-बैठे बंदना सोचने लगी। बड़ी विचित्र होती है रिश्तों की यह डोर भी। न बंधते देर लगती है और न ही टूटने में समय लगता हैं। आनंद से भी क्या रिश्ता था उसका? कभी जब ठाकुर साहब की हवेली के सामने से गुजरती तो उसे देख लेती। बांका छैला जवान था।

घुंघराले बाल-बड़ी-बड़ी आंखें और होंठों पर गुलाब जैसी मुस्कराहट। देखकर नजरें झुका लेती।

कई बार तो रात के समय भी वह उस हवेली के सामने से गुजरी। विवशता थी-वैद्य जी का घर उधर ही था और प्रायः उसे बापू की दवाई के लिए वैद्य जी के घर जाना पड़ता।

उस दिन भी ऐसी ही विवशता थी उसके सामने। बापू की हालत अचानक ही बिगड़ गयी थी। वैद्य जी से दवाई लेकर लौटी तो एकाएक मूसलाधार वर्षा आरंभ हो गयी।

काजल जैसी स्याह रात और वर्षा- कांप गयी थी वह। घर दूर था- अतः वर्षा से बचने के लिए वह हवेली के सामने पीपल के नीचे खड़ी हो गयी थी। एकाएक किसी ने उसे संबोधित किया था- 'तुम्हारा नाम वंदना ही है ना?'

आवाज के साथ ही वह उछल गयी थी। चेहरा घुमाकर देखा-बरसाती ओढ़े आनंद उसके समीप खड़ा था। कांप गयी थी वह। बड़े लोगों का क्या भरोसा? सोचा था- चल दे। किंतु वह अपने पग उठाती- आनंद ने उससे फिर कहा था- 'तुम-दीना की बेटी हो?'

'ज-जी।'

'दीना की हालत ठीक है शायद।'

'जी।'

'फिर तो तुम्हें ऐसे मौसम में घर से बाहर न निकलना चाहिए था।'

'जी-मजबूरी थी।'

'कोई बात नहीं,' बरसाती उतार कर आनंद ने उससे कहा था- 'इसे ओढ़ लो और घर जाओ। वर्षा तो इतनी जल्दी न रुकेगी।'

'जी-मैं यूं ही चली जाऊंगी।' कहते ही वह आगे बढ़ गयी थी।

तभी बादल गड़गड़ाए-दूर कहीं बिजली गिरी और वंदना की विचारधारा भंग हो गयी। लंबी गहरी सांस लेकर उसने वाल क्लास को देखा-रात्रि के ठीक बारह बज रहे थे।

***

बीनापुर एयरपोर्ट से लगभग दो किलोमीटर की दूरी पर यह रेतीला मैदान था। बलराज साहनी अपने साथियों सहित इसी मैदान में मौजूद था और आंखों पर दूरबीन लगाये आकाश को देख रहा था।

सहसा साहनी का ध्यान टूट गया। आंखों से दूरबीन हटाकर उसने देखा-पश्चिम की दिशा में किसी गाड़ी की हैडलाइट्स दिखलाई दे रही थी।

यह देखकर निकट खड़े एक लंबे व्यक्ति ने साहनी से कहा- 'सर-शायद कैप्टन लौट आये हैं।'

'सावधान रहो- कोठारी के आदमी भी आदमी हो सकते है।'

'नो सर-मुझे ऐसी आशा नहीं?'

'खान-हमने सिर्फ इतना कहा कि सावधान रहो।'

'यस सर।' खाना ने कहा और इसके साथ ही उसकी उंगलिया स्टेनगर के ट्रेगर पर कस गई।

कुछ ही क्षणोपरांत आने वाली गाड़ी साहनी के निकट आकर रुक गयी। गाड़ी से उतरने वाला व्यक्ति कैप्टन कुमार था। गाड़ी से उतरते ही उसने साहनी से कहा- 'फ्लाइट एक घंटा लेट है अंकल।'

'यह क्या मुसीबत है।'

'मौसम खराब है अंकल।'

'हूं- और कुछ?'

'इंस्पेक्टर आनंद इस समय एयरपोर्ट पर ही है।'

'होने दो। और-कोठारी?'

'उसकी गाड़ी मुझे पुराने ब्रिज के पास मिली थी।'

'अकेला था?'

'साथ में चार आदमी और थे।'

'कुछ कहा उसने?'

'अंकल आप तो जानते ही हैं कि उसका स्वभाव कुत्तों जैसा है,' कुमार बोला- 'कुत्ता सिर्फ भौंक सकता है- इसके अतिरिक्त और कुछ नहीं कर सकता।'

'काट भी सकता है।'

'चिंता न करें अंकल- ऐसे कुत्तों को हम खत्म करना भी जानते हैं।'

'हूं।' बलराज साहनी कुछ सोचते हुए जीप में बैठ गया और सिगरेट सुलगा कर बोला- 'एक बात समझ में नहीं आती कुमार।'

'वह क्या अंकल?'

'कोठारी को यह जानकारी किस प्रकार हुई कि हमें अपना माल इस मैदान में प्राप्त होता है?'

'हो सकता है अंकल-उसने कई बार हमारा पीछा किया हो- वैसे-हमारा माल हवाई मार्ग से आता है- मेरा ख्याल है- कोठारी को इस बात की जानकारी न होगी। यदि ऐसा होता तो इंस्पेक्टर आनंद कभी भी अपनी फोर्स के साथ यहां पहुंच जाता।'

'कोठारी कभी पुलिस से दोस्ती नहीं कर सकता।'

'अंकल-आप भूल रहे हैं कि प्रायः खिसियानी बिल्ली खम्बा भी नोचती है।' कुमार ने कहा।

'हो सकता है।' बलराज साहनी ने केवल इतना ही कहा और जीप से उतर कर वह फिर से आकाश को देखने लगा। वातावरण में अब किसी विमान के इंजिन की गड़गड़ाहट सुनाई दे रही थी। कोई विमान निरंतर नीचे झुकते हुए रनवे की ओर बढ़ रहा था। बलराज साहनी यूं ही मैदान में चहल-कदमी करने लगा। कुमार उसके साथ था।

कुछ क्षणोंपरांत उसने कुमार से पूछा- 'तुमने वंदना को फोन कर दिया था?'

'जी।'

'सो रही होगी?'

'संभवतः आपकी प्रतीक्षा कर रही थी। बहुत चिंता रहती है उसे आपकी।'

'कुछ पराये अपनों से भी अधिक होते हैं। कहकर बलराज साहनी ने उंगलियों में दबी सिगरेट एक ओर को उछाल दी।

कुमार ने कहा- 'अंकल।'

'कहो।'

'एक दिन मां से कुछ बातें हुई थी।'

'वह क्या?'

'आपके विषय में।'

'शांता हमें अच्छा इंसान नहीं समझती, यही ना?'

'नहीं अंकल- मां तो सदैव ही आपकी प्रशंसा करती हैं। जब भी मिलता हूं- उनकी जुबान पर आप ही का नाम रहता है।'

'क्या कहा शांता ने?'

'बता रही थी- आपकी एक बेटी भी थी।'

'बस करो कुमार।'

'जी।'

'अतीत को कुरेदना ठीक नहीं होता। बीती हुई स्मृतियां हमेशा दुःख देती है। बहुत-बहुत पीड़ा होती है कुमार।'

'सॉरी अंकल।'

'शांता से कहना- हमारी जिंदगी की कोई भी गुजरी हुई कहानी वह तुम्हें न सुनाया करे।'

'जी।' कुमार ने कहा। उसने देखा- साहनी मन की किसी पीड़ा को दबाने के लिए अपने होंठों को काट रहे थे।

उसी समय फिर किसी विमान की गड़गड़ाहट सुनाई दी और बलराज ने शीघ्रता से दूरबीन आंखों पर लगा ली। यह देखकर कुमार चिल्लाया- 'फ्लाइट आ चुकी है अंकल।'

'सिगनल दो।' इतना कहकर बलराज साहनी तेजी से पूर्व की दिशा की ओर बढ़ गया।

तभी एक कर्णभेदी धमाका हुआ और इसके साथ ही समस्त वातावरण तेज रोशनी से जगमगा उठा।

***

प्रभात का समय था। रात की बूंदा-बांदी के पश्चात् आकाश अब साफ हो चुका था। वातावरण में निखरी धूप खिली थी।

इंस्पेक्टर आनंद अपनी ड्यूटी पर जाने की तैयारी कर रहा था और ठाकुर प्रताप सिंह जैसे शोक की मूर्ति बने उलझी-उलझी नजरों से अपने बेटे को देख रहे थे।

अन्ततः मौन को तोड़ते हुए बोले- 'संध्या से पहले तो लौट आओगे?'

'नहीं पापा। हो सकता है- सुबह से पहले न लौट सकूं।'

'फिर-शाम की गाड़ी का क्या होगा?'

'मैं रामदेव को कह दूंगा। वह आपको स्टेशन छोड़ देगा।'

'तुम दो-चार दिन का अवकाश नहीं ले सकते?'

'वह क्यों?' बैल्ट कसते हुए आनंद ने पूछा।

'परसों रामनगर वाले आ रहे हैं। समझ में नहीं आता-उन्हें क्या उत्तर दें।'

'कह दीजिये-आनंद का अभी शादी का कोई इरादा नहीं है।'

'कब तक कहेंगे हम यह सब' उठकर ठाकुर साहब बोले- 'कब तक कहेंगे लोगों से कि अभी हमारे वंश में कोई बहू न आयेगी? आनंद-एक सीमा होती है प्रत्येक बात की। दुनिया को तुम न तो अधिक समय तक धोखे में रख सकते हो और न ही मूर्ख बना सकते हो। आखिर एक न एक दिन सच्चाई सामने रखनी पड़ती है।'

'सच्चाई आप जानते हैं आप। मैंने आपसे आरंभ में ही कहा था कि मेरे जीवन में वंदना के अतिरिक्त अब कोई लड़की कभी नहीं आयेगी- किंतु आप..।'

'वंदना वंदना।' एकाएक गुस्से से चीख पड़े प्रताप सिंह-'कान पक चुके हैं हमारे यह सब सुनते सुनते। दुःख होता है हमें- जब तुम हमारे सामने किसी भिखारिन की चर्चा करते हो। आखिर तुम्हें यह तो सोचना ही चाहिए कि तुम्हारा संबंध किस वंश और खानदान से है।'

'ठाकुर वंश और खानदान की बहुत सी कहानियां मैंने सुनी हैं पापा। दौलत के नशे में चूर और केवल अपनी ही इज्जत के लिए जीने वाले आप जैसे लोग-प्रेम की भाषा को क्या जानें। आपको चाहिये केवल दौलत और अपने वंश की मर्यादा! भले ही इसके लिए आपको किसी का हृदय तोड़ना पड़े- अथवा किसी का खून करना पड़े।'

'आनंद।'

'क्षमा करें पापा- मैं ऐसी दौलत और मर्यादा से घृणा करता हूं। आप ही आपसे प्रार्थना करता हूं कि आप मेरे विषय में सोचकर अपने आपको परेशान न करें।',

ठाकुर साहब यह सुनकर क्रोध से कांपने लगे और बोले-'तो ये तुम्हारा अंतिम निर्णय है?'

'हां पापा।'

'तुम विवाह न करोगे?'

'नहीं।' आनंद ने दृढ़ता से उत्तर दिया और आलमारी से रिवाल्वर निकालने लगा।

उसी समय रामदेव ने कमरे में आकर नाश्ता लगा दिया।

आनंद ने उससे कहा- 'रहने दो रामू-मुझे देर हो रही है। और सुनो-पापा यदि जाना चाहें तो इन्हें स्टेशन छोड़ आना।'

'ठीक है साहब।'

'राजू कहां है?'

'बरामदे में खेल रहा है।'

'उसका ध्यान रखना।'

'जी।' रामदेव ने कहा और ध्यान से ठाकुर साहब को देखने लगा। ठाकुर साहब की मुखाकृति अभी भी कठोर थी।

आनंद ने बाहर जाने के लिए पग उठाया।

ठीक उसी समय फोन की घंटी बजी। आनंद को मुड़ना पड़ा। रिसीवर उठाकर वह बोला- 'हैलो।'

'कोठारी स्पीकिंग।'

'कहो।'

'इंस्पेक्टर-एक शिकायत है तुमसे।'

'पुलिस वालों से हर किसी को शिकायत रहती ही है। अपनी कहो।'

'इंस्पेक्टर-काना उस्ताद हमारा आदमी है।'

'काना उस्ताद-अर्थात् अहमद?'

'हां।'

'कहना क्या चाहते हो?'

'उसे छोड़ दो इंस्पेक्टर।'

'एक क्रिमनल को छोड़ दूं?'

'इंस्पेक्टर-काना उस्ताद एक शरीफ आदमी है।'

'जानते हो- उसके पास से एक लाख की स्मैक बरामद हुई है।'

'हम तुम्हें पचास हजार दे सकते हैं।'

'बकवास बंद करो कोठारी।

'घाटे में रहोगे इंस्पेक्टर।'

'कोठारी-हानि लाभ की बात व्यापारी सोचते हैं- हम पुलिस वाले नहीं।'

'इंस्पेक्टर।' दूसरी ओर से कहा गया- 'यदि तुम अहमद को छोड़ दो तो हम तुम्हें साहनी के विषय में महत्त्वपूर्ण सूचना दे सकते हैं।'

'हूं।' कुछ सोचते हुए आनंद ने कहा- 'ऐसा कौन सी सूचना है तुम्हारे पास?'

'पहले वचन दो कि तुम काने को छोड़ दोगे।'

'मैं तुमसे फिर बात करूंगा कोठारी।' आनंद ने कहा और रिसीवर रख दिया। इसके पश्चात् वह चला गया और ठाकुर साहब उससे चाहकर भी कुछ न कह सके।

***

बेला से चाय की ट्रे लेकर वंदना ने कमरे में प्रवेश किया तो देखा-बलराज साहनी अभी तक सो रहे थे। वंदना को शरारत सूझी। चाय की ट्रे रखकर उसने साहनी के कान में फूंक मार दी।

साहनी हड़बड़ाकर उठ बैठे।

वंदना खिलखिलाकर हंस पड़ी और बोली- 'गुड मार्निंग अंकल।'

'माई गॉड-तो यह तुम हो।'

'आपने क्या समझा था?'

'लगा था-जैसे कोई हमारे ऊपर से गुजर गया है।'

'फिर तो आप अवश्य ही कोई सपना देख रहे होंगे।'

वंदना ने कहा और बैठकर प्याला साहनी की ओर बढ़ा दिया। कुछ क्षणोंपरांत वह बोली- 'अंकल।'

'हूं।'

'आपके पास तो सब कुछ है ना?'

'सब कुछ क्या?'

'मेरा मतलब है- दौलत और इज्जत।'

'तुम्हें क्या चाहिए?'

'मुझे तो केवल आपका स्नेह चाहिये अंकल।'

'और यह दौलत-लाखों की सम्पत्ति-नौकर चाकर, बंगला- यह सब किसके लिए है? कौन उत्तराधिकारी है हमारा-जानती हो-तुम।'

'नहीं अंकल।'

'बेटी।' बलरात साहनी ने हल्की-सी चुस्की लेकर प्याला रख दिया और कहा-'यह सब तुम्हारे लिये है। तुम्हारे और कुमार के लिए। एक तुम दोनों ही तो हो-जिन्हें हम पूरी दुनिया में अपना कह सकते हैं।'

'पर अंकल-इतनी दौलत...?'

'बहुत कम है बेटी-बहुत कम है अभी। बहुत दौलत चाहिए दुनिया में जीने के लिए। और-सच तो यह है कि इस दौलत के बिना संसार में कुछ है भी नहीं। दो कौड़ी का नहीं समझा जाता गरीब आदमी को। बहुत बुरे दिन देखे हैं हमने-एक-एक पैसे के लिए हम दुनिया के सामने गिड़गिड़ाये हैं। भीख भी नहीं दी थी किसी ने हमें, तभी से जाना था कि दौलत क्या है- पैसे का महत्त्व भी हमने तभी समझा था।' कहते हुए साहनी ने गहरी सांस ली और प्याला उठा लिया। उनकी आंखों में अतीत की छाया डोल रही थी।

उसी समय फोन की घंटी बजी।

साहनी ने प्याला रख दिया। हाथ बढ़ाकर रिसीवर उठाया और कहा- 'यस!'

'साहनी-हम कोठारी बोल रहे हैं।'

'सुना है कोठारी-रात तुम अपने गुंडों के साथ पुराने ब्रिज पर बैठे थे।'

'यह तो अपना पेशा है मिस्टर साहनी- लुटेरे जो ठहरे। कमाता कोई है और खाते हम हैं। सोचा था- कोई शिकार हाथ आयेगा- किंतु तकदीर ने साथ न साथ न दिया और खाली हाथों लौटना पड़ा।'

'अपनी आदतें बदलो कोठारी-छोड़ दो इस पेशे को। अन्यथा जिंदगी से हाथ धो बैठोगे।'

'धमकी दे रहे हो साहनी।'

'अभी तो इसे चेतावनी समझो कोठारी-वक्त आया तो यह चेतावनी धमकी में भी बदल जायेगी। और वैसे भी कोठारी-इंसान को अपनी औकात कभी नहीं भूलनी चाहिए।'

'इंस्पेक्टर आनंद को जानते हो?'

'नाम सुना है-कभी परिचय नहीं हुआ। वैसे भी-बलराज साहनी कभी पुलिस से दोस्ती नहीं करता।'

'मगर मैं तुम्हारी जानकारी के लिए बता दूं कि वह एक जिद्दी पुलिस आफीसर है। जिसके पीछे पड़ता है- उसे बर्बाद करके ही छोड़ता और तुम्हारे लिए बुरी बात है मिस्टर साहनी कि इंस्पेक्टर आनंद हमारे अच्छे दोस्तों में से एक है।'

'कहना क्या चाहते हो?'

'कमीशन चाहिए मुझे-केवल दस परसेंट।'

बलराज साहनी ने इस बार घृणा से दांत पीस लिये और कहा- 'शेर के मुंह से शिकार निकलना कितना कठिन होता है- यह तुम जानते हो?'

'मैं तो इतना जानता हूं साहनी कि शेर को यदि फांस लिया जाये तो ये काम भी कुछ मुश्किल नहीं होता। जिस दिन इंस्पेक्टर आनंद तुम्हारे पीछे लग गया- उस दिन तुम मुझे दस के बजाए पच्चीस परसेंट देने को तैयार हो जाओगे।'

'तू पागल हो गया है कोठारी।' बड़बड़ाते हुए साहनी ने रिसीवर रख दिया।

'क्या हुआ अंकल?' निकट बैठी वंदना ने पूछा।

'एक गीदड़ पागल हो गया है।'

'हां। और जानती हो- जब कोई गीदड़ पागल होता है तो क्या होता है? शहर की ओर भागता है।'

'और मारा जाता है।' वंदना ने कहा और हंस पड़ी।

बलराज सिगरेट सुलगाने लगे। बोले- 'तुम सुनाओ तुम्हारा अभ्यास कैसा चल रहा है। कुमार ने निशानेबाजी-या दांव-पेंच सिखाये कुछ?'

'सिखाया तो बहुत कुछ है अंकल-लेकिन सोचती हूं...।'

'क्या सोचती हो?'

'जीवन में इन बातों की जरूरत कहां पड़ेगी? और वैसे भी अंकल-यह खून-खराबा-यह मार-धाड़ मुझे बिल्कुल पसंद नहीं है।'

'पसंद नहीं है- तभी तो अपने बाबू को खो दिया तुमने। ठाकुर के गुंडों ने उस गरीब की जान ले ली और तुम देखती रही।'

'अंकल।'

बलराज बिस्तर से उतर गये और बोले- 'वंदना बेटी औरत को इतना कमजोर भी न होना चाहिए कि वह वक्त आने पर अपनी हिफाजत भी न कर से। जिंदगी में सब कुछ सीखना चाहिए उसे। फाइटिंग भी और निशानेबाजी भी। पता नहीं कब कैसा वक्त आ जाये। आओ-हमारे साथ आओ'

'जी।'

'हम तुम्हें अपना निशानी दिखाते हैं।' कहकर बलराज साहनी ने अपनी रायफल ली और बंगले के अंदर वाले लॉन में आग गये। वंदना साथ थी।

तभी आकाश में पक्षियों की एक टोली दिखलायी दी और बलराज ने निशाना लेकर ट्रेगर दबा दिया।

धायं की आवाज हुई और आकाश में उड़ता एक पक्षी टुकड़े-टुकड़े होकर नीचे आ गिरा। यह देखकर साहनी ने वंदना से कहा- 'इसे कहते हैं निशाना।'

'अंकल-आप वास्तव में बहुत अच्छे निशानेबाज हैं।'

'मगर वक्त से अच्छा निशानेबाज कोई नहीं है बेटी। वह जब निशाना लगाता है-तो उसका निशाना कभी खाली नहीं जाता।'

वंदना उनके इस वाक्य का अर्थ न समझ सकी और बलराज साहनी उसके सम्मुख जैसे एक पहेली छोड़कर अपने कमरे में चले गये।

***

वंदना अपने कमरे में लौट आयी।

स्नानादि के पश्चात् जब वह दर्पण के सामने खड़ी अपने बाल संवार रही थी- तो एकाएक बलराज साहनी शब्द उसकी कल्पना में चीख उठे- 'पसंद नहीं है- तभी तो अपने बापू को खो दिया तुमने। ठाकुर के गुंडों ने उस गरीब की जान ले ली और तुम देखती रहीं...।'

'वंदना बेटी-औरत को इतना कमजोर भी न होना चाहिए कि वह वक्त आने पर अपनी हिफाजत भी न कर सके।'

शायद ठीक कहा था अंकल ने। औरत कमजोर नहीं थी- किंतु उसने अपने आपको कमजोर समझा और इसका परिणाम यह हुआ कि वह कदम-कदम पर लुटती रही। भरी सभाओं में उसे नंगा नचाया गया और उसे बेइज्जत किया गया। शायद इसीलिए-क्योंकि उसने शक्तिशाली होते हुए भी अपने आपको दुर्बल समझा। शायद साहस की कमी थी उसमें-शायद फैसला न था उसमें।

तभी तो ठाकुर प्रताप सिंह।

वह गुंडे और श्यामा बाई...।

जीवन तथा मृत्यु के दोराहे पर खड़ी एवं दुनिया से दया की भीख मांगती उसकी जिंदगी उसकी ममता...।

सोचते ही वंदना के अस्तित्व में जैसे कोई ज्वालामुखी धधक उठा।

चेहरे पर कठोरता फैल गयी।

मन में आया-जलाकर राख कर दे दुनिया को। फूंक दे उन नर पिशाचों को जिन्होंने उसे लूटा और उससे उसका सब कुछ छीन लिया।

तभी विचारों का दर्पण गिरा।

दर्पण में कुमार की आकृति दिखलाई। संभवतः वह उसके पीछे खड़ा था। वंदना के होंठों से निकल गया...'तुम...।'

'डर था कि कहीं तुम्हें देखकर यह दर्पण लजा न जाये और लजाकर आत्महत्या न कर ले-इसलिए चला आया।'

'अभी उठे हो?'

'रात देर से सोया था।'

'हूं।' वंदना ने ब्रश रख दिया।

'वंदना।' कुछ क्षणोंपरांत कुमार बोला।

'कहो।'

'मौसम अच्छा है ना?'

'क्यों?'

'सोचता हूं- आज का ये दिन...।'

'नहीं कुमार।'

'दिक्कत क्या है?'

'मन नहीं है।'

'समझाने की कोशिश करो।'

'किसे?'

'अपने मन को।'

'कुमार-तुम जानते हो कि...।'

'हां वदंना- मैं जानता हूं कि तुम्हें बाहर घूमना बिल्कुल पसंद नहीं। प्रत्येक समय कमरे में कैद दीवारों से बातें करना तुम्हें अच्छा लगता है। लेकिन मैं जानना चाहता हूं कि ऐसा क्यों है? क्यों अच्छा लगता है तुम्हें अकेले रहना और घुट-घुट कर जीना? आखिर-आखिर क्या हो गया है तुम्हें? हर पल की उदासी-निराशा और विचारों की तल्लीनता-ऐसा क्यों है वंदना?' कुमार ने बेचैनी से पूछा और वंदना को ध्यान से देखने लगा।

वंदना चलकर खिड़की के सामने आ गयी और बाहर का दृश्य देखने लगी। आकाश में अभी भी पक्षियों की टोली घूम रही थी। कितने प्रसन्न और स्वतंत्र थे वे-जब इच्छा होती धरती पर आ बैठते और जब मन होता-आकाश में उड़ जाते। किंतु वह स्वयं-यह भी तो उड़ना चाहती थी नील गगन में। छूना चाहती थी आकाश की ऊंचाईयों को किंतु उसका अतीत...। जिंदगी के

पीछे लगे अतीत के वह भयानक साये-जो उसे नाग की तरह डंसने को तत्पर रहते हैं। कांप उठती वह-एक अज्ञात भय हर पल उसके मनमस्तिष्क पर छाया रहता।

तभी वह चौंक गयी। कुमार ने समीप आकर उससे कहा- 'तुमने कुछ बताया नहीं वंदना।'

'वह क्या?'

'अपने विषय में। मैंने एक प्रश्न पूछा था तुमसे।'

'ऐसे प्रश्न तो मैं भी अपने आपसे पूछती हूं कुमार।'

'फिर...?'

'सचमुच पहेली है तुम्हारा जीवन। अंकल भी तो तुम्हारे विषय में कुछ नहीं बताते। तुम कौन हो- क्या हो? कहां से आयी हो...कहां जाओगी?'

धीरे से मुस्कराती वंदना इस प्रश्न पर। बोली-'कुछ जीवन नदी की भांति होते हैं कुमार। नदियां तो देखी होगी तुमने? पर्वतों की गोद से निकलती हैं और जिधर मार्ग मिलता है- उसी ओर बहना आरंभ कर देती हैं। खैर छोड़ो-आज न सिखाओगे कुछ...?'

'वह क्या?'

'निशानेबाजी या फाइटिंग।'

'इनके साथ-साथ एक आर्ट और सीख लो।'

'वह कौन-सा?'

'फलों के समान हंसना और कलियों के समान जीना।'

'समझ में नहीं आता-बंद कलियों और सूखे फूलों से तुम ऐसी आशा क्यों करते हो? सूखे फूल भी मुस्कराये हैं कभी? बंद कलियों से भी कभी उपवन में बहार आयी है?' वंदना ने कहा।

कुमार निरुत्तर-सा हो गया।

वंदना वास्तव में एक पहेली थी उसके लिए। एक ऐसी पहेली-जिसे वह दो वर्षों में भी न समझ पाया था।

एकाएक वंदना ने उनसे पूछा- 'क्या सोचने लगे?'

'क-कुछ नहीं वंदना।'

'कुछ भी तो...।'

'यूं ही-कभी-कभी तुम्हारा ख्याल आता है।'

'अपने विषय में नहीं सोचा कभी?'

'वह क्या?'

'यही कि-अकेले जीना कितना कठिन होता है। कोई साथी क्यों नहीं खोज लेते?'

'साथी तो मिल चुका है।'

'फिर...?'

'बस कठिनाई यह है कि वह साथ चलने को तैयार नहीं। और-संभवतः तैयार इसलिए नहीं- क्योंकि उसे जीना नहीं आता।'

'कुमार।' वंदना उसका अभिप्राय समझकर चीख-सी पड़ी। कुमार ने जैसे उसकी सोयी भावनाओं को झिंझोड़ दिया था।

जबकि कुमार मुड़ा और बाहर चला गया।

***

संध्या हो चुकी थी।

आनंद थके से अंदाज में कुर्सी पर गिर पड़ा। उसी समय रामदेव ने अंदर आकर उसके सामने चाय का प्याला रख दिया और कहा- 'साहब तो दोपहर की गाड़ी से चले गये थे।'

'पापा?'

'जी।'

'तुम गये थे स्टेशन?'

'नहीं। कहते थे-स्टेशन उन्होंने देखा है।'

'हूं।' आनंद ने चाय की चुस्की ली और पूछा-'राजू कहां हैं?'

'मैडम के साथ खेल रहे हैं।'

'मैडम...।'

'जी-आंचल मैडम। चार बजे से यहीं है-रात का खाना भी उन्होंने ही बनाया है।'

'और-शायद यह चाय भी?'

'क्षमा करें साहब। मैंने तो मना किया था-किंतु वह...।'

'शुगर नहीं है इसमें।'

'भूल गयी होंगी। मैं लेकर आता हूं।'

'रहने दो-राजू को ले आओ।'

'जी।' कहकर रामदेव चला गया।

आनंद ने प्याला उठाया और आंचल के विषय में सोचने लगा। आंचल उसके पिता के मित्र रिजायर्ड जज कश्यप साहब की बेटी थी और तीन वर्षों तक साथ ही पढ़ी थी। आंचल से जान-पहचान ही न थी बल्कि मित्रतापूर्ण संबंध थे।

तभी आनंद चौंका। आंचल की आवाज कानों में पड़ी। वह कह रही थी- 'आनंद-तुम ही समझाओ अपने लाड़ले को। साहब कहते हैं- आप हमारे पास ही रहेंगी।'

आनंद ने हाथ बढ़ा दिये।

राजू आंचल की गोद से उतर कर आनंद की गोद में आ गया। आनंद ने स्नेह से उसके कपोल का चुम्बन लिया और बोला- 'राजू आज आपने तंग तो नहीं किया रामू को?'

'नहीं पापा।'

'शाबाश-फिर तो तुम बहुत ही अच्छे बच्चे हो।' अच्छा सुनो-तुम्हारी वह बिल्ली ठीक हुई कि नहीं?

'वह तो बीमार है पापा।'

'अच्छा-दवाई दी थी?'

'इंजैक्शन भी दिया था।'

'कोई बात नहीं। कल हम उसके लिए बहुत अच्छी दवाई लायेंगे। फिर देखना तुम्हारी वह बिल्ली शेर का मुकाबला करेगी।'

'सच पापा।'

'हां बेटे।' आनंद ने कहा।

राजू मचलने लगा और आनंद ने उसे गोद से उतार दिया। राजू उछलते हुए बाहर चला गया। आंचल यह देखकर हंस पड़ी। आनंद ने अनजान बनते हुए उससे पूछा- 'आंचल तुम-तुम कब आई?'

'कहिए तो चली जाऊं?'

'अरे नहीं आंचल। मैंने तुम्हें देखा नहीं था ना- इसलिए पूछ बैठा।'

'आनंद।' आंचल बैठकर बोली।

'हूं।'

'तुम इतने बनते क्यों हो? बनते हो-अथवा जान-बूझकर ऐसा व्यवहार करते हो?'

'चाय पियोगी?' आनंद ने बात बदल दी।

'जब मन होगा-बना लूंगी। पुरानी जान-पहचान है- इसलिए इतना अधिकार तो मुझे हमेशा रहेगा।'

'अर्थात्-मान न मान-मैं तेरा मेहमान।' आनंद हंस पड़ा।

'झगड़ा करने का इरादा है क्या?'

'अरे नहीं बाबा-तुमसे झगड़ा करने का साहस भला मैं कैसे कर सकता हूं।' इतना कहकर आनंद कुर्सी की पुश्त से सट गया और आंचल को ध्यान से देखते हुए बोला- 'और सुनाओ आंचल।'

'क्या सुनाऊं?'

'तबियत कैसी है?'

'क्यों-बीमार नजर आती हूं?'

'हां-कुछ दुबली हो गयी हो।'

'मजाक मत करो-एक बात बताओ।'

'पूछो।'

'राजू तुम्हारा बेटा है ना?'

'तुम क्या समझती हो?'

'ठीक से नहीं जानती! कभी सोचती हूं- अवश्य ही तुम्हारा उससे कोई रिश्ता है। और-कभी सोचती हूं कि...।'

'आंचल-राजू वास्तव में मेरा खून है-मेरा बेटा है। इसका जन्म किसी अन्य की नहीं-बल्कि स्वयं मेरी वंदना की कोख से हुआ है। तुम शायद विश्वास नहीं कर रही हो?' कहकर उठा आनंद।

'आंचल बोली- 'रहने दो आनंद। मैं तो यह सब मजाक में पूछ लेती हूं। हो सकता है-राजू तुम्हारा ही बेटा हो। और-यदि वह पराया भी है तो मुझे क्या। तुम उसे अपना समझते हो-मेरे लिए यही काफी है। बैठ जाओ।'

आनंद खड़ा रहा-न जाने किन सोचों में डूब गया था वह।

आंचल ने उठकर उसके कंधे पर हाथ रखा और बोल-'प्लीज आनंद-माफ कर दो मुझे।'

'आंचल-यह सवाल मुझसे और भी बहुत से लोगों ने किया है। पापा तो जब भी आते हैं-यही पूछते हैं कि राजू से तुम्हारा रिश्ता क्या है। ठीक ही तो पूछते हैं वह! न मैंने शादी की, न ही बारात सजी और बेटे का बाप बन गया। है न विचित्र-सी बात। दुनिया में कुंआरी माएं होती हैं-सुना है। किंतु कुंआरे बाप भी होते हैं-यह कभी नहीं सुना।'

'आनंद।'

'लेकिन यह सच है आंचल-यह बिल्कुल सच है। राजू मेरा है उसकी रंगों में बहने वाला खून मेरा है। आज-आज वंदना होती तो चीख-चीख कर कहती कि राजू आनंद का है। राजू ठाकुर खानदान का चिराग है। काश-काश मैं समझा पाता दुनिया को। काश मैं कह पाता-हां मैं बाप हूं- मैं वास्तव में कुंआरा बाप हूं।'

कहते-कहते आनंद का गला भरा आया।

हृदय में पीड़ा का तूफान उठा तो उसे दबाने के लिए उसने अपने होंठ काट लिये। और आंचल-आंनद को ध्यान से देख रही थी वह। पूछता रही थी कि वह अनजाने ही आनंद से ऐसा प्रश्न क्यों कर बैठी थी।

तभी वह चौंक गयी।

आनंद ने आगे बढ़कर जल्दी से आलमारी खोली और न जाने क्या खोजने लगा। आंचल उसे देखती रही और अगले ही क्षण आनंद ने उसकी ओर मुड़कर एक कागज उसके हाथ में थमा दिया।

बोला-'लो पढ़ो इसे। यह कागज तुम्हें बतायेगा कि इस नन्ही सी जान से मेरा क्या रिश्ता है। पढ़ो आंचल।' आंचल ने कागज लेकर पढ़ना आरंभ किया।

> लिखा था- 'यह पत्र वंदना की ओर से रामनगर के रहने वाले-ठाकुर प्रताप सिंह के बेटे पुलिस इंस्पेक्टर आनंद को लिखा जा रहा है- जो इसी शहर में है-जो इसी शहर में है। आनंद-यह पत्र जिस बच्चे की जेब में रखा है- वह वास्तव में तुम्हारा बेटा ही है। इसे तुम्हारी पत्नी वंदना ने जन्म दिया है। बच्चा अब पूरी तरह स्वस्थ है पर मुझे अफसोस है कि तुम्हारी पत्नी वंदना अब इस दुनिया में नहीं है। अंतिम क्षणों में उसने कहा था- बच्चे को उसके पिता के पास पहुंचा देना। किंतु क्योंकि उसने यह नहीं बताया था कि तुम किस पुलिस स्टेशन में तैनात हो- अतः मैं इस बच्चे को इस पत्र के साथ चौरंगी रोड पुलिस स्टेशन के सामने छोड़ रही हूं। उम्मीद है-कोई न कोई पुलिसमैन बच्चे को तुम्हारे पास पहुंचा देगा।
>
> एक नर्स।'

आंचल ने ये सब पढ़ा और लंबी गहरी सांस लेकर कागज आनंद को लौटा दिया। आनंद ने पत्र लेकर उसे अलमारी में रख दिया।

'आंचल बोली- 'सॉरी आनंद-मैं न जानती थी कि वंदना की यादों को तुम यों अपने सीने में छुपाये जी रहे हो।'

'और-जीना मेरी मजबूरी है आंचल। मर भी नहीं सकता मैं। जीना पड़ेगा मुझे अपने बेटे के लिए-घुट-घुटकर जीना पड़ेगा। मैं न रहा तो किसे अपना कहेगा यह-कौन हृदय से लगायेगा इसे?' आनंद के स्वर में पीड़ा थी।

'ठीक कहते हो आनंद। लेकिन-जीने का एक यही बहाना तो नहीं। बहाने तो और भी हो सकते हैं तुम्हारे लिए।'

'दूसरे बहाने?'

'हां-कोई ऐसा बहाना तलाश करो आनंद-जो तुम्हारे इन सूखे होंठों को हसीं दे सके और तुम्हारे आंसू पोंछकर तुम्हारी आंखों में प्यार की ज्योति जगा सके। मान जाओ आनंद-अपना लो किसी को। अन्यथा यह गम-विरह की इस आग में जलकर राख हो जाओगे आनंद। जी न पाओगे।'

आनंद ने बेचैनी से चेहरा घुमा लिया।

एक पल रुककर आंचल फिर बोली- 'न-न- अपने विषय में कुछ न कहूंगी तुमसे। जानते हो-बहुत चाहती हूं तुम्हें-यह भी जानते हो कि आंचल अपना शेष जीवन यूं ही गुजार सकती है किंतु तुम्हारे अतिरिक्त किसी दूसरे को अपना नहीं कह सकती। इतना विश्वास होना चाहिए तुम्हें आंचल पर। फिर भी आनंद-फिर भी मैं कहूंगी...! यदि मैं तुम्हारे योग्य नहीं तो अपने लिए कोई दूसरा साथी खोज लो। लेकिन मेरे आनंद-मेरे मीत, मेरे सनम-मेरे अच्छे दोस्त-यों घुट-घुटकर न जियो। न जियो आनंद।'

कहते-कहते सिसक उठी आंचल।

सिसकते हुए बोली- बहुत दुःख होता है आनंद-जब मैं तुम्हारे चारों ओर यादों के घने साये देखती हूं। जब मैं देखती हूं-तुम हर पल गीली लकड़ी की भांति सुलगते हो। रो उठती हूं मैं ये देखकर-मेरी आत्मा मुझे कचोके लगाती और मैं...।

इससे अधिक कुछ न कह सकी आंचल।

सिसकियां हिचकियों में बदल गयी।

यह देखकर आनंद ने अपने होंठों को काट लिया। आंचल के आंसुओं को देखने का साहस उसमें न था।

तभी फोन की घंटी बजी।

आनंद ने शीघ्रता से आंखों के नम कोने पोंछ लिये और आगे बढ़कर रिसीवर उठा लिया-बोला 'हैलो।'

'कोठारी स्पीकिंग'

'कहिए।'

'ठाकुर साहब-मैंने आपको सुबह भी फोन किया था और प्रार्थना की थी कि आप अहमद को छोड़ दें।'

'मिस्टर कोठारी-अपने कार्यों में किसी की दखलंदाजी मैं बिल्कुल पसंद नहीं करता। अच्छा होगा कि आप मुझे इस संबंध में दोबारा फोन न करें। और हां-यह भी जान लें कि आप मेरे शक के दायरे में है। अहमद आपके विषय में बहुत कुछ बता चुका है। अतः हो सकता है कि निकट भविष्य में मुझे आपको भी गिरफ्तार करना पड़े। मैं सलाह देता हूं मिस्टर कोठारी-कि यदि काना उस्ताद वास्तव में आपका आदमी है और आप भी नशीले पदार्थों का धंधा कर रहे हैं- तो इस धंधे को छोड़ दें। अन्यथा जिस दिन भी मुझे आपके विरुद्ध कोई सबूत मिला-मैं आपको उसी दिन जेल भेज दूंगा'

'ठाकुर साहब-पुलिस वालों से तो हमारे हमेशा ही मित्रतापूर्ण संबंध रहे हैं और आप मुझे ही गिरफ्तार करने की धमकी दे रहे हैं। क्या एस. पी. शर्मा ने कभी आपसे मेरी चर्चा नहीं की?'

'एस. पी. शर्मा इस समय हुगली में हैं। वैसे भी-आप यह अच्छी तरह जान लें कि मैं अपराधियों से दोस्ती नहीं करता।'

'चलिए।' दूसरी ओर से कहा गया- 'न कीजिये दोस्ती। लेकिन-जैसा कि मैंने फोन पर कहा था...यदि मैं आपको हर प्रकार का सहयोग दूं तो?'

'आप बलराज साहनी की बात कर रहे हैं?' आनंद ने पूरी दृढ़ता एवं कड़वाहट से कहा- 'सॉरी मिस्टर कोठारी- मुझे इस संबंध में आपकी सहायता की कोई जरूरत नहीं है। बलराज पर मेरी नजर है और उसे मैं स्वयं देख लूंगा।' कहते ही आनंद ने रिसीवर रख दिया।

रिसीवर रखकर उसने देखा- आंचल वहां न थी। वह जा चुकी थी।

***

रात्रि के ठीक आठ बजे थे।

बलराज साहनी ने बोस लेन के एक फ्लैट की कॉलबेल का पुश बटन दबाया हौर अगले ही क्षण द्वारा खुल गया। द्वार खोलने वाली अधेड़ आयु की एक महिला थी। अधेड़ होते हुए भी उसके शरीर का गठन आकर्षण था और नयन नक्श इतने तीखे थे कि उनके कारण कोई भी उसकी आयु का अनुमान न लगा सकता था।

यह थी शांता।

बलराज साहनी को देखकर वह मुस्करायी और बलराज अंदर आ गये। कमरे में शांता ने उनसे कहा- क्या बात है सेठजी-तुम्हें हमारी याद ही न आयी थी अथवा रास्ता याद न रहा था?

कहकर उसने साहनी के कंधे थाम लिए और यों उनकी आंखों में देखा कि बलराज मोम की भांति पिघलकर रह गये।

बोले-'नहीं-ऐसी तो कोई बात नहीं शांता। दरअसल-कभी-कभी हमें भय-सा लगता है।'

'भय।'

'हां।' बलराज अपने कंधे छुड़ाकर बैठ गये और सिगरेट सुलगा कर बोले- 'और वह भी किसी और से नहीं-तुम्हारे बेटे से। यदि किसी दिन उसे पता चल गया कि हम दोनों के बीच...।'

शांता इस पर खिलखिलाकर हंस पड़ी।

बोली-'आप भी कमाल करते हैं सेठजी। मुहब्बत भी करते हैं और घबराते भी हैं।'

'वक्त का कुछ पता नहीं शांता।'

'वक्त तो मेरी मुट्ठी में है सेठजी। घबराइए मत-कुमार कभी हम दोनों के बीच में न आयेगा। बस-मेरी वही शर्त...।'

'तुम्हारी शर्त?'

'हां सेठजी-कुमार को आप अपनी सम्पत्ति का वारिस घोषित कर दें और इसके साथ ही...।'

'हूं।' धीरे से हमें बलराज, बोले-'तुम बहुत जल्दबाज हो शांता। तुम्हें वक्त का इंतजार करना चाहिये।'

'वह तो कर रही हूं सेठजी-पिछले दस सालों से कर रही हूं। इन दस सालों में आप धरती से चलकर आकाश पर पहुंचे गये-बलराज से सेठ बलराज साहनी बन गये और शांता वही रही। वही-शांता बाई। खैर छोड़िए-मैं भी कहां की बात ले बैठी। थक गये होंगे-लेट जाइये।'

इतना कहकर शांता आगे बढ़ी और उसने पीने का सामान मेज पर सजा दिया। बलराज बिस्तर पर बैठ गये।

शांता ने अपने ऊपरी वस्त्र उतारे और बलराज के लिए शराब का गिलास तैयार करने लगी। पिछले दस वर्षों से यही कर रही थी वह। बलराज आते-पीते और तृप्त होकर चले जाते। किंतु शांता कभी तृप्त न हुई थी। उसके हृदय में दौलत की जो प्यास थी- 'संभवतः वह कभी शांत होने वाली न थी।'

बलराज यह सब न जानते थे। शांता को उन्होंने वास्तव में चाहा था। चाहा था-तो अविश्वास कैसे करते।

तभी शांता ने गिलास उनके होंठों से लगा दिया-बोली- 'लो बलराज।'

बलराज साहनी ने गिलास थाम लिया- बोले- 'तुम न लोगी?'

'नशा अब बर्दाश्त नहीं होता बलराज। तुम तो कुछ देर बाद चले जाते हो और मुझे रात भर नींद नहीं आती।'

'माफी चाहता हूं शांता। काम कुछ ऐसा है कि पूरी रात घर से बाहर नहीं रह सकता।' कहकर बलराज साहनी ने गिलास होंठों से लगा लिया।

शांता उनकी गोद में लेट गयी।

बलराज पीते रहे।

शांता ने उनका एक हाथ अपने वक्ष पर रख लिया और बोली- 'बलराज।'

'कहो शांता।'

'यह वंदना क्या वास्तव में तुम्हारी बेटी है?'

'एकाएक यह प्रश्न क्यों?'

'प्रश्न तो मैंने कई बार किया है बलराज। यह अलग बात है कि तुमने कभी संतोषजनक उत्तर नहीं दिया।'

'तुम क्या सोचती हो?'

'हो सकता है वह तुम्हारे किसी रिश्तेदार की बेटी हो। या फिर-बेटी के खो जाने के पश्चात् तुमने उसे अनाथ आश्रम से गोद लिया हो।'

'वंदना वास्तव में हमारी बेटी है शांता। दो वर्ष पहले वह गांव में थी- अपने नाना के पास। वहीं पढ़ती थी। नाना का देहान्त हुआ तो हम उसे यहां ले आये।'

शांता इस पर हंस पड़ी।

बलराज ने गिलास रख दिया और लेटकर शांता को अपनी ओर खींच लिया। इसके पश्चात् शांता को चूमकर वह बोले- 'हंस क्यों रही हो?'

'तूम्हारे झूठ पर।'

'क्या मतलब?'

'मतलब यह है कि वंदना तुम्हारी बेटी नहीं है।'

'यह कैसे हो सकता है?' बलराज ने पूछा। उनका एक हाथ अब शांता के वक्ष की गोलाईया नाप रहा था।

शांता ने कहा- 'मैंने उसे श्यामा के कोठे पर देखा था।'

बलराज चौंककर शांता से अलग हो गये। मानो एकाएक किसी बिच्छु ने डंक मार दिया हो।

शांता को वह ध्यान से देखने लगे और शांता बोली- 'तुम जानते हो ना-एक जमाने में श्यामा मेरे साथ ही काम करती थी। मैं तो उस दुनिया को छोड़ आई थी-तुम्हारे लिये। किंतु श्यामा वहीं रह गयी थी। वह आज भी वहीं रहती है। एक दिन बाजार में मिल गई थी-दो वर्ष पहले की बात है। साथ चली गई- तुम्हारी वंदना को वहीं देखा था।'

'यह-यह बकवास है शांता।' एकाएक गुस्से से चीख पड़े बलराज साहनी-बोले-'तुम-तुम बदनाम कर रही हो हमारी बेटी को। आखिर किस चीज की कमी है उसके जीवन में। तुम्हें शर्म आनी चाहिये शांता।'

'तुम तो नाराज हो गये बलराज।'

'शांता-वंदना हमारी ही नहीं-तुम्हारी भी बेटी है। तुम्हें अपनी बेटी को यों बदनाम करना चाहिये था।'

इतना कहकर बलराज साहनी उठे और अपने वस्त्र ठीक करने लगे।

शांता यह देखकर चौंक गयी और बोली- 'जा रहे हो बलराज?'

'हां।'

'नाराज होकर जाओगे?'

'शांता-तुम्हें हमारी बेटी के विषय में इतनी बुरी बात कभी न कहनी चाहिए थी।'

'भूल हो गई। चलो-माफ कर दो। बैठ जाओ।'

'नहीं शांता-अब जाने दो। फिर किसी दिन जाऊंगा।'

कहते हुए बलराज मुड़े और तेज-तेज पग उठाते हुए बाहर आ गये। कदमों की तेजी उनके मस्तिष्क में फैल जाने वाले किसी तूफान की ओर संकेत कर रही थी।

फिर कुछ ही देर पश्चात् वह अपनी गाड़ी में थे और उनकी गाड़ी चौरंगी रोड पर स्थित श्यामा बाई के कोठे की दिशा में दौड़ रही थी।

***

बलराज अभी न लौटे थे।

वंदना ने अकेले ही खाना खाया और बिस्तर पर लेट गई। लेटते ही अतीत जैसे सामने आ गया। आनंद से मिलकर वह उस रात सो न पायी थी-सोचती रही थी उसी के विषय में।

आनंद अगले दिन भी मिला था। वहीं-हवेली के सामने। फिर तो जैसे एक सिलसिला बन गया था। वह हवेली के सामने से गुजरती और आनंद उसे खड़ा मिलता। कई बार पुकारा भी आनंद ने किंतु वह चुपचाप चली जाती।

किंतु उस दिन।

शहर गयी थी वह थोड़ी खरीदारी करनी थी। पैदल लौट रही थी-सहसा पीछे से आते आनंद ने उसे देखकर जीप रोक ली थी। रुकना पड़ा था उसे भी। आनंद ने उसे पुकारा था- 'वंदना।'

'जी।'

'शहर से लौट रही हो?'

'जी।'

'अंदर आ जाओ। गर्मी भी है और मार्ग भी लंबा है-थक जाओगी।'

'मैं चली जाऊंगी बाबूजी।'

'हट न करो वंदना-दुनिया में सभी लोग बुरे नहीं होते।'

'ठीक कहते हैं बाबूजी-लेकिन।' साहस जुटाकर उसने कहा था- 'अच्छा कौन है और बुरा कौन है- यह भी तो किसी के माथे पर नहीं लिखा रहता।'

'लिखा रहता है वंदना...कहते हैं-इंसान का चेहरा और उसकी बातों का लहजा ही यह बता देता है कि वह कितनी अच्छा है। क्या सोचने लगी?'

'क-कुछ नहीं बाबूजी।'

'तो जाओ-मुझे भी देर हो रही है।'

बैठना पड़ा था उसे।

उस दिन भी वह पूरी रात न सोयी थी।

रह-रहकर आनंद का चेहरा उसकी कल्पना में घूमता रहा था।

और फिर एक दिन-सदा के लिए वह आनंद की हो गई थी। उस दिन-न जाने क्या-क्या कहा था आनंद ने उससे। न जाने कितने वायदे किये थे- कितने कस्में खायी थी। और वह अपने ही किन्हीं सपनों में खोयी सब कुछ सुनती रही थी। उस दिन अपने आपको किसी महारानी से कम न समझा था उसने।

तभी विचार श्रृंखला टूट गयी।

किसी ने संबोधित किया उसे-'मैडम।'

वंदना ने चौंककर देखा-यह बेला थी जो उससे कह रही थी- 'शायद आप सो गई थी?'

'नहीं तो?'

'फिर आपने कुमार साहब को क्यों नहीं देखा?'

'कुमार साहब।'

'आपके कमरे में आये थे।'

'कब।'

'अभी कुछ क्षणों पहले। कुछ देर रुके-आपको देखते रहे और फिर चले गये।'

'फिर तो शायद मुझे नींद आ गयी थी।'

'मैं भी यही सोच रही थी मैडम।'

'अंकल आ चुके?' वंदना ने पूछा।

'अभी नहीं।' बेला ने कहा- 'लगता है-रात का खाना बाहर ही खायेंगे। दूध ले जाऊं आपके लिए।'

'अभी ठहरो।' वंदना उठकर बैठ गयी और बोली-

'बेला।'

'जी।'

'तुम्हारा आदमी तो दूसरे शहर में रहता है ना?'

'जी।'

'और-तुम्हारा बेटा?'

'वह तो उसी का है मैडम।'

'जन्म तो तुम्हीं ने दिया था।'

'सिर्फ कहने के लिए। पति ने त्याग दिया तो बेटा भी छोड़कर चला गया।'

'इसमें बेटे का क्या दोष? कितनी आयु थी?'

'एक वर्ष। बलपूर्वक ले गया वह जालिम मेरे बच्चे को।' जैसे रो पड़ी बोली-'गोद खाली हो गयी मेरी-ममता लुट गयी। मैडम-ऐसा पता होता तो मैं प्रसव की पीड़ा ही क्यों झेलती? आज भी जब मुन्ने की याद आती है तो कलेजे में आग-सी लग जाती है।

'यह ममता होती ही ऐसी है बेला। नारी सब कुछ सहन कर लेती है- किंतु जब उसकी ममता लुटती है तो।'

कहते ही होंठों को काट लिया वंदना ने। अस्तित्व में पीड़ा का कोई तूफान चीख उठा।

तभी बाहर किसी गाड़ी की आवाज सुनायी दी और बेला अपने आंसू पोंछकर बाहर चली गयी।

***

श्यामलाल के कोठे की सीढ़िया चढ़ते हुए बलराज साहनी का हृदय बुरी तरह से धड़क रहा था। यों-ये सीढ़ियां उनकी भली प्रकार देखी-भाली थी। उस समय किसी प्रकार की घबराहट न थी- बल्कि मन में खुशियों की तरंगें उठती। शांता से मिलने के लिए वह इतने बेचैन रहते कि एक ही सांस में सीढ़ियां लांघ जाते।

किंतु अब। अंतिम सीढ़ी तक पहुंचते-पहुंचते बलराज साहनी बुरी तरह से हांफने लगे। मानो मीलों से भागकर आये हों।

सामने ही बड़ा हॉल था।

घुंघरुओं की आवाज स्पष्ट सुनाई दे रही थी।

महफिल सज रही थी श्यामा बाई की।

बलराज साहनी रुक गये। तभी एक वृद्ध उनके सामने आ गया और सलाम के पश्चात् बोला- 'आइए हुजूर-तशरीफ रखिए-आइए।'

'श्यामा?'

'आप बाई की बात कर रहे हैं?'

'हां।'

'अंदर हैं।'

'श्यामा से कहो-सेठ बलराज उससे मिलने आये हैं।'

'अभी लीजिये हुजूर।' कहकर वृद्ध चला गया।

कुछ क्षणोंपरांत वह लौटा तो श्यामा उसके साथ थी। इस आयु में भी गजब का आकर्षण था श्यामा के जिस्म में। बलराज को वह देखते ही पहचान गयी और बोली-

'सेठजी आप।'

'श्यामा हमें तुमसे कुछ बातें करनी हैं।'

'हां।'

'खैर-सेवा बताइए।'

'श्यामा।' बलराज साहनी ने वहीं खड़े-खड़े एक सिगरेट सुलगायी और बोले-'तुम जानती हो ना-यहां हम दो वर्ष पहले भी आये थे।'

'वह सब मैं कैसे भूल सकती हूं हुजूर। मुद्दत के बाद एक हीरा मिला था श्यामा बाई को और आप उसे कौड़ियों के मोल ले उड़े थे। सच तो यह है हुजूर कि उस दिन श्यामा बाई का कोठा ही खाली हो गया था। चांदनी के जाते ही जैसे अंधेरा हो गया था इस कोठे में। लेकिन श्यामा भी अपनी जुबान की पक्की निकली हुजूर। आपसे जो वायदा किया-वफा कर दिया मगर यह तो बताइये कि मेरी वह चांदनी आजकल हैं कहां?'

'वंदना-हमारे पास है श्यामा।'

'मैं भी यही सोचती थी हुजूर-चांदनी जैसे हीरे तो बहुत संभालकर रखे जाते हैं ना? और-हीरे की कद्र तो कोई जौहरी ही जानता है।' कहते हुए श्यामा हंस पड़ी।

बलराज साहनी ने घृणा से दांत पीस लिये।

बोले-'जुबान संभालकर बात करो श्यामाबाई। वंदना हमारी बेटी है और वह हमारे लिए हमारे सगों से भी बढ़कर है।'

'अजीब-सी बात है सेठजी। एक वेश्या किसी की बहन और बेटी भी हो सकती है- ये मैं पहली बार सुन रही हूं। खैर-यह बताइए कि श्यामा आपके लिए क्या कर सकती है?'

'श्यामा एक शिकायत है हमें तुमसे।'

'कहिये।'

'श्यामा-जिस दिन हम वंदना को ले गये थे-हमने तुमसे एक विनती की थी। हमने कहा था श्यामा-कि तुम वंदना कि जिक्र किसी से नही करोगी और किसी से न बताओगी कि वह बेटी के रूप में सेठ बलराज के पास रहती है।'

'कहा था हुजूर।'

'फिर तुमने शांता से ये सब क्यों बताया?'

'पुरानी बातें चल पड़ी थी हुजूर-शांता बाई कोई गैर तो है नहीं। आप ही की रखैल है।'

'श्यामा-हम कभी नहीं चाहते थे कि शांता को इस रहस्य का पता चले। शांता से हमने सदैव यही कहा है कि वंदना हमारी बेटी है।'

'फिर तो भूल हो गयी हुजूर।'

'खैर-हम यह चाहते हैं श्यामा-कि भूल दोबारा न हो।'

'आईंदा ध्यान रखूंगी हुजूर-।' श्यामा ने कहा।

बलराज साहनी ने फिर कुछ न कहा।

सिगरेट का अंतिम कश लेकर वह सीढ़ियों की ओर बढ़े।

श्यामा बोली- 'लगता है- नाराज हैं हुजूर।

'क्यों?'

'वर्षों बाद आये और यूं ही चल दिये।'

'श्यामा-इन कोठों से हमें नफरत-सी हो गयी है।'

'क्यों झूठ बोलते हैं हुजूर।'

'झूठ।'

'हां हुजूर।' श्यामा बोली- 'यह झूठ ही तो है कि आप इन कोठों से नफरत करते हैं। यदि ऐसा होता तो क्या आप एक कोठे वाली से इतनी मुहब्बत करते! माफ करें हुजूर-मैं शांता की बात कर रही हूं।'

'ओह!' बलराज साहनी ने केवल यही कहा और तेजी से सीढ़ियां उतरने लगे।

श्यामा हंस पड़ी।

***

शांता ने द्वार खोलते ही कुमार से कहा- 'क्यों रे-आ गयी तुझे मां की याद। सेठजी ने तुझे बहुत बड़ा आदमी बना दिया है ना- इसलिए मां की याद तुझे क्यों आयेगी?'

'ओह मां।' कुमार ने मां के कंधे थाम लिये और बोला-'मैं जब भी आता हूं-तुम हमेशा यही शिकायत करती हो।'

'लो-आता क्यों नहीं तू? इसी शहर में रहता है और दिन में एक बार भी मां से नहीं मिल सकता? अकेली रहती हूं पूरे दिन-राह देखती हूं तेरी। अपनों के नाम पर कोई दूसरा है भी तो नहीं।'

'विवश हूं मां-समय ही नहीं मिलता। सेठजी का सैकेट्री और गार्ड हूं ना-इसलिए हर समय उनके साथ रहना पड़ता है।' कुमार ने कहा। फिर मां की आंखों में झांकते हुए वह बोला- 'अच्छा मां-यह तो बताओ कि-आज तुमने बनाया क्या है?'

'जो भी खायेगा-बना दूंगी। चल अंदर बैठ।' शांता ने कहा।

कुमार ने शांता के कंधे छोड़ दिये और कमरे में आ गया।

बैठकर सिगरेट सुलगायी।

थोड़ी देर बाद शांता उसके लिए चाय ले आयी और बैठकर बोली- 'अभी कुछ देर पहले सेठजी आये थे।'

'अच्छा।'

'दो मिनट रुके थे- चाय भी नहीं पी।'

'हूं।' कुमार ने प्याला उठाकर होंठों से लगा लिया।

कुछ क्षणोंपरांत शांता उससे बोली- 'कुमार।'

'कहो मां।'

'तुझे याद है- सेठ बलराज ने तुझे अपनी कंपनी में काम देते समय तुझसे क्या वायदा किया था?'

'सेठजी अपना वायदा जरूर पूरा करेंगे मां।'

'नहीं कुमार-मुझे अब सेठजी पर भरोसा नहीं रहा।'

'तुझ भी कमाल करती हो मां।' चाय की चुस्की लेकर कुमार बोला- 'जिस व्यक्ति पर तुम्हें सबसे अधिक भरोसा था और जिसकी तुम दिन रात प्रशंसा करती थी-अब तुम उसी पर अविश्वास कर रही हो।'

'हां बेटे-अविश्वास कर रही हूं।'

'मगर क्यों मां?'

'इसलिए-क्योंकि वंदना को वह अपनी सगी बेटी मानते हैं।'

'तुम्हारा मतलब है मां-वंदना उनकी सगी बेटी है?'

'नहीं कुमार।'

'फिर कौन है वंदना?'

'एक वेश्या...।'

कुमार के सम्मुख विस्फोट-सा गूंज गया।

चौंककर उसने मां को देखा और अविश्वास से बोला- 'यह कैसा हो सकता है मां?'

'यह सच है बेटे। वंदना वास्तव में वेश्या है। सेठ बलराज ने उसे श्यामा बाई के कोठे से खरीदा था। लेकिन यह मेरी समझ में नहीं आता कि एक वेश्या उनकी बेटी कैसे हो सकती है। फिर भी यह सच है कि बलराज अपनी सम्पत्ति उसी के नाम लिखेंगे'

कुमार किन्हीं सोचों में डूब गया।

शांता ने उसे फिर संबोधित किया- 'कुमार।

'कहो मां।'

'कुमार-क्या तुम रास्ते के इस कांटे को दूर कर सकते?'

'कौन-सा कांटा मां?'

'मैं वंदना की बात कर रही हूं। जानते हो-यदि वह वहां रही तो...।'

'नहीं मां।'

'क्यों...?'

'इसलिए कि...।'

'कहो कि...।'

'कहो न...'

'मां-वंदना कैसी भी है किंतु एक अच्छी लड़की है। और यह आवश्यक तो नहीं मां कि वह अपनी इच्छा से वेश्या बनी हो। हो सकता है- परिस्थितियां उसे खींचकर कोठे पर ले गयी हों।'

'बेटे।'

'नहीं मां- मैं उसे रास्ते का कांटा नहीं समझ सकता।'

'क्या तुम्हें दौलत नहीं चाहिए कुमार?'

'नहीं चाहिए मां-मुझे आवश्यकता से अधिक दौलत नहीं चाहिए। बहुत-सी बुराइयां होती हैं इस दौलत में। दौलत पाकर मनुष्य इंसान से हैवान तो बन ही जाता है- साथ ही वह अपनों से भी दूर हो जाता है। मैं तो ईश्वर से प्रार्थना करता हूं कि वह मुझे ऐसी दौलत कभी न दे।'

'कुमार-तुझे हुआ क्या है?'

'कुछ भी तो नहीं मां।'

'फिर तू ये सन्यांसियों जैसी बातें क्यों कर रहा है। जीवन भर दूसरों के आगे हाथ फैलाने-दूसरों की नौकरी करना-यह क्या अच्छा लगता है तुझे? जानता है- कब से मैं यह सपना देख रही हूं कि हमारा भी एक बंगला हो-नौकर चाकर हों और लोग मेरे बेटे को कुमार न कहकर सेठ कुमार कहें।'

'ये सब तो भाग्य की बातें हैं मां। कहते हैं-भाग्य से अधिक और समय से पहले इंसान को कभी कुछ नहीं मिलता।

'किंतु कुमार- ये सब तो तेरे भाग्य में है तू चाहे तो सेठ बलराम की तमाम दौलत तुझे मिल सकती है। अभी तो समय है बेटे-सेठ बलराज हमारी मुट्ठी में है। हम उन्हें अपनी उंगलियों पर नचा सकते हैं। मगर जिस दिन वक्त हमारे हाथों से निकल गया...।'

कुमार ने उठकर कहा- 'वक्त तो निकल ही जाएगा मां-क्योंकि वक्त कभी किसी की मुट्ठी में नहीं रहा।

अच्छा मां-अब चलता हूं।

'खाना नहीं खायेगा?'

'सेठ जी के साथ एयरपोर्ट जाना है।'

'तो-थोड़ी देर और रुक। मैं अभी खाना बनाए देती हूं।'

'नहीं मां- अब समय नहीं है।'

'जानती हूं- तुझे अब होटलों का खाना अच्छा लगता है। लेकिन सुन-मेरी बातों को गहराई से सोचना।'

'जरूर सोचूंगा मां-जरूर सोचूंगा।' कुमार ने कहा और कमरे से बाहर चला गया। शांता उसे देखती रही।

***

फिर वही रात, फिर वही तन्हाई और फिर यादों के वही घने साये। न जाने कहां छुपा अतीत फिर से वंदना के सामने आ खड़ा हुआ। उसे याद आया वह दिन जब नदिया के किनारे आनंद उसे बांहों में भरकर देर तक उसके होंठों को पीता रहा था।

उस दिन आनंद को अपना सर्वस्व सौंप दिया था उसने और उसी दिन आनंद ने उसकी मांग में चुटकी भर सिंदूर भरकर कहा था- वंदना-तुम्हारी मांग में भरा यह सिंदूर युगों-युगों तक इस बात का साक्षी रहेगा कि तुम सिर्फ मेरी हों। तुम मेरी पत्नी हो वंदना-और मैं तुम्हारा हूं।'

'लेकिन आनंद-ये समाज-ये संसार?'

'चिंता न करो वंदना। समाज हमारे मार्ग में कभी न आयेगा और यदि आया भी तो मैं छोड़ दूंगा ऐसे समाज को। इस संसार से दूर-मैं तुम्हें एक ऐसी दुनिया में ले जाऊंगा-जहां हम दोनों के अतिरिक्त और कोई भी न हो।'

'किंतु-तुम तो जा रहे हो आनंद।'

'पगली-मैं क्या सदा के लिए जा रहा हूं? ट्रेनिंग पूरी होते ही लौट आऊंगा और तब...।' आनंद ने उसे फिर से बांहों में भर लिया था।

अगले दिन कलकत्ता चला गया था आनंद।

रह गयी थी वह। आनंद की सुखद स्मृतियों को अपने हृदय से लाये वह रात-रात जागती।

समय का पंछी उड़ता रहा था।

सहसा एक दिन चौंकी थी वह। पता चला था-उसके उदर में आनंद के प्रेम का पुष्प खिल रहा था। और जब पुष्प खिला तो संसार में उसकी सुगंध भी फैली। बात चली और वह बदनाम हो गयी। बापू ने सुना तो सर पीट लिया।

उस दिन बहुत रोये थे बापू।

न जाने क्या क्या कहा था उन्होंने। सुनती रही थी वह-रोयी भी थी-मगर फिर भी उसे अपने आनंद पर भरोसा था। वह जानती थी-उसका आनंद न आया था और आनंद के प्रेम का वह पुष्प जो उसके उदर में खिला था- एक दिन उसकी गोद में आ गया था।

बहुत रोयी थी वह उस दिन।

बापू भी रोये थे। फिर उसे समझाया था- 'मैं तेरी पीड़ा को समझता हूं बेटी और मैं यह भी जानता हूं कि तूने कोई पाप नहीं किया है। पापी तो वह निकला-जो तुझे मझंधार में छोड़कर चला गया। मगर तू चिंता मत कर। मैं इस संबंध में ठाकुर साहब से बात करूंगा। ये बच्चा तो उन्हीं के वंश का चिराग है न-अतः मुझे पूरा विश्वास है कि वे इसे स्वीकार कर लेंगे।'

उसने रोका नहीं बापू को।

बापू उसी दिन ठाकुर साहब से मिले थे। किंतु हुआ कुछ और-ठाकुर साहब ने उन्हें धक्के मार-मार कर अपनी हवेली से निकला दिया था। किंतु इस पर भी संतोष न हुआ था ठाकुर को। उसी शाम ठाकुर के चार गुंडे वहां आये थे और...।

इतना मारा था बापू को कि उसी रात उनका प्राणांत हो गया था।

कुछ भी नहीं कर पायी थी वह।

अंततः गांव छोड़ दिया था उसने। अपने बच्चे को लेकर वह इस शहर में आ गयी थी। इस उम्मीद पर कि हो सकता है- उसका मनजीत उसे मिल ही जाये- किंतु...।

एकाएक विचारों का दर्पण टूट गया।

वंदना वर्तमान में लौट आयी।

पोर्च में कोई गाड़ी आकर रुकी थी। संभवतः अंकल लौट आये थे। यह सोचकर वह कमरे से निकली और बरामदे में आ गयी।

वास्तव में बलराज ही थे। बरामदे की सीढ़ियां चढ़कर वह वंदना से बोले-तुम-तुम जाग रही हो वंदना।'

'आपकी वजह से अंकल।'

'मेरी वजह से क्यों?'

'चिंता रहती है आपकी। आपके शत्रुओं एवं प्रतिद्वन्द्वियों की भी तो कमी नहीं। कारोबार ही ऐसा है आपका।'

धीरे से हंस पड़े बलराज-बोले- 'यह तो है वंदना। लेकिन हम इतने बुजदिल भी नहीं कि कोई घोलकर पी जाय। कुमार कहां है?'

'शायद बेला जानती हो?'

'कोई नाराजगी है तुम दोनों में?'

'नहीं अंकल।'

'हूं।' बलराज आगे बढ़कर बरामदे में पड़ी कुर्सियों में से एक कुर्सी पर बैठ गये और सिगरेट सुलगाकर बोले- 'वंदना।'

'कहिए अंकल।'

'तुम्हारे मुंह से बार-बार अंकल कहना हमें अच्छा नहीं लगता। क्या-क्या ऐसा नहीं हो सकता कि तुम हमें पापा अथवा डैडी कहो? बात यह है बेटी कि इस 'अंकल' शब्द में हमें परायेपन की दुर्गंध आती है।' कहकर बलराज वंदना को ध्यान से देखने लगे।

वंदना बोली- 'अच्छा तो मुझे भी नहीं लगता अंकल। आप मुझे सगी बेटी से भी बढ़कर मानते हैं और मैं आपको अंकल कहूं।'

'अच्छा-एक बात बताओ बेटी। तुम क्या वास्तव में दीना की बेटी हो?'

'क्यों-कोई संदेह है आपको?'

'संदेह ही नहीं मुझे विश्वास है बेटी कि तुम्हारा जन्म दीना के घर नहीं हुआ। किसी दूसरे के आंगन का फूल थी तुम।'

'लेकिन...।'

बलराज कहते रहे- 'लेकिन हुआ यह कि एक दिन वक्त की आंधी आयी और वह फूल जो किसी दूसरे के आंगन का था-डाली से टूटकर दीना के घर पहुंच गया।'

'यह आप क्या कह रहे हैं अंकल?'

'यह सच है बेटी-और इस बात की जानकारी हमें आज सुबह ही मिली है। तुम्हारे गांव का एक बूढ़ा चटर्जी के मोटर गैराज में काम करता है। यूं ही उससे परिचय हुआ और जब हमें पता चला कि वह रामनगर का रहने वाला है- हमने उससे तुम्हारे विषय में पूछ लिया। तब उसी ने बताया कि दीना ने तुम्हें भवानी पुर के मेले से पाया था। उस समय एक वर्ष की थी तुम।'

वंदना यह सुनकर अविश्वास से चीख पड़ी और बोली-'न...नहीं अंकल।'

'यह सच है बेटी।' सिगरेट ऐश ट्रे में डालकर बलराज उठ गये और बोले-'तुम चाहो तो उस बूढ़े से स्वयं पूछ सकती हो।'

वंदना उलझनों में खो गयी।

बलराज देर तक कुछ सोचते रहे और फिर बोले-'अच्छा बेटी-तुम्हारे दायें पांव पर घाव का एक चिन्ह बना है-क्या तुम्हें उसकी कुछ याद है? हो सकता है-बचपन में तुम्हारे पांव का आप्रेशन हुआ हो।'

'नहीं अंकल-मुझे ऐसी कोई याद नहीं।'

'अर्थात्-घाव का यह निशान उसी समय का है- जब तुम पांव भी न चलती थी।'

'अंकल।' वंदना ने बेचैनी से कहा- 'मुझे वास्तव में कोई जानकारी नहीं।'

बलराज इस पर धीरे से हंस पड़े।

फिर वंदना का कंधा थपथपाकर बोले-'जाओ-अब सो जाओ।'

'लेकिन अंकल।'

'कहो।'

'अंकल-मेरी समझ में नहीं आता कि ये सब आप मुझसे क्यों कह रहे हैं? और यदि यह सच है तो बताइए न-बताइए न कि मैं किसकी बेटी हूं?'

'बता देंगे बेटी।'

'मगर कब?'

'उस दिन-जिस दिन तुम हमें अंकल के बजाय पापा कहना आरंभ कर दोगी। ओ. के.? अब सो जाओ।' इतना कहकर बलराज ने फिर वंदना का कंधा थपथपाया और अपने कमरे की ओर बढ़ गये।

वंदना सोचों में डूबी रही।

***

सुबह का समय था-किंतु रात देर से सोने के कारण आनंद अभी सो रहा था। एकाएक अपने चेहरे पर किसी के कोमल होंठों का स्पर्श पाकर उसकी नींद खुल गयी। आंखें खोलकर देखा-आंचल उस पर झुकी हुई थी।

आनंद ने करवट बदल ली।

आंचल में कोई कमी न थी। वह अत्यधिक सुंदर थी-पढ़ी-लिखी थी और उसे पागलपन की सीमा तक चाहती थी।

आनंद ने कई बार सोचा था उसके विषय में। कई बार मन में आया-स्वीकार कर ले वह उसके प्रेम को-विवाह कर ले वह उससे। इतने लंबे जीवन पथ पर वह अकेला तो न चल पायेगा।

और फिर राजू-उसका बेटा। उसे भी तो आवश्यक थी मां की ममता की। स्वयं उसके पास तो राजू के लिए समय ही नहीं होता था।

किंतु वंदना...।'

उसने वचन दिया था वंदना को। कहा था- वंदू मेरे जीवन में तुम्हारे अतिरिक्त कोई दूसरी लड़की कभी न आयेगी। तुम मेरी हो वंदू और हमेशा तुम मेरी ही रहोगी।

ऐसे में क्या सोचेगी वंदना उसके विषय में?

इस धरती से दूर किसी दूसरे लोक में बैठी वह जब उसे किसी अन्य के साथ प्रेमालाप करते देखेगी-तो क्या कहेगी?

कितना दुःख होगा उसे।

और फिर-वंदना के साथ बिताये वह अंतरंग क्षण-उनकी सुखद स्मृतियां-इतनी सरलता से कैसे भूल जायेगा वह उसे।

तभी वह चौंका।

आंचल उससे कह रही थी- 'नाराज हो आनंद।'

आनंद मौन लेटा रहा।

'आंचल ने फिर कहा- 'जानती हूं आनंद-सो नहीं रहे हो। तो क्या-मेरा यहां आना और तुमसे बोलना-तुम्हें अच्छा नहीं लगा? यदि ऐसा है तो-जाती हूं आनंद। मैं तो राजू को देखने चली आयी थी-न जाने क्यों इतना मोह, हो गया है उससे।' कहकर मुड़ी आंचल।

आनंद को उठना पड़ा। बोला-'बैठो आंचल। रात चार बजे लौटा था-अतः नींद पूरी न हुई थी।'

'मुझसे नाराज थे?'

'नहीं-यह बात नहीं आंचल-असल में...।'

'असल में क्या?'

'मैं देखना चाहता था कि तुम्हें कितना गुस्सा आता है। और-मैं यह भी देखना चाहता था कि तुम गुस्से में कितनी सुंदर लगती हो।' आनंद हंसा।

आंचल के होंठों पर कलियों जैसी मुस्कराहट फैल गयी।

उसी समय रामदेव चाय ले आया।

चाय के मध्य आनंद ने आंचल से पूछा- 'राजू कहां हैं?'

'साहब सो रहे हैं अभी तक। जगाने की कोशिश की-मगर कुनमुनाकर रह गये।'

'बिल्कुल मुझ पर ही गया है।'

'क्यों?'

'मां बताती थी- बचपन में मैं भी देर तक सोता था।'

'उस जमाने में तो आपकी हवेली में घोड़े ही होगे?'

'हां-दो घोड़े थे। पापा को घुड़सवारी का शौक था।'

'फिर तो जरूर आप घोड़े बेचकर सोते होंगे।'

आनंद इस पर जोरों से हंस पड़ा।

'अच्छा आनंद।' हंसी रुकने पर आंचल बोली।

'कहो।'

'आज का क्या प्रोग्राम है?'

'पुलिस वाले का तो हमेशा एक ही प्रोग्राम रहता है। घर से निकले और पूरे दिन चोरों, लुटेरों का पीछा करो।'

'क्या तुम एक दिन का अवकाश नहीं ले सकते?'

'यही तो मुसीबत है आंचल।'

'क्यों?'

'उत्तरदायित्व इतने हैं कि अवकाश लेकर भी उनसे मुक्ति नहीं मिल सकती। अब देखो न-आज का पूरा दिन बीनापुर के जंगलों में बिताना होगा।'

'वहां क्या हुआ है?'

'सुना है, वहां वायुमार्ग से तस्करी का माल आता है।'

'अजीब मुसीबत है।' आंचल बोली- 'तुम्हारे पास मेरे लिए एक दिन का भी समय नहीं होता। अच्छा सुनो-क्या ऐसा नहीं हो सकता कि मैं भी बीनापुर में तुम्हारे साथ रहूं।'

'तुम क्या करोगी?'

'देखती रहूंगी तुम्हें?'

आनंद ने कुछ न कहा और प्याला रखकर उठ गया। न जाने किन विचारों में खो गया था वह। आंचल उसे कुछ क्षणों तक तो ध्यान से देखती रही और फिर बोली- 'आनंद।'

'हूं।'

'एकाएक गंभीर क्यों हो गये तुम?'

'आंचल यह असंभव है।'

'क्या असंभव है।'

'तुम्हारा मेरा साथ रहना।'

'डर गये शायद।' आंचल उठकर बोली- 'सोचा होगा-आंचल कहीं उंगली के बाद कलाई न पकड़ ले। कहीं एक दिन साथ रहकर-तुमसे तुम्हारी पूरी जिंदगी न मांग ले।'

'मैं अपना जीवन तुम्हें अवश्य दे देता आंचल- किंतु...।'

'किंतु क्या?'

अमानत है दूसरे की।'

'वंदना की बात कर रहे हो।'

'हां।'

'उस वंदना की-जो अब इस संसार में नहीं है।'

'किंतु उसके शब्द-उसकी स्मृतियां तो अभी भी मेरे मस्तिष्क में है। उन्हें किस प्रकार भूल पाऊंगा?'

आंचल को आनंद के इन शब्दों से आघात लगा-हमेशा ही लगता। जब भी वह आनंद के सामने अपने विषय में कोई बात रखती-उन बातों में वंदना का नाम अवश्य आता। आंचल ने कई बार चाहा कि उसकी बातों में वंदना का नाम न आये। किंतु ऐसा कभी न होता।

तभी फोन की घंटी बजी और आंचल चौंक गयी।

आनंद ने रिसीवर उठाकर कहा- 'हैलो।'

'कोठारी स्पीकिंग।'

'कहिए मिस्टर कोठारी।'

'ठाकुर साहब-आपको अपना वायदा तो याद है?'

'हां।'

'तो क्या-आज की रात आप...?'

'जाऊंगा मिस्टर कोठारी। किंतु एक बात का ध्यान रखना। यदि तुम्हारी दी हुई यह इन्फार्मेशन झूठी हुई तो मैं तुम्हारे काने उस्ताद पर इतनी धारायें लगाऊंगा कि वह जीवन भर जेल से बाहर न आ सकेगा।'

'ठाकुर साहब-कोठारी कभी झूठ नहीं बोलता।'

'देखता हूं-और कुछ?'

'बस इतना ही ठाकुर साहब।'

आनंद ने रिसीवर रख दिया।

रिसीवर रखकर वह आंचल से बोला-'बैठो आंचल।'

'अब चलूंगी आनंद।'

'बीनापुर न चलोगी।'

'क्या?'

'हां भई-तुम्हीं तो कह रही थी।'

'डर नहीं लगेगा तुम्हें?'

'डर और तुमसे। चुड़ैल हो क्या?' आनंद हंसकर बोला।

'चुड़ैल से क्या कम हूं- पिछले दो वर्षों से तुम्हें तंग कर रही हूं। जब इच्छा होती है- आ जाती हूं।'

'चलो कोई बात नहीं। पापा को फोन कर दो और तैयार हो जाओ।'

यह सुनकर आंचल के चेहरे पर खुशियों भरी चमक फैल गयी। वह बोली- 'कहीं तुम मुझे बना तो नहीं रहे आनंद।'

'इसमें बनाना कैसा?'

'तुम्हारे मूड का पता नहीं चलता न। एक पल में परायों जैसे लगते हो और अगले ही पल अपने।'

आनंद यह सुनकर हंस पड़ा और बोला- 'सच कहूं?'

'हूं।'

आनंद ने आंचल के कंधे थाम लिये।

आंचल की आंखों में झांकते हुए उसने कहा- 'मैं तुम्हें वास्तव में चाहता हूं आंचल।'

'क्या।

'हां। और तुम्हारे विषय में सोचता भी हूं। किंतु वह वंदना-न जाने किस ओर से आकर मेरे मन मस्तिष्क पर छा जाती है।'

'कितनी भाग्यशाली है वह।'

'कौन?'

'तुम्हारी वदंना'

'न-नहीं आंचल।' आंचल एकाएक गंभीर हो गया और आंचल के कंधे छोड़कर बोला- 'भाग्यशाली न कहो उसे। बहुत दुःख सहे हैं उसने मेरे लिए। कितनी ठोकरें खाई होंगी उसने मेरे बेटे के लिए। और मैं-मैं इतना निर्दयी निकला कि दोबारा उसकी ओर मुड़कर भी न देखा।'

'स-सॉरी आनंद।'

'मैं तैयार होता हूं।' कहकर आनंद बाहर चला गया।

आंचल मूर्तिमान-सी खड़ी रही।

***

'यह सब किसने बताया?'

'इंस्पेक्टर पाटेकर ने।'

‘हूं।’ बलराज कुछ सोचने लगे।

सामने खड़े कुमार ने फिर कहा- ‘इंस्पेक्टर आनंद पूरे दिन वहीं रहेगा। और हो सकता है- वह रात के वक्त भी वहीं रहे।’

‘आनंद को यह सब किसने बताया?’

‘मैंने इस संबंध में पाटेकर से पूछा था। उसने बताया कि कोठारी ने अपने एक आदमी को छुड़ाने के लिए इंस्पेक्टर आनंद से एक समझौता किया है...।’

‘तुम्हारा मतलब है- आनंद को यह जानकारी कोठारी ने दी है?’

‘यस अंकल।’

बलराज साहनी ने घृणा से दांत पीस लिये।

कुमार ने फिर कहा- ‘दिक्कत तो यह है अंकल कि शाहनवाज माल लेकर आ रहा है। यदि हमें पहले से पता होता तो...?’

‘माल तो जरूर आयेगा कुमार।’

‘किंतु आनंद?’

‘उसे हम देख लेंगे।’

‘और-कोठारी?’

‘उसकी पूंछ थोड़ी टेढ़ी हो गई है। सीधी करनी पड़ेगी।’ कहकर बलराज साहनी फोन पर झुके और कोठारी के नंबर डायल करने लगे।

संबंध मिलने पर कोठारी की आवाज सुनाई दी तो वह बोले-‘कोठारी-आखिर तुमने सिद्ध कर दिया कि खिसियानी बिल्ली हमेशा खम्बा नोंचती है।’

‘और-कभी-कभी उसे उखाड़ भी फेंकती है बलराज साहनी।’

‘यह तुम्हारी भूल है कोठारी। आज तक कभी ऐसा नहीं हुआ-जब किसी बिल्ली ने कोई खम्बा उखाड़ फेंका हो। कितनी रकम में सौदा हुआ है इंस्पेक्टर आनंद से?’

‘उसे छोड़ो बलराज साहनी-अपनी कहो।’

‘क्या मतलब?’

‘मैं तुमसे भी सौदा कर सकता हूं।’

‘सौदा और मुझसे। अपनी औकात जानते हो?’

‘अपनी औकात का मुझे पता है बलराज साहनी। मेरे पास न तो गुंडों की फौज है और न ही करोड़ों की दौलत है मगर दिमागी ताकत तुमसे ज्यादा है और यह भरोसा है। कि मैं तुम्हें कभी भी मात दे सकता हूं। अतः अच्छा दोस्ती कर लो। कुछ ज्यादा नहीं लूंगा तुमसे-हर महीने दो तीन लाख।’

‘फिर तो हम तुमसे बीनापुर में ही बात करेंगे कोठारी।’ बलराज साहनी ने घृणा से कहा और रिसीवर रख दिया।

कुमार वहीं खड़ा था। रिसीवर रखकर बलराज ने एक सिगरेट सुलगायी और कुमार से पूछा- ‘कोठारी के पास आदमी कितने हैं?’

'कोठारी के पास केवल चार आदमी हैं अंकल। उनमें काना उस्ताद पकड़ा जा चुका है।'

'नशीले पदार्थों की तस्करी के अलावा वह और क्या करता है?'

'कोठारी तस्करी नहीं करता अंकल-सिर्फ दलाली करता है। सुना है-बारह से कोई आदमी यहां माल ताला है और कोठारी उसकी मदद करता है। मदद के बदले में दस अथवा पन्द्रह परसेंट कमीशन उसे मिल जाता है। इसके अतिरिक्त कोठारी पुलिस का भी दलाल है- यह तो आप जानते ही हैं अंकल।'

'हूं।' बलराज उठ गये और सोचते हुए बोले- 'कुमार।'

'कहिए अंकल।'

'यह आदमी हमारे लिए मुसीबत बन सकता है।'

'बेशक अंकल।'

'खान से कहो कि वह आज की रात इस मुसीबत को दूर कर दे।'

'आपका मतलब है अंकल?'

'हां कुमार-कोठारी का जिंदा रहना हमारे लिये खतरे से खाली नहीं है।'

'अंकल एक दिन शाहनवाज ने कहा था कि हमारा माल समुद्री मार्ग से भी आ जा सकता है।'

'मूर्खतापूर्ण बातें न करो कुमार। तुम जानते हो कि समुद्री मार्ग से राना का माल आता है। फिलहाल राना न तो हमारा प्रतिद्वंद्वी है और न ही दुश्मन है किंतु यदि हमने अपना माल समुद्री मार्ग से मंगाया तो राना हमारा दुश्मन बन जायेगा। और-यह तुम अच्छी तरह जाते हो कि राना हमें किसी भी वक्त बर्बाद कर सकता है।'

'आप ठीक कहते हैं अंकल।' कुमार ने कहा।

बलराज ने सिगरेट ऐश ट्रे में डाल में दी और बैठ गये।

देर तक चुप्पी रही।

फिर इस चुप्पी को तोड़ते हुए कुमार ने कहा- 'अंकल।'

'कहो।'

'अंकल-कल आप मां से मिले थे?'

'क्यों?'

'कुछ कहा था उन्होंने आपके विषय में।'

बलराज चौंककर बोले-'क्या कहा था?'

'अंकल-यह तो मैं जानता हूं कि आप मुझे अपनी औलाद की भांति समझते हैं। शायद इसलिए एक दिन आपने मां से वायदा किया था कि...।'

'ओह-तो तुम हमें हमारा वचन याद दिला रहे हो।'

'नो अंकल-नो।' कुमार बोला- 'मैं आपको आपका वचन याद नहीं दिला रहा हूं बल्कि मैं तो यह कह रहा हूं कि आप मां की बातों पर कोई ध्यान न दें। मुझे आपसे कुछ नहीं चाहिए अंकल। आप मुझे वेतन देते हैं- मेरे लिए वही काफी है।'

'कुमार-हम तुम्हें वेतन के साथ-साथ तुम्हारा हिस्सा भी देते हैं-पच्चीस परसेंट। तुम्हें शायद इस बात की जानकारी न हो। किंतु हम तुमसे बता दें कि भारत बैंक में तुम्हारे नाम दस लाख की रकम जमा हो चुकी है और वह सिर्फ तुम्हारी है। तुम्हारा उस रकम पर पूरा-पूरा अधिकार है। रही सम्पत्ति की बात...।'

'मैंने कहा न अंकल-मुझे आपकी सम्पत्ति नहीं चाहिये। उस पर तो केवल वंदना का अधिकार है। मैं तो केवल यह कहना चाहता हूं कि आप आप मुझे एक पल के लिए भी अपनी नजरों से दूर न करें।'

'हूं।' बलराज मुस्करा कर रह गये। कुमार के मन में क्या था-संभवतः इसे वो जानते थे। वह बोले- 'ठीक है कुमार- अब तुम जाओ।'

'आप नाराज हो गये अंकल?'

'नहीं कुमार।'

'थैंक्यू अंकल- और हां।' कुछ सोचकर कुमार बोला- 'खान क्या कोठारी के अड्डे पर अकेला ही जायेगा?'

'तुम साथ रहोगे।'

'जी।'

'किंतु आज नहीं-कल।'

'ओ. के. अंकल।' कहकर कुमार चला गया।

बलराज किन्हीं सोचों में डूब गये।

***

बीती हुई यादें हमेशा दुःख देती है और अकेले में ही वार करती हैं। दोपहर का समय था। अपने कमरे में खिड़की के सामने खड़ी वंदना अतीत की स्मृतियां में खोयी थी। एकाएक किसी की पदचाप सुनकर वह चौंक गयी।

चेहरा घुमाकर कर देखा-यह कुमार था।

कुमार न आते ही उसे संबोधित किया-'हैलो वंदना।'

'तुम।'

'यूं ही चला आया। बेला बता रही थी कि तुम्हारी तबियत ठीक नहीं।'

'मुझे क्या हुआ था?'

'हो सकता है- उसने झूठ कहा हो।'

'उसने-अथवा तुमने?'

'हो सकता है-यह सही हो।' कहते हुए कुमार बैठ गया और बोला- 'यह तो हम जानते हैं कि आप हमें आरंभ से ही झूठा समझती हैं। यदि ऐसा न होता तो-क्या एक ही छत के नीचे रहते हुए आप हमें पराया समझती?'

'यह किसने कहा आपसे?'

'आपकी बातों ने और आपके शुष्क व्यवहार ने।'

'आदत है मेरी।'

'वह क्या?'

'हर किसी से रूखा व्यवहार करना।'

'मैं समझता हूं-ऐसी आदत दो वर्ष पहले न थी।'

'शायद।'

'बदल डालिए इस आदत को। अन्यथा हो सकता है- लोग आपको घमंडी कहना शुरू कर दें।' कहकर धीरे से हंस पड़ा कुमार और बोला- 'बुरा मत मानिए-मजाक की बात थी। वैसे-एक बात पूछूं आपसे?'

'कहिए।' वंदना बोली।

'हम लोग लगभग दो वर्षों से साथ-साथ रहते हैं। किंतु इन दो वर्षों में मुझे ऐसा नहीं लगा कि आपके मन में मेरे लिए कोई अपनापन रहा हो। बता सकती हैं- ऐसा क्यों है?'

'मैं-मैं विवश हूं कुमार।'

'ऐसी कौन सी विवशता है आपके सामने। जबकि अंकल भी यही चाहते हैं कि हम दोनों एक साथ रहें और एक दूसरे की पीड़ा को समझें।'

वंदना ने इस पर कुछ न कहा और चेहरा घुमाकर खिड़की से बाहर देखने लगी। कहने का साहस न हुआ कि वह किसी दूसरे की अमानत थी और उसके मन प्राण पर केवल आनंद का ही अधिकार था।

तभी कुमार ने उससे कहा- 'वंदना।'

'हूं।'

'कुछ कहा नहीं तुमने?'

'क्या कहूं?'

'अपनी विवशता की कहानी।'

'सुनकर क्या करोगे?'

'कहते हैं-कहने से दुःख बंट जाता है'

'और कभी-कभी सुनने वाला घृणा भी करता है।'

'वचन देता हूं-ऐसा न होगा।'

'क्या-तुम्हारे लिए इतना ही जानना काफी नहीं कि वंदना किसी के योग्य नहीं?'

'नहीं वंदना।' कुमार उठकर उसके समीप आया और बोला- 'ऐसा कभी नहीं हो सकता। इस संसार में ऐसा एक भी व्यक्ति ही नहीं-जिसे अयोग्य कहा जा सके और जो किसी के भी योग्य न हो। यहां तक कि कोठे पर बैठकर अपने जिस्म का सौदा करने वाली एक वेश्या भी...।'

'कुमार।' अनजाने ही वंदना के होंठों से चीख निकल गयी। उसे लगा-जैसे कुमार ने यह वाक्य उसी के विषय में कहा हो।

कुमार उसे ध्यान से देख रहा था। वह बोली-'सॉरी वंदना। मैं तो यह कह रहा था कि फूल डाली पर रहे अथवा टूटकर गिर जाये-उसकी सुगंध कम नहीं होती और वह हमेशा फूल ही रहता है।'

'किसी गंदी नाली में गिरकर भी? क्या सोचते हो तुम-सुगंध रहेगी उसमें-किसी मंदिर में चढ़ने के योग्य रहेगा वह? कोई साहस करेगा उसे गंदी नाली से उठाने का? कोई स्वीकार करेगा उसे?'

'पर तुम...?'

कह गयी वंदना...वेश्या हूं मैं-यही चौरंगी रोड पर मैंने अपने जिस्म का व्यापार किया है। निरंतर दो महीने तक सेजें सजायी हैं मैंने उन लोगों की जिनसे मेरा कोई संबंध ही नहीं था। बोलो, वंदना इस बार फुर्ती से घूम गयी और हिस्टीरीयाई अंदाज में बोली- 'बोलो-फिर भी तुम फूल कहोगे मुझे? फिर भी यह कहोगे कि मैं किसी के योग्य हूं।'

'हां।'

'नहीं कुमार-नहीं।'

'वंदना-जो लोग फूलों से प्यार करते हैं-वह सिर्फ फूल से ही नहीं-उसकी आत्मा से भी प्रेम करते हैं और आत्मा-वह कभी अपवित्र नहीं होती वंदना। हमेशा निर्मल रहती है वह। और मैं...।'

'कुमार बस करो।' तड़प उठी वंदना।

कुमार कहता रहा-मैं-मैं तुम्हारी उसी आत्मा से प्रेम करता हूं वंदना।'

'नहीं-नहीं।' चिल्लाई वंदना और इसके पश्चात् न जाने क्या हुआ कि उसके होंठों से सिसकिया फूट पड़ी।

कुमार देखता रहा।

बरामदे में खड़े बलराज साहनी भी देख रहे थे।

***

आनंद ने जीप रोक दी। बीनापुर की सीमा आरंभ हो चुकी थी।

जीप में बैठी आंचल ने उससे कहा- 'चलो ना।'

'कहां?'

'जहां तुम्हारा दिल चाहे।'

'मुझे तो बीनापुर जाना है।'

'और मैं...।'

'नहीं आंचल।'

'यह क्या पागलपन है?'

'मजबूरी है आंचल-इस समय मैं ड्यूटी पर हूं।'

'ये क्या बात हुई।' आंचल बोली- 'यदि तुम्हें अपनी ड्यूटी की इतनी ही चिंता थी तो मुझे साथ लेना की क्या जरूरत थी।'

'देखो-तुम्हें मुझसे यह शिकायत थी कि मैं तुम्हारे साथ नहीं घूमता। मगर आज के बाद तुम यह शिकायत न करोगी।'

'तो तुम क्या चाहते हो?'

'टैक्सी पकड़ो और घर जाओ।'

'हूं-टैक्सी पकड़ूं और घर जाऊं?'

'हां।'

'यहां-इस जंगल में मुझे टैक्सी मिलेगी?'

आनंद ने कैप उतारी और सोचने वाले अंदाज में सिर खुजलाने लगा। आंचल उसके कंधे पर झुक गयी और बोली- 'इंस्पेक्टर साहब यह पुलिस वाला रौब किसी दूसरे पर चलाना। जज साहब की बेटी हूं। अब भलाई इसी में है कि जीप आगे बढ़ाओ और बीनापुर चलो। चलो ना।'

'देवी जी आगे खतरा है।'

'खतरा कैसा?'

'सुनसान मार्ग है और जंगल है।'

'तो?'

'बुजुर्गों ने कहा है कि ऐसे में किसी लड़के के साथ कोई लड़की नहीं होनी चाहिये। कुछ भी हो सकता है।'

'मगर तुम्हारे जैसे संन्यासी के साथ कुछ नहीं हो सकता-यह मैं जानती हूं।'

'किंतु दिल तो संन्यासी के सीने में भी होता है और दिल में भावनाएं भी होती हैं।'

'अच्छा जी।' आनंद के कान में मुंह लगाकर आंचल ने कहा- 'तो- आपके सीने में भी दिल है।'

'क्यों नहीं।'

'देखूं तो।' इतना कहकर आंचल ने आनंद के सीने पर हाथ रख दिया।

आनंद ने तुरंत उसे अपनी ओर खींच लिया और पहले कि आंचल अपनी मुक्ति के लिए कोई प्रयास करती- आनंद ने उसके होंठों को चूम लिया।

आंचल बोली-'छोड़ी न आनंद।'

'देवी जी-हमने आपसे पहले ही कहा था कि ऐसे जंगल में किसी लड़की का एक लड़के के साथ रहना ठीक नहीं।'

'अच्छा बाबा-क्षमा चाहती हूं। अब छोड़ो।'

'एक शर्त पर।'

'वह क्या?'

'तुम बीनापुर न आओगी।'

'और-गयी तो?'

'फिर यही होगा।'

'क्या होगा?' आंचल ने चंचलता से पूछा।

आनंद ने उसके होंठों पर फिर होंठ रख दिए। आंचल ने इस बार विरोध न किया। कुछ क्षणोंपरांत वह बोली- 'आनंद।'

'कहो।'

'तुम्हारे इस प्रेम को मैं क्या समझूं? एक धोखा-बनावट अथवा भावनाओं का क्षणिक तूफान।'

'सच कहूं?' आंचल के सुर्ख होंठों पर उंगली फिराते हुए आनंद बोला।

'हूं।'

'भावनाओं का तूफान।'

'आनंद।' बुरा लगा आंचल को-बोली-'तो क्या यह तुम्हारा प्रेम न था?' के

'यदि मैं ईमानदारी से कहूं तो-संभवतः नहीं। हां-ये पूरी तरह सत्य है कि हम दोनों मित्र हैं और मित्रता के नाते...।'

'आनंद-कभी तो मेरी भावनाओं का ख्याल किया करो। झूठ ही सही-किंतु कभी तो कह दिया करो कि आंचल मैं तुमसे प्रेम करता हूं।'

'दिक्कत यही है आंचल-कि मैं झूठ नहीं बोल सकता। यदि ऐसा होता तो मेरे जीवन में इतनी तड़प और छटपटाहट न होती। भूल जाता मैं वंदना को। सोच लेता-मैंने प्रेम ही न किया था उसने। अपने आपको यह सोचकर तसल्ली देता कि मेरा उससे कोई रिश्ता ही न था। किंतु नहीं। आंचल।' एकाएक भावुक हो उठा आनंद। वह कहता रहा-'मैंने उससे वास्तव में प्रेम किया था। तभी तो-न बारात सजी-न वंदना दुल्हन बनी और वह सदा के लिए मेरी हो गयी।'

चुप रही आंचल।

आनंद ने फिर कहा- 'आंचल-युग बदलते हैं-इंसान बदलते हैं-किंतु प्रेम की भाषा आज भी वही है- जो पहले थी। और-जो लोग प्रेम की भाषा को जानते हैं-वे सिर्फ प्रेम करते हैं आंचल-सिर्फ प्रेम करते हैं।'

आंचल ने कुछ न कहा।

उसके चेहरे पर पीड़ा का तूफान डोल रहा था।

वह जीप से उतर गयी और बोली-'मैं चल रही हूं आनंद।'

'चलो-मैं तुम्हें बस स्टाप तक छोड़ दूं?'

'नहीं आनंद-मैं चली जाऊंगी। तुम मेरी चिंता न करो-जाओ।' इतना कहकर आंचल आगे बढ़ गई।

आनंद ने उसे रोकना चाहा-किंतु रोक न सका।

***

'आनंद।'

एकाएक बलराज साहनी की कल्पना में जैसे विस्फोट हुआ और वह चौंककर उठ गये। सोचने लगे-वंदना ने अपनी कहानी में यही नाम तो बताया था। वह आनंद ही तो था- जो उसे मंझधार में छोड़कर शहर चला आया था और वंदना उसे खोजते-खोजते यहां आई थी।

आनंद-इंस्पेक्टर आनंद।' कहीं यह वही आनंद तो न था? बलराज साहनी ने अपने आपसे प्रश्न किया और चलकर वंदना के कमरे में आ गये। वंदना उस समय गुमसुम-सी बैठी थी।

बलराज को देखकर वह बोली- 'आइए पापा।'

'कैसे हो बेटे?'

'अच्छी हूं पापा।'

'जी?'

'तुम्हारे चेहरे पर बनी आंसुओं की ये लकीरें बता रही हैं कि...।'

'बीते दिन याद आ गये थे पापा।'

'कुमार को ऐसा न करना चाहिए था।'

'जी।' चौंक गयी वंदना।

बलराज बैठकर बोले- 'घावों का सूखना ही अच्छा होता है। कुरेदने से तो वे हरे होते हैं और फिर-कुमार को आवश्यकता क्या थी तुम्हारे अतीत को देखने की। नहीं बेटी-कुमार की यह बात हमें पसंद नहीं आयी। वह ठीक है कि वह हमारा सैक्रेटरी है- हमराज है। किंतु इसका मतलब यह तो नहीं कि वह हमारे व्यक्तिगत जीवन में झांकने की कोशिश करे।'

वंदना चुप रही।

बलराज सिगरेट सुलगाते लगे-बोले-'वंदना-तुम जानना चाहती थी न-कि हमारी बेटी हमें छोड़कर क्यों चली गई थी?'

'रहने दीजिए पापा-आपको दुःख होगा।'

'लेकिन तुम्हें खुशी होगी बेटी। तुम्हें यह जानकर खुशी होगी कि भवानीपुर के मेले में हमसे बिछुड़ी हुई हमारी वह बेटी ईश्वर की कृपा से हमें फिर मिल गयी है।'

'अच्छा।' वंदना ने खुशी से कहा- 'किन वह है कहां पापा?'

'जानना चाहती हो?'

'बताइए न पापा।'

'वह तुम हो बेटी-तुम ही हमारी गीता हो।'

'यह-यह आप क्या कह रहे हैं पापा?'

'बेटी-यह सच है और इस सच्चाई को हम उसी दिन जान गये थे- जब हमने श्यामा के कोठे पर तुम्हारे पांव का वह निशान देखा था। जब तुम छः माह की थी- तब एक दिन जानकी की गोद से फिसल कर तुम सीढ़ियों पर गिर गयी थी और तुम्हारे पांव की हड्डी टूट गयी थी। आपरेशन कराना पड़ा था तुम्हारे पांव का। बड़ी मुश्किल से चलने-फिरने योग्य हुई थी तुम।'

'पापा-पापा।' रो पड़ी वंदना।

बलराज ने उसे हृदय से लगा लिया और अगले ही क्षण न जाने क्या हुआ कि वो स्वयं भी रो पड़े।

फिर आंसू पोंछकर वह बोले-'जानकी तो तुम्हारे गुम होते ही बिस्तर से लग गयी थी। दिन-रात रोती थी। कहां-कहां नहीं तलाश किया हमने तुम्हें-किंतु कुछ नहीं हुआ और एक दिन जानकी भी हमारा साथ छोड़ गयी। अकेले रह गये हम। जिंदगी ने बहुत दुःख दिये-बहुत ठोकरें खाईं।'

'बस कीजिए पापा-बस कीजिए।' कहते हुए वंदना ने पिता के आंसू पोंछ दिये। कुछ क्षणोंपरांत बलराज बोले-'अच्छी बेटी...।'

'कहिए पापा।'

'तुम-तुम्हारे पास कोई तस्वीर है उस युवक की?'

'कौन-सा युवक पापा?'

'वहीं-जिसे खोजते-खोजते तुम यहां आयी थी।'

'नहीं पापा।'

'उसका नाम आनंद ही था ना?'

'हां पापा'

'इंस्पेक्टर आनंद?'

'हां-किंतु आप...।'

'यहां आनंद नाम का एक पुलिस इंस्पेक्टर है। हो सकता है-वही तुम्हारा आनंद हो और...।'

'रहने दीजिये पापा।'

'क्यों?'

'अब कोई लाभ नहीं। जीवन की जो राहें बहुत पीछे छूट गई हैं-मैं उनकी ओर देखना भी नहीं चाहती।' वंदना ने दुःखी मन से कहा और खिड़की से बाहर देखने लगी।

'किंतु बेटी-तुम्हारा बच्चा? तुमने कहा था न-कि श्यामा ने वह बच्चा आनंद के पास पहुंचा दिया था। क्या तुम्हें उसकी याद नहीं आती?'

'आती है पापा-बहुत आती है। लेकिन...।'

'कहो बेटी।'

'पापा-मुझे विश्वास नहीं है कि श्यामा ने मेरा बच्चा आनंद के पास पहुंचा ही दिया होगा। मुझे तो लगता है पापा-श्यामा ने मेरे बच्चे को...।' कहते-कहते वंदना का गला भर आया और आंखों में आंसुओं की बूंदें चमक उठी।

बलराज बोले-'नहीं बेटी-श्यामा इतनी क्रूर नहीं हो सकती।'

'पापा-उसकी क्रूरता मैंने अपनी आंखों से देखी है। कितना मारा था मुझे चार दिन तक-पानी भी नहीं दिया था उसने।'

'बस करो। बेटी-कलेजा फटता है। दिल करता है कि-जिंदा जमीन में गाढ़ दें उस हरामजादी को।' कहते ही बलराज गला फड़ाकर चिल्लाए- 'खान।'

उनकी यह आवाज पूरे बंगले में गूंज गई।

अगले ही क्षण-तगड़ा एक व्यक्ति कमरे में आ गया और आदर से बोला-'आपने मुझे बुलाया सर?'

'सुनो खान।' बलराज की आंखों में खून ही खून नजर आता था- खान से उन्होंने कहा- 'श्यामा का कोठा तुमने देखा है?'

'हुक्म कीजिये सर।'

'तुम्हें उस हरामजादी को यहां लेकर आना है। अभी-इसी वक्त।'

'ओ. के. सर।'

'जाओ।'

खान चला गया। उसके जाते ही वंदना बोली- 'यह आप क्या कर रहे हैं पापा?'

'हम वही कर रहे है बेटी-जो एक गैरतमंद बाप को करना चाहिए। बहुत हंटर बरसाये हैं न उसने हमारी फूल जैसी बेटी के जिस्म पर। हम उसकी खाल उधेड़ कर रख देंगे बेटी। बोटी-बोटी काटकर फेंक देंगे उस हरामजादी की। बेटी-आज तुम दीना की नहीं-बल्कि उस शख्स की बेटी हो-जिसके पास हर किस्म की ताकत है।'

'ठीक कहते हैं अंकल।'

यह आवाज कुमार की थी जो न जाने कब से बरामदे में खड़ा यह सब सुन रहा था। बलराज उसे देखकर चौंक गये और बोले-'तुम।'

'माफी चाहता हूं अंकल।'

'क्या बात है?'

'अंकल-में यह कहने आया था कि फ्लाइट ठीक समय पर आ रही है।'

'हूं।'

'दूसरी सूचना यह है कि आज इंस्पेक्टर आनंद भी उसी मैदान में है और पुराने ब्रिज के पास...।'

'कोठारी उसके साथ है?'

'नहीं अंकल।'

'कोई बात नही। तुम जयदेव, टोनी और माइकल को लेकर नदी के पास पहुंच जाओ और वातावरण पर नजर रखो। जीप को तारापुर से आगे मत ले जाना।'

'लेकिन अंकल।'

'नदी और पुराने ब्रिज में एक किलोमीटर का फासला है। अतः यदि तुम लोग नदी के पास रहोगे तो पुलिस तुम्हें कभी नहीं देख सकेगी। हां-एक बात का ध्यान रखना कि उससे जान-बुझकर उलझने की कोशिश मत करना।'

'आप?'

'हम फ्लाइट से आधा घंटा पहले खान को लेकर वहां पहुंच जायेंगे। हां एक बात बताओ कुमार।'

'कहिए अंकल।'

'इंस्पेक्टर आनंद-पुलिस हैडक्वार्टर में रहता है?'

'नहीं अंकल।' कुमार ने उत्तर दिया- 'उसका ड्यूटी रूम तो पुलिस मुख्यालय में ही है- किंतु निवास नव ज्योति में है।'

'फ्लैट नंबर?'

कुमार ने नंबर बता दिया।

बलराज ने नंबर नोट किया और कुमार से कहा- 'ठीक है कुमार।'

कुमार चला गया।

उसके जाते ही बलराज भी अपने कमरे में आ गये।

***

'आनंद-आनंद।'

यह नाम वंदना के मस्तिष्क में पटाखों की भांति शोर कर रहा था। बेचैनी हो गयी वंदना। इस शोर को दबाने के लिए उसके कानों पर हाथ रख लिये और होंठों को काटने लगी।

किंतु शोर बढ़ता गया और तभी जैसे कोई अदृश्य शक्ति उसके मन की इस बेचैनी पर ठहाका मारकर हंस पड़ी।

हंसी रुकने पर अदृश्य शक्ति ने उससे कहा- 'पगली-आखिर क्या हो गया है तुझे? यह नाम तो तेरे अपने आनंद का है। कितना चाहती हैं तू उसे-हर पल उसी की यादों में तो डूबी रहती है तू।'

'यह झूठ है।'

'वंदना-इंसान कितना भी चालाक क्यों न हो। वह दूसरों से तो झूठ बोल सकता है- किंतु अपने आपसे नहीं। और यदि यह झूठ है तो बोल-किसके लिए जागती है तू रात-रात भर? कौन है-जो चुपके-चुपके तेरी कल्पना में आता है और तुझे रुलाता है? कौन है- जिसकी वजह से तू किसी जोगन की भांति जी रही है? बोल न वंदना।'

'नहीं-नहीं?'

'वंदना-क्यों धोखा दे रही तू अपने आपको? हृदय का प्यार और मन की बैचेनी क्या कभी छुपती है। क्या पापा तेरी मनोदशा को नहीं जानते? तभी तो उन्होंने आनंद की बातें चलाई थी तेरे सामने। पगली-तुझे तो उनसे कह देना चाहिए थी तेरे सामने। पगली-तुझे तो उनसे कह देना चाहिए था कि आनंद युगो-युगों तक मेरा है और मैं उसकी हूं। तुझे तो बता देना चाहिए था कि आनंद मेरा जीवन ही नहीं-मेरी आत्मा भी है और मैं उसके बिना जीवित नहीं रह सकती। तू देखती तो-बलराज तेरे आनंद को आज ही तेरे पास ले आते।'

'मैं-मैं अब इस योग्य नहीं कि किसी को अपना कह सकूं? तुम जानती हो न एक वेश्या गंदी नाली में रेंगते किसी कीड़े से कम नहीं होती।' अनदेखी शक्ति की आवाज को दबाने की कोशिश करते हुए वंदना बड़बड़ायी।

अदृश्य शक्ति ने कहा- 'यह तेरा भ्रम है वंदना। किसी पर पुरुष के साथ सोने से नारी का तन भले ही गंदा हो जाता हो-किंतु उसकी आत्मा कभी गंदी नहीं होती। मन तो पवित्र ही रहता है हमेशा-फिर अयोग्य कहां रही तू? और फिर-तू यह क्यों नहीं सोचती कि तेरे सिवा जो कुछ भी हुआ- वह तो मात्र एक दुर्घटना थी और दुर्घटना किसी के साथ भी घट सकती है।'

'दोष कहां था तेरा? तू तो अपने आनंद को खोज रही थी। अचानक तुझ पर गुंडों की नजर पड़ी और वे तुझे उठाकर श्यामा के कोठे पर ले गये। तू रोयी गिड़गिड़ायी-किंतु किसी ने तुझ पर दया न की और तुझे एक घरेलू स्त्री से वेश्या बना दिया।'

वंदना अपने होंठों को काटती रही।

तभी विचारों का दर्पण गिरा।

वंदना ने सुना-पापा किसी से जोर-जोर से बोल रहे थे और कोई स्त्री उनसे कह रही थी- 'विश्वास कीजिये हुजूर-यदि मुझे पता होता कि वंदना आपकी बेटी है तो-मैं उसके साथ भूलकर भी ऐसा व्यवहार न करती।'

आवाज श्यामा बाई की थी।

तभी बलराज श्यामा को लेकर उसके कमरे में आ गये। वंदना ने उसे देखकर घृणा से मुंह फेर लिया। पुराने दिन याद आ गये।

श्यामा भय से कांप रही थी और बलराज उससे कह रहे थे- 'श्यामा-हम चाहें तो अभी और इसी समय तुझे धरती में गाढ़ सकते हैं। अपने खूंखार शिकारी कुत्ते तुझ पर छोड़ सकते हैं और तेरी खाल में भूसा भर सकते हैं। मगर हम ऐसा नहीं करेंगे श्यामा। इसलिए नहीं करेंगे- क्योंकि उस वक्त तूने जो कुछ भी किया था-वह तेरे पेशे की मजबूरी थी।'

'आप-आप बहुत बड़े आदमी हैं सेठजी।'

'बकवास बंद कर श्यामा और हमारे सवाल का जवाब दे।'

'पूछिए सेठजी।'

'वंदना का बच्चा कहां है?'

'वंदना का बच्चा?'

'वंदना को जब तेरे कोठे पर पहुंचाया गया था-तो वह अकेली थी?'

'नहीं हुजूर-उसका दुधमुंहा बच्चा भी उसके साथ था।'

'फिर कहां गया वह?' बलराज साहनी ने पूछा। उनकी आंखों से क्रोध एवं घृणा की चिंगारियां छूट रही थी।

कांपते स्वर में श्यामा ने उत्तर दिया- 'म-माफ करें हुजूर-बच्चे को अपने कोठे पर न रखा मेरी मजबूरी थी किंतु मैं इतनी बुरी भी नहीं थी कि उस नन्हीं-सी जान को खत्म कर देती।'

'फिर-क्या किया तुमने?'

‘हुजूर-आपकी बेटी ने मुझसे विनती की थी कि मैं बच्चे को उसके पिता के पास पहुंचा दूं। अब’ मजबूरी यह थी कि उसका नाम तो जानती थी और यह भी जानती थी कि उसका आदमी यहां दरोगा है किंतु इन्हें उनका पता मालूम न था। अतः हुजूर-मैंने बच्चे की जेब में एक खत रखा और उसे अपने आदमी से एक पुलिस स्टेशन के पास रखवा दिया।’

‘कमीनी’

‘हुजूर-मुझे यकीन था कि पुलिस वाले इस बच्चे को इंस्पेक्टर आनंद के पास जरूर पहुंचा देंगे। मैंने वह खत एक नर्स की ओर से लिखा था और उसमें यह भी लिख दिया था कि वंदना अब इस दुनिया में नहीं है। ताकि वह वंदना को खोजने की कोशिश न करे।’

‘तू-तू सच कह रही है न श्यामा?’

‘बिल्कुल सच है हुजूर।’

‘ठीक है श्यामा-जा तू। लेकिन एक बात का ध्यान रखना। यदि तेरी यह बात झूठ सिद्ध हुई तो हम तुझे जिंदा नहीं छोडेंगे।’

‘हुजूर-यह सच है।’

‘खान।’ खान बरामदे में मौजूद था। बलराज ने उससे कहा- ‘श्यामा को उसके कोठे पर छोड़ दो।’,

‘आओ बाई।’ खान ने कहा।

श्यामा चली गई।

वंदना अभी भी मूर्तिमान-सी खड़ी थी।

***

गाड़ी रुक गयी।

गाड़ी से उतरकर बलराज ने खान ने कहा- ‘हम अभी आये खान।’ इसके उपरांत उन्होंने सामने वाली इमारत में प्रवेश किया और सीढ़ियां चढ़कर एक फ्लैट की कॉलबैल का पुश बटन दबाया।

कुछ क्षणोंपरांत द्वार खुला। द्वार खोलने वाले व्यक्ति की आयु चालीस से ऊपर थी। उसने प्रश्नवाचक दृष्टि से बलराज साहनी को देखा तो वह बोले-‘डाक्टर निगम।’

‘साहब तो ड्यूटी पर हैं।’

‘ओह-किंतु उनका बच्चा?’

‘जी।’

बलराज ने जैसे में तीर चलाया और कहा- ‘मेरा मतलब है- वह ठीक तो है न?’

‘बिलकुल ठीक है साहब।’

‘और-उनकी पत्नी?’

‘पत्नी कहां हैं साहब-साहब ने तो अभी शादी ही नहीं की।’

‘व्हाट!’ चौंकने का अभिनय किया बलराज ने-बोले-‘इंस्पेक्टर आनंद अभी तक कुंआरे हैं- तो फिर वह बच्चा?’

‘बच्चा तो उन्हीं का है साहब।’

‘हो सकता है किसी रिश्तेदार का हो। खैर-आयु कितनी होगी?’ बलराज ने पूछा।

‘बच्चे की?’

‘हां।’

‘दो वर्ष।’ अधेड़ ने कहा- ‘लेकिन आप ये सब क्यों पूछ रहे हैं?’

‘इसलिए-क्योंकि आनंद साहब मुझे अपना फैमिली डॉक्टर बनाना चाहते हैं। ऐसे में मेरे लिए यह जानना जरूरी है कि उनकी फैमिली में कितने सदस्य हैं और उन सबकी आयु क्या हैं। आप...?’

‘जी-मेरा नाम रामदास है- नौकर हूं।’

‘ओह! अच्छा रामदास-आनंद साहब तो रामनगर के रहने वाले हैं न और उनके पिता का नाम ठाकुर प्रताप सिंह है?’

‘आपने ठीक सुना है साहब।’

‘आनंद ने ही बताया था एक दिन।’ कहकर बलराज ने रिस्टवाच में समय देखा और बोले-‘अच्छा रामदास-साहब से कहना-डॉक्टर निगम आये थे।’ कहकर वह मुड़े और अपनी गाड़ी में आ गये।

गाड़ी बीनापुर की दिशा में दौड़ने लगी।

बलराज साहनी के लिये यह प्रसन्नता की बात थी कि वंदना का बेटा जीवित था। और-इससे भी अधिक प्रसन्नता की बात यह थी कि आनंद ने अभी तक विवाह न किया था और वह अभी भी वंदना की स्मृतियों को अपने हृदय में छुपाये थे।

अपनी बेटी गीता अर्थात् वंदना का दुःख वह जानते थे। एकांत के क्षणों में उन्होंने वंदना को कई बार रोते देखा था। कई बार नींद में वह बड़बड़ायी थी और उसकी ज़ुबान पर कई बार आनंद का नाम आया था।

सच तो यह था कि उनकी बेटी केवल आनंद के लिए ही जी रही थी। शायद आनंद की वजह से ही वह कुमार की ओर आकर्षित न हुई थी।

‘फिर तुम क्या सोच रहे हो बलराज?’ एकाएक उनके हृदय ने उनसे पूछा।

‘क-किस विषय में?’

‘अपनी बेटी के विषय में।’

‘गीता मेरे जीवन की सबसे बड़ी खुशी है। वह जीवन भर खुश रहे- यही मेरा कामना है।’

‘तो?’

‘मैं चाहता हूं कि गीता को उनका आनंद एवं उसका बच्चा मिल जाये। भले ही इसके लिए मुझे कुछ भी करना पड़े।’

सहसा बलराज की विचारधारा भंग हो गयी।

खान उनसे कह रहा था- ‘सर।’

‘हूं।’

'सर-कैप्टन कुमार एवं दूसरे लोग तो तारापुर वाले मार्ग से गये होंगे?'

'हां।'

'तो क्या...।'

'हां खान-हमें भी उसी मार्ग से जाना होगा। इंस्पेक्टर आनंद से व्यर्थ ही टकराना ठीक नहीं।' बलराज ने कहा।

खान ने फिर कुछ न पूछा और दौड़ती रही। रात का समय था। शहर की कई सड़कें वीरान हो चुकी थी। बलराज की गाड़ी ने कुछ देर पश्चात् ही शहर छोड़ दिया। गाड़ी अब तारापुर की दिशा में दौड़ रही थी।

बलराज साहनी ने तारापुर से कुछ पहले ही गाड़ी को नदी की दिशा में मोड़ से रुकने का संकेत कर रहा हो।

बलराज सामने से लाल सिगनल मिला। यों लगा-जैसे कोई सामने से रुकने का संकेत कर रहा हो।

बलराज ने ब्रेक लगा दिये।

खान ने तुरंत सीट के नीचे छुपी स्टेनगन निकाल ली। यह देखकर बलराज ने खान से कहा- 'सामने पुलिस है खान-स्टेनगन को सीट के नीचे ही रहने दो। और सुनो-फिलहाल तुम गोली न चलाओगे।'

'लेकिन सर...।'

'समझने की कोशिश करो खान।'

खान ने कुछ न कहा।

उसी समय दो जवानों के साथ इंस्पेक्टर आनंद वहां आ गया। दोनों कांस्टेबिल गाड़ी के दायें-बायें खड़े हो गये और आनंद ने बलराज साहनी को कड़ी दृष्टि से देखते हुए कहा- 'यदि मेरा अनुमान गलत नहीं-तो आप ही सेठ बलराज साहनी हैं।'

वातावरण एक चांदनी छिटकी थी।

बलराज आनंद को ध्यान से देखने लगे। सचमुच कामदेव जैसा था आनंद। इतना सुंदर और सजीला कि कोई भी लड़की उसे अपना दिल दे सकती थी। वह सोचने लगे-कितना अच्छा चुनाव था उनकी बेटी का। आनंद को पाकर वह सचमुच धन्य हो गयी थी- किंतु...।

तभी विचारधारा भंग हुई।

आनंद ने फिर कहा- 'आपने मेरे प्रश्न का उत्तर नहीं दिया सेठजी?'

'तम-तुम आनंद हो ना?'

'इंस्पेक्टर आनंद।'

'रामनगर के ठाकुर प्रतापसिंह तुम्हारे पिता हैं ना?'

'साहनी साहब-मेरी वर्दी पर उनका नहीं-मेरा नाम लिखा है।'

'वह तो हम भी देख रहे हैं आनंद। सचमुच कितने भाग्यशाली हैं ठाकुर साहब-जो उनके घर में...।'

'साहनी साहब-आपको मेरे परिवार के विषय में सोचने की कोई जरूरत नहीं है। मैं सिर्फ इतना जानना चाहता हूं कि क्या आप ही बलराज साहनी हैं?'

'हां भई।' बलराज साहनी ने असावधानी से उत्तर दिया- 'हम ही सेठ बलराज साहनी हैं। लेकिन बात क्या है?'

'मुझे आपकी गाड़ी की तलाशी लेनी है।'

'किसलिए?'

'मुझे संदेह है कि आपका संबंध किसी तस्कर गिरोह से है।'

'बहुत खूब।'

'मुझे सूचना मिली है कि बाहर का कोई व्यक्ति यहां आकर आपको हीरे देता है और आप उन हीरों को...।'

'यह सूचना किसने दी तुम्हें?'

'यह जानना आपका काम नही। आप गाड़ी से नीचे आएं और मुझे मेरा काम करने दें।'

'सेवा का मौका भी नहीं दोगे इंस्पेक्टर?'

'सेठ बलराज साहनी-मैं अपना ईमान नहीं बेचता।'

'मगर ईमान बिकता जरूर है इंस्पेक्टर।'

'भ्रष्ट होने से लोग बिक गये होंगे आप जैसों के हाथों। खरीदा होगा आपने उन्हें। मगर इंस्पेक्टर आनंद...।'

'वाकई होनहार हो तुम। भविष्य उज्जवल है तुम्हारा। ठाकुर साहब एक दिन गर्व करेंगे तुम पर।'

'सेठ बलराज साहनी।' आनंद ने इस बार कड़े शब्दों में कहा- 'आप मेरा कीमती समय बर्बाद कर रहे हैं। गाड़ी से बाहर आइए।'

'ठीक है भई।' बलराज साहनी ने कहा। लंबी गहरी सांस ली और गाड़ी से उतर गये। खान को भी बाहर आना पड़ा।

गाड़ी की तलाशी ली गई।

कुछ न मिला।

यह देखकर गर्वभरी मुस्कराहट बलराज साहनी के होंठों पर फैल गई। वह बोले- 'तलाशी ले चुके इंस्पेक्टर।'

'सेठ जी-मुझे अफसोस है कि मैंने आपका समय नष्ट किया। वैसे-क्या मैं जान सकता हूं कि आप इस रास्ते से कहां जाना चाहते हैं जबकि तारापुर दूसरी ओर है।'

इंस्पेक्टर आनंद के इस प्रश्न का उत्तर खान ने दिया। वह बोला-'इंस्पेक्टर साहब-यह जानने की कोई आवश्यकता नहीं कि हम लोग कहां जा रहे हैं। आपका काम पूरा हो चुका है-आप जा सकते हैं।'

आनंद मुस्कराते हुए एक ओर हट गया और ठीक उसी समय वातावरण गोली की आवाज से गूंज गया।

न जाने किस ओर से एक सनसनाती गोली आयी और इंस्पेक्टर आनंद के ऊपर से गुजर गई।

इंस्पेक्टर आनंद ने तुरंत पोजीशन ले ली।

दोनों कांस्टेबिल्स सी धरती पर लेट गये-किंतु जवाब में गोली नहीं चलाई गई। बलराज साहनी जानते थे कि गोली जयदेव, टोनी, माइकल अथवा कुमार ने चलाई होगी और इस समय वे लोग नदी तट पर बने एक मठ में होंगे।

दोबारा गोली नहीं चली।

बलराज ने इंस्पेक्टर आनंद से कहा- 'इंस्पेक्टर-आज्ञा हो तो हम लोग अपनी मंजिल की ओर बढ़ें? वैसे भी रात का समय है और ये गोलीबारी...।'

'आप जा सकते हैं साहनी साहब।' पोजीशन लिये-लिये आनंद ने कहा।

'थैंक्यू इंस्पेक्टर।' बलराज ने कहा और गाड़ी में बैठ गये।

गाड़ी फिर से आगे बढ़ने लगी।

खान ने कहा- 'यह सब ठीक नहीं हुआ सर?'

'वह क्या?'

'इंस्पेक्टर आनंद का हमें रोकना।'

'इससे हमारी योजना पर कोई प्रभाव नहीं पड़ा खान। इंस्पेक्टर आनंद को यह जानकारी नहीं कि हमारा माल वायु मार्ग से आता है।'

'सर-हम चाहते तो...।'

'नहीं खान।'

'सर-मुझे यकीन है कि इंस्पेक्टर आनंद हमेशा हमारा पीछा करेगा। हमें चाहिए था कि हम आज ही उसका खेल खत्म कर देते। इंस्पेक्टर आनंद एवं उसके दोनों जवानों को संभालना हमारे लिए कोई मुश्किल काम न था और वैसे भी सर-किसी भी खतरे को वक्त से पहले ही मिटा देना अच्छा होता है।'

'नहीं खान।' बलराज साहनी ने घबराकर कहा- इंस्पेक्टर आनंद हमारे लिए उतना बड़ा खतरा नहीं-जितना तुम समझ रहे हो। उससे हमारी कोई शत्रुता भी नहीं है। आनंद पर तुम भूलकर भी गोली नहीं चलाओगे।

'ठीक है सर।'

उसी समय एक विशेष सिगनल मिला।

बलराज साहनी ने गाड़ी रोक दी। सामने नदी थी-उस पर लकड़ी का बना हुआ उसके दूसरी ओर बीनापुर का वही जंगल था।

गाड़ी रुकते ही मठ में छुपे जयदेव, टोनी, माइकल एवं कैप्टन कुमार सामने आ गये।

***

बुरी तरह थक गया था आनंद। पूरी रात वह बीनापुर के जंगल में रहा था। अपने निवास पर आते ही उसने वर्दी उतारी और बिस्तर पर लेट गया। उसी समय रामदास राजू को ले आया।

राजू को उसकी गोद में देकर रामदास बोला- 'साहब-रात लगभग नौ बजे डाक्टर निगम आये थे।'

'डाक्टर निगम-क्यों?'

'पता नहीं साहब-राजू की आयु पूछ रहे थे। यह पूछ रहे थे कि क्या राजू आप ही का बेटा है।'

'मगर-मैं तो किसी डाक्टर निगम को नहीं जानता। हुलिया बता सकते हो?'

'जी-लंबे कद के थे। सर के बाल खत्म थे और चेहरा-हां दायी ओर एक जख्म का निशान था।'

'होगा कोई। मगर भविष्य में ध्यान रखना रामदास। मेरी अनुपस्थिति में किसी को भी अंदर न बुलाना।'

'जानता हूं साहब।'

फिर रामदास चला गया और आनंद राजू से बातें करने लगा। उसी समय फोन की घंटी बजी। आनंद ने हाथ बढ़ाकर रिसीवर उठाया और कहा-'हैलो।'

'एस. पी. बिजलानी।'

'ओह-गुड मार्निंग सर!'

'गुड मार्निंग मिस्टर आनंद-अभी लौटे हो?'

'नो सर-इस समय तो मैं हैडक्वार्टर से आ रहा हूं।' आप उस समय अपने रूम में न थे-इसलिए चला आया।'

'बलराज से मुलाकात हुई?'

'मुलाकात तो हुई सर-किंतु कोई लाभ न हुआ। मैंने उसकी गाड़ी की तलाशी भी ली थी।'

'मुलाकात कहां हुई थी?'

'तारापुर मोड़ पर नदी के पास।'

'समय कितना था?'

'ग्यारह बजे थे?'

'इंस्पेक्टर आनंद-तुमने यह जानने की कोशिश न की कि रात के ग्यारह बजे बलराज साहनी उस जंगल में क्या कर रहा था?'

'मैं उसका पीछा करना चाहता था सर। किंतु हुआ यह कि सहसा किसी ने मुझ पर नदी की दिशा से फायरिंग शुरू कर दी और मुझे वहां रुकना पड़ा। किंतु यह मेरी भूल थी सर। मुझे सोचना चाहिए था कि ये गोलियां भी बलराज के आदमियों की ओर से चलाई जा रही हैं और ये सब इसलिए हो रहा है-ताकि मैं उसकी गाड़ी का पीछा न कर सकूं। किंतु मैं वचन देता हूं सर कि भविष्य में ऐसा न होगा?'

'तुमने यह जानने की कोशिश की कि बलराज साहनी को माल कहां से मिलता है?'

'सर-इस संबंध में मैं किसी भी नतीजे पर नहीं पहुंच पा रहा हूं। मैं सोचता हूं सर-कि जब तारापुर एवं बीनापुर दोनों ही स्थान समुद्र से काफी दूरी पर हैं और यह शहर समुद्र के किनारे पर

है तो बलराज साहनी को माल लेने के लिए तारापुर अथवा बीनापुर जाने की क्या जरूरत है। इसके लिए तो काला टापू अच्छी जगह थी।'

'तो फिर बीनापुर एवं तारापुर में क्या है।'

'यही तो मैं नहीं समझ पा रहा हूं सर।'

'हो सकता है- उसका कोई आदमी काले टापू से माल लेकर बीनापुर पहुंचता हो।'

'ये बात गले में उतरने वाली नहीं है। सर। क्योंकि काले टापू से बीनापुर की दूरी बीस किलोमीटर से भी अधिक हैं और मार्ग में दो चेकपोस्ट हैं। मैं नहीं समझता कि बलराज का कोई आदमी काले टापू से माल लेकर बीनापुर पहुंचने की मूर्खता करेगा।'

'कोठारी इस संबंध में क्या जानता है?'

'कोठारी ने बलराज को सैकड़ों दफा बीनापुर के जंगल में देखा है और कई बार उसका पीछा भी किया है। किंतु पीछा करते-करते भी वह पुराने ब्रिज से आगे नहीं बढ़ सका। कारण यह है कि जंगल की सीमा पर बलराज के गुंडे मौजूद रहते हैं और कोठारी के पास गुंडों की उतनी शक्ति नहीं है।'

'हूं।' दूसरी ओर से कुछ सोचने के बाद कहा गया- 'बलराज साहनी क्या प्रतिदिन बीनापुर जाता है?'

'नो सर।' आनंद ने कहा- 'कोठारी के अनुसार बलराज साहनी वहां सप्ताह में दो बार जाता है।'

'किस समय?'

'रात्रि में ग्यारह एवं बारह के बीच।'

'और लौटता कब है।'

'लगभग दो बजे। यह जानकारी मुझे कोठारी ने दी है।'

'ठीक है इंस्पेक्टर। अब तुम कोठारी से यह जानने की कोशिश करो कि बलराज को बीनापुर कब जाना है।'

'ओ. के. सर।'

'दैट्स आल।'

इसके साथ ही संबंध विच्छेद हो गया।

आनंद ने रिसीवर रख दिया। रिसीवर रखकर उसने देखा-आंचल समीप ही खड़ी थी। आनंद ने उसे देखकर कहा- 'हैले आंचल-कैसी हो?'

'राजू से मिलने आयी हूं। आओ राजू।' आंचल ने कहा और बांहें फैलाकर राजू को अपनी गोद में उठा लिया।

इसके पश्चात ज्यों ही वह बाहर जाने को मुड़ी-आनंद ने उससे कहा-'आंचल?'

'हूं।'

'एक सलाह लेनी थी तुमसे।'

'कहिए।'

'परसों बीस अप्रैल है।'

'तो...?'

'राजू का बर्थ-डे है।'

'अच्छी बात है।'

'मैं सोच रहा हूं- क्यों न पिछले वर्ष की भांति इस वर्ष भी राजू का जन्म दिन धूमधाम से मनाया जाये।'

आंचल ने शुष्क स्वर में उत्तर दिया-'इसमें मैं क्या कर सकती हूं।'

'क्या राजू तुम्हारा अपना नहीं?'

'तुम क्या सोचते हो?'

'मैं तो सोचता हूं राजू पर मुझसे अधिक तुम्हारा अधिकार है।'

'केवल सोचने और कहने से क्या होता है?'

'क्यों?'

'तुम जानते हो-राजू तुम्हारा बेटा है और यह घर भी तुम्हारा ही है। तुम्हारी आज्ञा के बिना तो मैं इस घर में कदम भी नहीं रख सकती। राजू को गोद में लेना और अपना कहना तो दूर की बात है।'

'तुम सोचती हो-कभी ऐसा भी हो सकता है?'

'होने में समय भी कितना लगता है-यह तो मन की बात है और यह तुम भली प्रकार जानते हो कि तुम्हारे मन पर मेरा नहीं-तुम्हारी वंदना का अधिकार है।'

'समझा। तो-कल की बातों पर नाराज हो।' कहकर आनंद उठा और आंचल के सामने आकर बोला-'किंतु विश्वास करो आंचल-उस समय मैं विवश था। वहां बीनापुर में मेरे ऑफिसर मेरी प्रतीक्षा कर रहे थे। ऐसे में मैं...।'

'बातें अच्छी बनाते हो।'

'तारीफ के लिए शुक्रिया।'

'और कुछ कहना है?'

'राजू को रामदास को दे दो और बैठ जाओ।'

'मैंने कोई और निर्णय लिया है।'

'वह क्या?'

'जो राहें मुझे दुःख के अतिरिक्त और कुछ न देती हों-मैं उन पर चलना छोड़ दूंगी।' कहते-कहते आंचल की आंखें भर आई।

'एकाएक यह निर्णय क्यों? आनंद ने पूछा।

'पीड़ाएं सही नहीं जाती अब। जब भी तुमसे मिलती हूं-निराशा ही मिलती है। सोचती हूं-होंठों पर मुस्कराहट हो-किंतु...।' कहते-कहते रुक गई आंचल। सामने से गुजरते रामदास को देखकर उसने राजू को उतार दिया। राजू बाहर चला गया और आंचल उंगलियों की पोरों से अपने आंसू पोंछने लगी।

आनंद तड़प उठा यह देखकर। आंचल की पीड़ा वह समझता था। ठीक ही तो कहा था उसने। आंचल को उसने दुःख एवं निराशाओं के अतिरिक्त और दिया भी क्या था। अपने मन में आशाओं के न जाने कितने दीप जलाकर वह यहां आती और वह वह उन्हें निर्दयता से बुरा डालता-यह भी न सोचता कि आंचल उससे कितना प्रेम करती हैं।

प्रेम के बदले में पीड़ाएं।

आशाओं के बदले निराशा-वास्तव में अन्याय था यह।

तभी आनंद चौंका। आंचल द्वार की ओर बढ़ रही थी। आंचल को रोकते हुए वह बोला- 'ठहरो आंचल।'

आंचल रुक गई।

आनंद ने उससे कहा- 'मैं-मैं अपने आपको बदलने का प्रयास करूंगा आंचल। मैं कोशिश करूंगा कि मुझसे मिलकर तुम्हें कोई दुःख न हो।'

आंचल मौन रही।

आनंद ने फिर कहा- 'और हां- मैं आज का अवकाश ले रहा हूं। मैं चाहता हूं कि हमारा यह आज का दिन जीवन में एक खूबसूरत याद बनकर रहे। चलोगी ना?'

'कहां?'

'मेरे साथ कहीं भी?'

'कल की तरह-बीच में छोड़ दिया तो?'

'नहीं आंचल-आज ऐसा न होगा।' आनंद ने कहा। फिर आंचल के कंधे थामकर उसकी आंखों में देखते हुए वह बोला-'वचन देता हूं।'

'क्या भरोसा-वचन तोड़ दिया तो?'

'सबूत चाहिए?'

'हूं।'

'एक पल के लिए आंखें बंद करोगी?'

आंचल ने आंखें मूंद ली।

ठीक उसी समय आनंद ने उसे बांहों में भरा और उसके होंठों से होंठ सटा दिये। यह देखकर आंचल के होंठों से निकला- 'आनंद।' और इसके उपरांत वह उसके हृदय से लग गयी।

बारह खड़े रामदास ने यह देखा तो वह मुस्करा कर रह गया।

***

शांता चौंक गई। कुमार हमेशा प्रसन्न मुद्रा में आता था-किंतु आज उसकी आंखों से निराशा झलक रही थी और चेहरे पर उदासी थी।

शांता ने निकट बैठकर पूछा- 'क्या बात है कुमार?'

'कुछ भी तो नहीं मां।'

'तबियत ठीक नहीं?'

'तबियत तो ठीक है मां-लेकिन...।'

'लेकिन क्या?'

'लगता है मां-भाग्य ठीक नहीं।'

'क्यों?'

'बस-यूं ही मां। सोचता कुछ हूं होता कुछ है।'

'यह भी तो हो सकता है कि तूने गलत सोचा हो।'

'ऐसा तो कुछ नहीं सोचा था मां। सोचा तो सही था-जो पूरा हो सकता था। खैर छोड़ों मां।' कुमार ने लंबी गहरी सांस ली और रिस्टवाच पर नजर डालकर कहा- 'हो सके तो एक प्याला चाय ले आओ।'

'अभी लाती हूं।' कहकर शांता उठ गयी और एकाएक कुछ सोचते हुए बोली-'सेठजी से बातें हुई थी।'

'बातें तो नहीं हुई मां। लेकिन मुझे अविश्वास है कि वो मेरी बात कभी न मानेंगे।'

'शांता यह सुनकर चौंक गई और बोली-'क्यों, क्या तुझे विश्वास नहीं कि वह अपनी सम्पत्ति तेरे नाम लिख देंगे?'

'मुझे सम्पत्ति नहीं चाहिए मां।'

'फिर वही पागलपन।'

'मां-तुम पूरे दिन अकेली रहती हो न-इसलिए मैं चाहता हूं कि...।'

'समझी।' शांता ने बेटे के गाल पर स्नेह से चपत लगायी और कहा-'तो अब तू वास्तव में समझदार हो गया है। मां के लिए बहू लाना चाहता है-है न?'

'और बहू भी ऐसी मां-जो लाखों में एक हो।'

'अच्छा-ऐसी कोई लड़की है तेरी नजरों में?'

'लड़की तो है मां।'

'कौन?'

'वंदना-अंकल की बेटी।'

'क-कुमार।' एकाएक शांता के मुंह से चीख निकल गई और वह कुमार को फटीफटी नजरों से देखने लगी।

कुमार ने उठकर कहा- 'वंदना सचमुच लाखों में एक है मां। तुम चिराग लेकर खोजोगी तब भी ऐसी बहू तुम्हें न मिलेगी।'

'बस कर कुमार-बस कर।' जैसे तड़प उठी शांता।

'क्या हुआ मां?'

'हुआ यह बेटे-कि जीवन भर जिस दलदल में रही-आज तू मुझे फिर उसी दलदल में घसीटना चाहता है। जिस दिन चौरंगी रोड़ छोड़ी थी-बहुत खुशी हुई थी मुझे। सोचा था अब मैं इज्जत की जिंदगी जी सकूंगी। यह भी सोचा था कि मेरे मस्तक पर लगा कलंक का टीका हमेशा के लिए धुल जायेगा और उसके पश्चात् लोग मुझे शांता बाई के नाम से नहीं-बल्कि

शांता के नाम से जानेंगे। अपनी एक छोटी-सी दुनिया होगी-मेरी बहू होगी और...।' कहते-कहते शांता का गला भर आया।

'यही तो मैं भी सोच रहा हूं मां।'

'कुछ नहीं सोच रहा है तू।' शांता चीख पड़ी- 'तू सोच रहा है तेरी मां के मस्तक पर जीवन पर लिखा रहे कि यह वेश्याओं का घर है- तभी तो एक वेश्या को तू इस घर की बहू बनाने के सामने देख रहा है।'

'तुम-तुम गलत सोच रही हो मां। कुमार ने मां की पीड़ा को समझा और कहा- 'मेरा उद्देश्य यह बिल्कुल नहीं है। और फिर-तुमसे यह किसने कहा कि वंदना बुरी लड़की है? सोचो मां-कोई व्यक्ति अपने मार्ग पर चला जा रहा है और एकाएक वह गंदी नाली में गिर पड़े तो क्या उसे गंदा कहा जायेगा। तुम्हारे साथ भी तो यही हुआ था मां। पिता थे नहीं-चाचा ने तुम्हें बेच दिया और तुम कोठे पर पहुंच गई। तुमने मुझे जन्म दिया- मगर मैंने तुमसे कभी नहीं पूछा कि मेरा बाप कौन है। कभी घृणा नहीं की मैंने तुमसे। सिर्फ इसलिए मां-क्योंकि मुझे तुम्हारी विवशताओं का पता था। मैं जानता था कि मेरी मां वेश्या अवश्य है किंतु उसके हृदय में प्रेम, त्याग और ममता वही है-जो प्रत्येक नारी में होती है।'

शांता सिसकती रही।

कुमार ने एक पलकर रुक कर कहा- 'जहां तक वंदना की बात है- उसकी कहानी का भी तुम्हें पता है। और-आज तो वह सेठ बलराज की बेटी है। इस शहर में ऐसा कौन है-जो उसे वेश्या कह सके। जानती हो न मां-दौलत इंसान इंसान के बड़े-बड़े गुनाहों को छुपा लेती है।'

शांता फिर भी सिसकती रही।

'और फिर मां।' कुमार ने कहा- 'तुम्हारा यह सपना भी तो है कि एक दिन तुम्हारा बेटा बहुत बड़ा आदमी बने और उसे कुमार से कुमार सेठ कहा जाये।'

'हां-यही सपना है मेरा।'

'इसलिए तो कहता हूं मां कि वंदना को अपने घर की बहू बना लो। क्योंकि वंदना सेठजी की इकलौती बेटी है। बलराज के पास जो कुछ भी है- वह सब कुछ वंदना का है। किंतु यदि तुम अपनी जिद्द पर अड़ी रहीं तो-सांप निकल जायेगा मां और हम लकीर पीटते रहेंगे। वंदना के साथ-साथ बलराज की दौलत भी किसी दूसरे की हो जायेगी और तुम्हारा सपना अधूरा रह जायेगा।'

शांता ने आंसू पोंछ लिये।

कुमार ने शायद ठीक कहा था।

कुछ क्षणोंपरांत वह बोली-'तूने पूछा था वंदना से?'

'वह क्या?'

'यही कि-वह तुझे...?'

'मुझे विश्वास है मां कि वंदना मेरे इस प्रस्ताव को अस्वीकार नहीं करेगी।'

'और-बलराज साहनी।'

‘अंकल का पूरा कारोबार मेरी मुट्ठी में है मां और वो इस बात को भली प्रकार जानते हैं कि कुमार उन्हें बर्बाद भी कर सकता है। अतः मैं नहीं मानता कि वो भी मेरी इस मांग को ठुकरा देंगे।’

शांता ने इस पर कुछ न कहा और बाहर चली गयी।

कुछ देर बाद वह चाय लेकर लौटी तो कुमार ने उससे पूछा- ‘अब तो नाराज नहीं हो ना मां?’

‘नहीं रे-नाराज क्यों हूंगी तुझसे। और वैसे भी बेटे-मैं तो ये सब तेरी भलाई के लिए ही कह रही थी।’

‘चिंता न करो मां-सब ठीक हो जायेगा।’ कुमार ने कहा।

धीरे-धीरे चाय समाप्त हो गयी।

उठकर वह बोला-‘अच्छा मां-अब चलता हूं।’

‘बस-तेरी यही आदत मुझे बुरी लगती है।’

‘कौन सी आदत मां?’

‘आते ही चल देता है।’

‘मेरी अच्छी मां-मेरे पास वक्त ही इतना होता है। सेठ बलराज के कारोबार से फुर्सत मिले-तब ना। चौबीस घंटों की नौकरी है।’

‘अब कब आयेगा?’

‘समय मिला तो शाम को-नहीं तो कल।’

‘कल दोपहर का खाना यहीं खाना-मैं तेरे लिए पिस्ते की खीर बनाऊंगी।’ कुमार इस पर हंस पड़ा।

***

बच्चे ने आंखें खोल दी। अपने होंठों पर कलियों जैसी मुस्कराहट लिए वह मां को देख रहा था। यह देखकर वंदना ने धीरे से उसकी नाक को दबा दिया और बोली-‘बहुत शैतान हो गया है तू। लाख कोशिश करती हूं और तुझे नींद नहीं आती।’

‘तुम भी तो नहीं सोती मां।’

‘तू सोने दे तब न। थोड़ी-सी झपकी लगती है और आंचल खींच लेता है।’

‘नींद नहीं आती मां। एक लोरी सुना दो ना।’

‘अच्छा ठीक है-पहले आंखें बंद कर।’

बच्चे ने आंखें मूंद ली।

वंदना उसके निकट लेट गयी और लोरी सुनाने लगी-‘चांद के रथ में परियों की रानी...।’

बच्चा सो गया।

एकाएक किसी का भयानक अट्टहास सुनाई पड़ा।

वंदना घबराकर उठ गयी। देखा-एक भयानक आकृति उसके बच्चे के निकट खड़ी हंस रही थी।

वंदना ने उससे पूछा-'क-कौन हो तुम?'

'मैं तेरा दुर्भाग्य हूं वंदना।'

'मेरा दुर्भाग्य।'

'हां। ला यह बच्चा मुझे दे दे। मैं इसे लेने आया हूं।'

'नहीं।' वंदना ने घबराकर बच्चे को हृदय से लगा लिया और बोली-'मैं अपना बच्चा नहीं दूंगी। यह मेरा लाल है- यह मेरे नयनों का तारा है।'

भयानक आकृति इस पर ठहाका मारकर हंस पड़ी और उसने वंदना की गोद में से बच्चा ले लिया। यह देखकर वंदना पूरी शक्ति से चिल्लाई-

'मेरा लाल मेरा बच्चा।'

तभी स्वप्न टूट गया।

वंदना ने आंखें खोलकर चारों ओर देखा। संध्या के चार बजे थे और स्वप्न की स्मृति अभी भी उसके पूछ रहे थे-'क्या हुआ बेटी- क्या हुआ?'

'क-कुछ नहीं पापा।'

'फिर तुम चीख क्यों रही थी?'

'मैं।'

'हां-मैं बरामदे से गुजर रहा था और तुम अपने बच्चे को पुकार रही थी।'

वंदना ने इस पर कुछ न कहा-किंतु आंखें भर आई। बलराज उसकी पीड़ा को समझ गये। वह बैठ गये और स्नेह से बोले-'चिंता न करो वंदना-तुम्हारा बेटा तुम्हें मिल जायेगा।'

'पापा।'

'कल मिला था मैं उससे-स्वस्थ है वह। और जानती हो-उसका नाम क्या है? बड़ा प्यारा सा नाम रखा है आनंद ने उसका-राजू। अवश्य ही वह किसी राजकुमार की तरह सुंदर होगा। तू-तू देखना चाहती है न उसे?'

'रहने दीजिये पापा।' आंखें पोंछकर वंदना ने कहा- 'जो अपना नहीं-उसे अपना कहने से क्या लाभ।'

'लाभ है बेटी-लाभ है क्योंकि वह तेरा है।'

'मेरा होता तो क्या वह अभागा मेरे पास न रहता?' क्यों छोड़ जाता वह मुझे? कम-से-कम एक बार तो देखता मेरी ओर। एक बार तो सोचता कि मां उसके बिना कैसे जिएगी? किसका मुख देखकर वह अपना शेष जीवन गुजारेगी?' कहते-कहते वंदना के होंठों से सिसकियां फूट पड़ी।

स्वयं बलराज की भी आंखें भर आई। बेटी की पीड़ा जैसे हृदय में उतर गयी थी। बेटी के आंसू पोंछकर वह बोले-'हम-हम आनंद से बात करेंगे बेटी। हम उससे कहेंगे कि वह हमारा सब कुछ ले ले-मगर हमारी बच्ची की खुशियां हमें लौटा दे।'

इतना कहकर वह उठे और बाहर चले गये।

उनके जाते ही जैसे कई प्रश्न वंदना के मस्तिष्क में चीख उठे।

आनंद क्या उसे स्वीकार कर लेगा?

हो सकता है-आनंद उसे भूल चुका हो।

यदि ऐसा हुआ तो...।'

उसका बच्चा।

उसका लाल...?

तभी कुमार ने कमरे में प्रवेश किया और वंदना की विचारधारा भंग हो गयी। निकट आकर ने उससे कहा-'हैलो वंदना जी।'

'हैलो।' वंदना ने केवल इतना ही कहा और उठकर दर्पण के सामने वह अपने बालों को ठीक करने लगी।

कुमार उसे ध्यान से देख रहा था। पिछले कई दिनों से उसने वंदना को मुस्कराते न देखा था। हमेशा उदासी छाई रहती उसके चेहरे पर। एकाएक ऐसा क्यों हुआ था-यह कुमार न जानता था। दर्पण में वंदना की छवि को देखते हुए कुमार अब भी यही सोच रहा था।

सहसा वंदना ने उससे पूछा-'कोई काम काम था कुमार?'

'यूं ही चला आया वंदना। क्या बैठने के लिए न कहोगी?'

'बैठो।'

कुमार बैठ गया।

कुछ क्षणोंपरांत वह बोला-'वंदना।'

'हूं।'

'सुना था-आजकल तुम्हारी तबियत कुछ ठीक नहीं रहती।'

'क्यों?'

'अधिकांश समय अपने कमरे में रहती हो।'

'मुझे घूमने का शौक नहीं।'

'किंतु-प्रत्येक समय कमरे में बुरा नहीं लगता?'

'आदत-सी हो गई है।'

'अकेले रहने की?'

'हां।'

'अकेले जीना कितना कठिन होता है- कभी सोचा है'

'अकेली कहां हूं।'

'दूसरा कौन है?'

'मेरा अतीत-मेरा मन और उसमें बसी मेरे आनंद की स्मृतियां।'

'वंदना।' कुमार के होंठों से चीख-सी निकल गयी ये सुनकर। वंदना से उसे ऐसे शब्दों की आशा न थी।

वंदना ने पूछा-'क्या हुआ कुमार?'

'क-कुछ नहीं वंदना।'

'तुम्हें बुरा लगा मेरा ये सब कहना?'

'बुरा।' फीकी-सी मुस्कराहट कुमार के होंठों पर फैल गई। वह बोली-'नहीं-नहीं भला बुरा क्यों लगेगा? कितना सुंदर अतीत है तुम्हारा-उसके होते तुम भला अकेली कैसे रह सकती है। और वैसे भी-ये यादें तो होती ही हैं कि-इंसान उनसे तन्हाइयों में बात करे-उन्हें अपने हृदय से लगाये। उन्हें अपना समझे।'

'ठीक कहते हो कुमार।'

'लेकिन वंदना।'

'कहो।'

'यह आनंद साहब?'

'पापा उनके विषय में सब कुछ जानते हैं।'

'शायद पुलिस इंस्पेक्टर है।'

'तुम कैसे जानते हो?'

'संभवतः अंकल ने ही बताया था। यदि यह पुलिस इंस्पेक्टर हैं तो-मेरा ख्याल है मैं भी उन्हें जानता हूं। किसी दिन मिलूंगी उनसे?'

'नहीं-नहीं कुमार।' वंदना ने कहा और ब्रश रखकर बैठ गई-बोली-'मैं नहीं चाहती कि तुम उनसे मेरे विषय में कुछ बताओ-कुछ कहो।'

'हां-यह भी ठीक है वंदना।' कुमार ने कहा। फिर कुछ सोचकर वह बोला-'अच्छा-अब चलता हूं। अंकल के काम से बाहर जाना है।'

कहकर कुमार चला गया। वंदना को अपनी भूल का अनुभव हुआ। कुमार से उसे आनंद के विषय में कुछ न कहना चाहिए था।

***

दोपहर का समय था-हवाएं शांत थी। आनंद एवं आंचल एक नौका पर बैठे काले टापू की ओर बढ़ रहे थे। आनंद चप्पू चला रहा था और आंचल नीचे झुकी जैसे पानी से खेल रही थी।

'आनंद।' कुछ क्षणोंपरांत वह बोली।

'हूं।'

'जानते हो-यह सागर कितना गहरा है?'

'नहीं तो।'

'और यह-आकाश कितना ऊंचा है?'

'नहीं बाबा।'

'मैं बताता हूं।' आंचल बोली- 'कहते हैं-सागर से गहरा और आकाश से अधिक ऊंचा इस संसार में और कुछ नहीं होता।'

'होता है।'

'वह क्या?'

'किसी का प्यार।'

'आनंद-मैं तुमसे इतना ही प्रेम करती हूं।'

'किंतु फिर भी भूल करती हो।'

'वह क्यों?' आंचल ने पूछा और सीधे बैठकर आनंद को ध्यान से देखने लगी।

'इसलिए।' आनंद बोला- 'क्योंकि प्रेम करने वाले कभी अपने प्रेम का बखान नहीं करते।'

'और-सामने वाला बिना कहे कुछ न समझे तो...?'

'ऐसा कभी नहीं होता आंचल। प्रेम तो आंखों में छुपा होता है और आंखों की भाषा आंखें आसानी से समझ लेती हैं।'

'अच्छा-किंतु मेरी आंखें तो तुम प्रतिदिन देखते हो।'

'तो?'

'क्या देखा है मेरी आंखों में तुमने।'

'प्रेम तो है-किंतु...।'

'किंतु क्या?'

'त्याग नहीं है।'

'यह क्या होता है।'

'सिर्फ खोना-पाना नहीं।'

'तुम्हारी बातें मेरी समझ में नहीं आती।'

'न आयें तो अच्छा है।' आनंद ने कहा और नौका को नहरों के सहारे छोड़ दिया। आनंद ने कहा और नौका को धीरे-धीरे तट की ओर बढ़ने लगी।

आंचल ने फिर कुछ न कहा और दृष्टि उठाकर टापू की ओर देखने लगी। नारियल के वृक्षों से घिरा यह टापू दूर से देखने पर अत्यंत सुंदर नजर आता था।

कुछ ही देर पश्चात् नौका किनारे पर आ गयी। आनंद ने नौका को बांधा और आंचल से बोला- 'आओ आंचल।'

'यहां हम कब तक रहेंगे?'

'सुबह तक।'

'क्या?'

'भई जब घूमने निकले हैं तो-घंटे दो घंटे में क्या होता है। पूरी रात रहेंगे-लहरों से बातें करेंगे और आने-जाने वाले जलयानों को देखेंगे।'

'नहीं बाबा-मैं पूरी रात नहीं रुक सकती।' आंचल ने कहा और बैठ गयी।

आनंद ने बैठाकर पूछा- 'क्यों...?'

'डर लगेगा मुझे।'

'मुझसे?'

'तुम्हारा भी क्या भरोसा।'

आनंद इस पर हंस पड़ा। उसने आंचल को अपनी गोद में खींच लिया और बोला-'वैसे-एक बात कहूं आंचल।'

'वह क्या?'

'कभी-कभी तुम बहुत सुंदर लगती हो।'

'सिर्फ कभी-कभी?'

'तब-जब तुम गुस्से में नहीं होती।'

'अब कैसी लगती हूं?'

'सच कहूं?'

'झूठ क्यों?'

'एक ऐसी परी जैसी-जो ठीक अभी-अभी आकाश से उतर कर धरती पर आयी हो।' आनंद ने कहा।

'सच कहते हो?' आंचल ने पूछा।

'बिल्कुल सच।' कहते ही आनंद ने आंचल के सुर्ख होंठों पर अपने होंठ रख दिये।

आंचल ने कोई विरोध नहीं किया।

उसने अपनी आंखें मूंद ली और आनंद का एक हाथ उसके ब्लाउज के अंदर छुपी गोलाईयों पर फिसलने लगा। फिर भी कोई विरोध न किया आंचल ने। यही तो चाहती थी वह-आनंद किसी दिन उसके इतना करीब आये कि फिर दूर ही न जा सके।

आनंद उसे पल-पल उत्तेजित करता रहा।

फिर कुछ क्षणोंपरात जब आनंद ने उसकी साड़ी से खेलना आरम्भ किया तो आंचल उससे बोली-'आंनद।'

'हूं।'

'विश्वास दिलाती हूं-मैं तुम्हारी हूं।'

'मुझे तुम पर भरोसा है आंचल।'

'किंतु मुझे भय लगता है आनंद।'

'वह क्यों?' आंचल की चिकनी जंघाओं पर हाथ फिराते हुए आनंद ने पूछा।

'कहीं तुमने मुझे धोखा दिया तो?'

'कैसा धोखा आंचल?'

'आज अपना बनाया-कल पराया समझ बैठे?'

'ऐसा न होगा।'

'हुआ तो...?'

'यह तो समय ही बतायेगा आंचल।'

'आनंद-आनंद।' आंचल इस बार खुशी से बड़बड़ायी और आनंद से किसी लता की भांति लिपट गई।

आनंद का हाथ कभी उसके वक्ष और कभी जंघाओं पर फिसलता रहा। अत्यधिक उत्तेजना के कारण आंचल अब पागलों की तरह हांफ रही थी। फिर ऐसा भी हुआ-जब आनंद उस पर झुका और आंचल के होंठों से हल्की-सी चीख निकल गयी।

सांसें सांसों में समा गई।

दो जिस्म जैसे कुछ क्षणों के लिए एक हो गये और सागर में उठती गिरती तरंगें जैसे यह सब देखती रही।

तूफान आया और गुजर भी गया। किंतु आंचल फिर भी आनंद के सीने में चेहरा छुपाये रही। आनंद ने उससे कहा- 'आओ आंचल-थोड़ा घूम लें।'

'आनंद।' आंचल बोली- 'यह शाम तुम्हें याद तो रहेगी न? तुम्हें याद तो रहेगा न कि एक दिन...?'

'हां-याद रहेगा आंचल-लेकिन...।'

'लेकिन क्या?'

'तुम यह नहीं सोचती कि अब यह सब ठीक नहीं हुआ?'

'बुरा भी क्या हुआ?'

'मेरा मतलब है आंचल-तुम कुंआरी हो। और...कहते हैं-लड़की को विवाह से पहले इन सब बातों से दूर रहना चाहिए। नहीं-नहीं-वैसे तो अब दूसरा युग है। जब से हम पश्चिमी सभ्यता के रंग में रंगे हैं- अब इन बातों को इतना महत्त्व नहीं दिया जाता। किंतु फिर भी आंचल।'

'आनंद।' आंचल उठ गयी और बोली-'क्या तुम यह कहना चाहते हो कि मुझे तुम पर भरोसा नहीं करना चाहिए?'

'बात भरोसे की नहीं आंचल।'

'और?'

'समाज के नियम की है।'

'आनंद-न जाने मेरा दिल तोड़कर तुम्हें क्या मिलता है? पता नहीं तुम क्यों चाहते हो कि मैं एक पल के लिये भी मुस्कुरा न सकूं।' कहकर वह एक ओर चल दी। आनंद निरुत्तर-सा हो गया।

***

बलराज साहनी जब दो पैग पी चुके और नशा उनकी पलकों पर सवार होने लगा तो शांता उनकी गोद में लेट गई और बोली-'बलराज।'

'बोलो शांता।'

'कुमार को तुम अपने बेटे की भांति मानते हो ना?'

'शांता।' शांता के होंठों पर उंगली फिराते हुए बलराज ने कहा- 'तुम अच्छी तरह जानती हो कि हम तुमसे कितनी मुहब्बत करते हैं। क्योंकि कुमार तुम्हारा बेटा है-इसलिए हम उससे भी उतनी ही मुहब्बत करते हैं।'

'मैं अपने कुमार के लिए कुछ मांग लूं तुमसे।'

'कितनी दौलत चाहिए तुम्हारे कुमार को?'

'नहीं-दौलत नहीं सेठजी।'

'सम्पत्ति कहो ना?'

'नहीं-वह भी नहीं।'

और क्या चाहिए?'

और क्या चाहिए?

'पहले वचन दीजिये कि आप अपनी शांता को निराश न करेंगे।'

'शांता-तुम अच्छी तरह जानती हो कि हमने तुम्हें कभी निराश नहीं किया। बोली-कौन-सी वस्तु का अभाव है तुम्हारे जीवन में? क्या चाहिए तुम्हें?'

'म-मुझे अपने बेटे के लिए बहू चाहिए सेठजी।'

बलराज इस पर धीरे से हंस पड़े।

शांता ने पूछा। 'आप हंस क्यों रहे हैं सेठजी?'

'बात जो हंसने की है शांता।'

'पर यह सच है सेठजी।'

'बहू चाहिए तुम्हें?'

'हां सेठजी।'

'अर्थात् तुम अपने बेटे की शादी करना चाहती हो?'

'हां।'

'कोई लड़की देखी?'

'लड़की तो देख ली सेठजी।'

'अच्छी है।'

'लाखों में एक है। इतनी सुंदर की चांद भी देखे तो लजा जाये।'

बलराज का एक हाथ जैसे शांता के ब्लाऊज में कुछ टटोल रहा था। वह बोले-'फिर देर कैसी शांता-चट मंगनी और पट ब्याह। इतनी धूमधाम से शादी करेंगे तुम्हारे कुमार की कि पूरा शहर देखता रह जायेगा।'

'क्या आप सच कह रहे हैं सेठजी?'

'शांता-हमार समझ में नहीं आता कि तुम एक साधारण-सी बात के लिए इतनी परेशान क्यों हो रही हो।'

'बात साधारण नहीं है सेठजी। शायद आप नहीं जानते कि कुमार अपने लिए कौन-सी लड़की पसंद की है।'

'कौन-सी लड़की पसंद की है?'

'वंदना-आपकी बेटी।' शांता ने कहा।

जैसे कोई बम बलराज की कनपटी से टकरा गया। चौंककर वह एक झटके से उठ गये और हौले से चिल्लाए- 'शांता।'

'क्या हुआ सेठजी?'

'तुम-तुम्हें शर्म आनी चाहिए शांता। हमारी बेटी को अपने घर की बहू बनाने को सपना देखने से पहले तुम्हें यह तो सोचना चाहिये था कि समाज में तुम्हारी इज्जत और हैसियत क्या है?'

'यह तो आप जानते हैं सेठजी कि शांता की कितनी इज्जत है। क्या मेरे लिए यह गर्व की बात नहीं कि आप जैसा सेठ मुझे बांहों में भरता है क्या मेरे लिए यह इज्जत की बात नहीं कि आप जैसा इज्जतदार व्यक्ति मेरे पास अपनी रातों को रंगीन बनाने आता है?'

'शांता।'

शांता उठी और कड़वाहट से बोली- 'रही शर्म की बात तो एक बात बताओ सेठ बलराज-जब तुम एक वेश्या को अपनी रखैल बनाकर रख सकते हो-तो तुम अपनी बेटी को उस वेश्या की बहू क्यों नहीं बना सकते? क्या इसलिए कि यहां रहने से उसकी इज्जत घट जायेगी? किंतु यदि ऐसा है तो यहां आने से तुम्हारी इज्जत क्यों नहीं जाती?'

'बकवास बंद करो शांता'

'सेठ बलराज-किसी दूसरे की इज्जत से खेलना बहुत आसान होता है। मगर जब स्वयं की इज्जत पर आंच आती है तो-बहुत बुरा लगता है सेठ बलराज-बुरा लगता है।'

'शांता-अपनी जुबान बंद रखो।'

'मैं तो अपनी जुबान बंद रखूंगी सेठ बलराज।' घृणा से कहा शांता ने-किंतु कुमार...? जब उसे पता चलेगा कि तुम वर्षों से उसकी मां के जिस्म से खेलते रहे हो तो क्या वह अपनी जुबान बंद रखेगा? यह जानकर वह क्रोध से पागल न हो उठेगा कि तुम उसे वर्षों से छलते रहे हो?'

'ओह।' बलराज यह सुनकर परेशान हो गये। वह बोले-'तो अपने जिस्म की कीमत चाहिए तुम्हें। बोलो-कितनी कीमत चाहिए तुम्हें अपनी शरीर की-लाख-दो-लाख-पांच लाख?'

'सेठ बलराज-मुझे अपने बेटे की खुशी चाहिए। और जानते हो मेरे कुमार की खुशी क्या है? तुम्हारी बेटी वंदना।'

'फिर तो तुम सपना देख रही हो शांता।'

'सेठजी।'

'अच्छी तरह नोट कर लो शांता। सेठ बलराज इतना बेगैरत नहीं कि अपनी बेटी को किसी वेश्या के घराने के बहू बनायेगा। कह देना अपने कुमार से-यदि आज के पश्चात उसने हमारी बेटी की तरफ आंख उठाकर भी देखा-तो उसके लिए हमसे बुरा कोई न होगा।'

'शांता तड़प कर रह गयी।'

जबकि बलराज ने उसे घृणा पूर्ण नजरों से देखा और तेजी से बाहर चले गये। और शांता...। बलराज के जीते ही न जाने क्या हुआ कि वह हिचकियों से रो पड़ी।

संभवतः उसने आज पहली बार यह जाना था कि उसकी हैसियत क्या थी।

***

'कुछ पीड़ाएं असहनीय होती हैं-सही नही जाती। वंदना ने भी प्रयास किया-कि वह भूल जाये हम सपने को। किंतु रह-रहकर स्वप्न की स्मृति उसके मस्तिष्क में चीखती रही और अपने बेटे को याद करके वह आंसू बहाती रही।

फिर-न जाने क्या हुआ कि उसने मन-मन-मन एक निश्चय किया और वह तैयार होकर बंगले से बाहर गयी।

आनंद का पता उसे याद था।

ठीक एक घंटे वह उस इमारत में पहुंच गई पता चला कि वह कुछ देर पहले ही बाहर गये थे। वंदना यही चाहती थी- आनंद की नजरों का सामना करने का उसमें साहस न था। उसे तो केवल अपने बेटे को देखना था।

ऊपर पहुंचकर उसने घंटी का पुश बटन दबाया।

द्वार खुला-वंदना का दिल धड़क उठा।

'आप?' रामदेव ने पूछा।

'मेरा नाम गीता है। रामनगर से आयी हूं- ठाकुर प्रताप सिंह मेरे चाचा हैं। सोचा-आनंद से मिलती चलूं।'

'साहस तो ड्यूटी पर गये हैं।'

''ओह-फिर तो मुझे आना ही न चाहिए था।

'कैसी बातें करती हो बिटिया। जब आई हो तो क्या साहब से मिले बिना ही चली जाओगी? अंदर जाओ।'

वंदना अंदर आ गई। रामदास ने द्वार बंद कर दिया।

राजू उस समय बरामदे में ही खेल रहा था। देखकर वंदना की ममता तड़प उठी। उसे यों राजू की ओर देखते पाकर रामदास ने कहा- 'साहब के बेटे हैं राजू।'

'पर काका-साहब ने तो...।'

'अब यह तो मैं भी नहीं जानता बिटिया कि साहब ने शादी की अथवा नहीं मगर बच्चा उन्हीं का है।'

'बहुत ही प्यारा बच्चा है।'

'हां-और उतना ही शैतान भी।' रामदास ने कहा।

'क्या नाम है इनका?'

'राजू! अच्छा बिटिया-तुम बैठो। मैं तुम्हारे लिए जलपान लेकर आता हूं।' इतना कहकर रामदास चला गया।

राजू उस समय ट्राइसिकिल से खेल रहा था। वंदना ने आगे बढ़कर उसे गोद में उठा लिया और चूमकर बोली-बेटे-क्या नाम है तुम्हारा?

'राजू।'

'बहुत ही प्यारा नाम है।'

'आप तौन हैं आंटी?'

'मैं-मैं तुम्हारी आंटी हूं बेटे। अच्छी हूं ना?'

'बहुत अत्थी हैं।'

'और-तुम्हारी मम्मी-वह भी अच्छी हैं ना?'

'हां-बहुत अत्थी हैं।'

वंदना यह सुनकर चौंक गई।

हृदय पर आघात-सा लगा। सोचने लगी-तो क्या आनंद के विषय में उसने झूठ सुना है? आनंद क्या विवाह कर चुका है? राजू की बातों से तो यही लबता था-कि उसने विवाह कर लिया है।

तभी वह चौंकी-राजू उससे कह रहा था- 'आंटी।'

'कहो-कहो बेटे।'

'हमसे साइकिल नहीं चलती।'

'कोई बात नहीं बेटे। मैं तुम्हें साइकिल चलाना सिखा दूंगी।' इतना कहकर वंदना ने राजू को ट्राइसिकिल पर बैठा दिया और फिर वह साइकिल को धीरे-धीरे आगे बढ़ाने लगी।

राजू खुश होकर तालियां पीटने लगा। वंदना ने उसे यों किलकारी मारते देखा तो लगा-जैसे उसे संसार की समस्त खुशियां मिल गई हो। कुछ देर के लिए वह अपने दुःखों को भूल गई।

किंतु ममता अब भी तड़प रही थी। राजू को उसने ट्राइसिकिल से उतारा-हृदय से लगाया और फिर पागलों की तरह चूमने लगी।

तभी रामदास की आवाज उसके कानों से टकराई-वह कह रहा था-'आओ बिटिया-जलपान कर लो।'

वंदना ने आंखें पोंछ ली। राजू को चूमते-चूमते उसकी आंखें भर आई थी। राजू को लिए हुए कमरे में आ गई। दिल चाह रहा था कि वह राजू को उसी प्रकार अपने हृदय से लगाये रहे। कितनी शांति-कितनी ठंडक मिली थी उसे।

एकाएक रामदास ने उससे कहा-'इसे उतार दो न बिटिया। यह तो अब गोद को पसंद ही नहीं करता।' हमेशा खेलता रहता है।'

वंदना ने राजू को उतार दिया।

राजू बाहर चला गया तो चाय का प्याला वंदना ने रामदास से लेकर कहा- 'काका।'

'कहो बिटिया।'

'क्या यह सच है कि आनंद ने अभी तक विवाह नहीं किया?'

'हां बिटिया।'

'मगर क्यों?'

'यह तो वही जानें बिटिया। अभी पिछले दिनों ठाकुर साहब आये थे। बहुत समझाया उन्होंने साहब को। मगर वह किसी प्रकार भी शादी के लिए तैयार नहीं हुए और ठाकुर साहब उनसे नाराज होकर चले गये।'

'अच्छा।'

'एक दिन मैंने भी कहा था उनसे। साहब-यदि आप शादी कर लेंगे- तो कम से कम राजू को तो किसी की ममता मिल जायेगी। किंतु उन्होंने उल्टा ही उत्तर दिया। बोले-नहीं रामदास-मैंने फैसला किया है कि मैं जीवन भर विवाह न करूंगा। अब तुम्हीं बताओ बिटिया-ऐसे आदमी को कोई क्या समझाये।'

'ठीक कहते हो काका।'

उसी समय फोन की घंटी बजी।

रामदास ने रिसीवर उठाकर कहा-'हैलो।'

'रामदास मैं आनंद बोल रहा हूं।'

'अच्छा हुआ साहब-आपने स्वयं ही फोन कर लिया। मैं भी आपको फोन करने वाला था।'

'क्या हुआ रामदास?'

'साहब-अभी-अभी रामनगर से आपकी कोई रिश्तेदार आई हैं।'

'रिश्तेदार।'

'जी-नाम नहीं बताया उन्होंने। उम्र बीस-बाईस से अधिक न होगी। आप कब आ रहे हैं साहब।'

'रामदास-यूं तो मुझे इसी समय कहीं जाना था।'

'ठीक है साहब।'

रामदास ने रिसीवर रख दिया और वंदना से कहा-'साहब आ रहे हैं।'

वंदना कांप गई।

'तुम बैठो बिटिया-तब तक मैं खाना तैयार करता हूं।'

वंदना उलझ कर रह गयी। क्या करे वह-रुक जाये? नहीं-नहीं-उसका तुरंत आनंद के सामने आना ठीक नहीं। क्या पता आनंद उसे भूल गया हो। हो सकता है- आनंद अब उससे प्रेम न करता हो। नहीं-पहले उसे देखना चाहिए कि क्या आनंद के ह्रदय में उसके लिए आज भी उतना ही प्रेम है- तभी मिलना चाहिए उससे।

सोचते ही वंदना ने एक निर्णय लिया और उठकर रामदास से बोली-'रहने दो काका।'

'क्यों?'

'मैं जा रही हूं काका।'

'मगर-साहब तो आ रहे हैं।'

'इस समय जल्दी में हूं-फिर मिल लूंगी।' इतना कहकर वंदना ने राजू को फिर गोद में उठाया। उसके कपोल पर कई चुम्बन अंकित किये और चलकर बाहर आ गयी। उसकी आंखों

में अब भी आंसुओं की बूंदें झिलझिला रही थी। किंतु ये आंसू दुःख के थे अथवा खुशी के यह शायद वह भी नहीं जानती थी।

***

'खान-गाड़ी रोको।'

खान ने फुर्ती से ब्रेक लगा दिये।

बलराज गाड़ी से उतरे और तेजी से सड़क पार करके दूसरे फुटपाथ पर पहुंचे गये। सामने से वंदना आ रही थी।

बलराज ने उसे संबोधित किया-'वंदना।'

वंदना रुक गई। बलराज उसे मार्ग में मिल जायेंगे-ऐसी आशा उसे न थी। चौंककर वह बोली-'पापा आप...।'

'बीनापुर जा रहे हैं। किंतु तुम...?'

'जी...।'

'घूमने गई थी?'

'बस यूं ही पापा।'

'आनंद मिला?'

वंदना के चेहरे पर अपराधी जैसे भाव फैल गये।

'बताओ न बेटी-आनंद से मुलाकात हुई?'

'नहीं।'

'तुम-तुम वहीं से आ रही हो ना?'

'जी।'

'हूं-राजू तो मिला होगा?'

'जी।'

'यह अच्छा हुआ वंदना-तुमने उसे अपनी आंखों से देख लिया।'

'पापा।'

'चिंता मत करो बेटी। मैं तुम्हारे संबंध में आनंद से बात करूंगा। अब तुम घर जाओ।'

'आप-आप जल्दी आयेंगे न पापा।'

'कोशिश करूंगा।' बलराज ने कहा।

वंदना आगे बढ़ गयी।

बलराज चलकर गाड़ी में आ गये। गाड़ी फिर से दौड़ने लगी।

एकाएक बलराज साहनी की आंखों के सामने एक-एक करके शांता एवं कुमार के चेहरे घूम गये और इसके साथ ही उनके स्वयं के चेहरे पर कड़वाहट-सी फैल गई। शांता से उन्हें ऐसी आशा न थी।

उन्हें भय था तो इस बात कि शांता अपने कुमार को भड़का सकती थी और कुमार उन्हें ब्लैकमेल कर सकता था। कुमार को उनके इस अवैध व्यापार की एक-एक बारीकी का पता था और इस प्रकार कुमार के लिए उन्हें बर्बाद कर देना कोई मुश्किल काम न था।

फिर क्या करें वह?

कुमार की बात मान लें?

वंदना की शादी कुमार से कर दें?

अपने स्वार्थ के लिए वह बेटी की खुशियों का खून कर दें?

नहीं-नहीं हो सकता था यह सब। पूरे एक युग के पश्चात् तो उनकी बेटी उन्हें मिली थी। वह किसी भी दशा में अपनी लाड़ली के अरमानों का खून नहीं कर सकते थे। उनकी बेटी उनके जीवन की सबसे बड़ी खुशी थी।

तभी खान ने उनकी विचारधारा मोड़ दी। वह कह रहा था-'माफ करें सर-मैं देख रहा हूं कि आज आज शाम से ही कुछ परेशान हैं। क्या कोठारी की वजह से सर? किंतु यदि ऐसा है तो मैं आपको विश्वास दिलाता हूं कि कोठारी का खेल एक दो दिन में खत्म हो जायेगा।'

'नहीं-ऐसी बात नहीं खान।' बलराज ने बात टाल दी और कहा- 'सुनो-कुमार तो अब तक पहुंच चुका होगा।'

'बिल्कुल सर-लेकिन...।'

'लेकिन क्या?'

'इंस्पेक्टर आनंद।'

'तुम्हारा मतलब है- इंस्पेक्टर आनंद वहां होगा?'

'यर-सर-और ऐसी स्थिति में...।'

'चिंता न करो-आज हम दूसरे मार्ग से जायेंगे।'

'दूसरा मार्ग यहां है सर?'

'खान-हमने फैसला किया है कि गाड़ी हम तारापुर मोड़ पर छोड़ देंगे और आगे का रास्ता पैदल तय करेंगे।'

खान ने फिर कुछ न पूछा।

गाड़ी तारापुर पर पहुंच गई। बलराज के आदेश पर खान ने गाड़ी को कच्चे मार्ग से नीचे उतारा और घनी झाड़ियों में छुपा दिया।

उसी समय कुमार एवं उसके साथी भी आ गये।

बलराज ने कुमार से पूछा-'आनंद से मुलाकांत हुई?'

'नो सर।'

'गुड।'

'लेकिन सर-पुलिस की दो गाड़ियां आज पुराने ब्रिज के पास खड़ी है। मैं उसी मार्ग से होकर आया हूं।'

'और तारापुर के पास?'

'वहां भी पुलिस है सर।'

बलराज चिंता में डूब गये। उनके लिए शाहनवाज से माल लेना कोई कठिन कार्य न था। किंतु माल लेकर सुरक्षित रूप से अड्डे पर पहुंचना...।'

तभी कुमार ने कहा- 'सर-पुलिस की जो गाड़ियां पुराने ब्रिज पर हैं-उनकी ओर से तो हमें खतरा नहीं है। किंतु यहां नदी के पास...।'

'वहां कितनी फोर्स है।'

'फिलहाल तो तीन चार आदमी नजर आये हैं।'

'कोई बात नहीं। तुम लोग इसी प्रकार कच्चे मार्ग से होकर आगे बढ़ो। ध्यान रहे तुम्हें अपने आपको पुलिस की नजरों से बचाकर रखना है।'

'ओ. के. सर।'

***

रात्रि का एक बजा था।

बलराज साहनी के पास एक ब्रीफकेस था-जिसे लिये वह सावधानी से आगे बढ़ रहे थे। शेष लोग उनके दायें-बायें थे। योजना के अनुसार इन्हें नदी को पार करके लगभग एक किलोमीटर की दूरी पर खड़ी गाड़ियों तक पहुंचना था।

किंतु नदी पार करते ही रुकना पड़ा।

सामने से सर्च लाइट की तेज रोशनी इनके चेहरों पर पड़ी और इसके साथ ही जैसे चेतावनी दी गई- 'सेठ बलराज साहनी-तुम चारों ओर से घिर चुके हो। अच्छा होगा कि आत्मसमर्पण कर दो। यदि भागने की कोशिश की तो गोलियों से भून दिये जाओगे।'

आवाज इंस्पेक्टर आनंद की थी।

बलराज उलझकर रह गये।

कुमार ने कहा-'आप चिंता न करे सर। पुलिस को हम संभाल लेंगे।'

'नहीं कुमार।'

'समझने की कोशिश कीजिये सर। यदि हमने कुछ न किया तो हमें गोलियों से भून दिया जायेगा।'

बलराज समझ न पा रहे थे कि ऐसी स्थिति में वह क्या करें।

तभी इंस्पेक्टर आनंद की आवाज आयी- 'सेठ बलराज साहनी-यदि तुम अपने बचाव का कोई उपाय सोच रहे हो-तो यह तुम्हारी मूर्खता है। तुम्हें चारों ओर से घेर लिया गया है। ऐसे में यदि तुमने कोई भी चालाकी दिखाई तो बच नहीं पाओगे।'

आवाज सामने से आ रही थी।

इंस्पेक्टर आनंद शायद झाड़ियों के पीछे छुपा था।

उसी समय कुमार ने न जाने क्या सोचा कि उसने अपनी स्टेनगन सीधी की-सामने की दिशा का निशाना लिया और ट्रेगर खींच दिया।

वातावरण गोलियों की आवाज से गूंज गया।

यह देखकर बलराज ने कुमार को अपनी ओर खींच लिया और धीरे से कहा- 'बेवकूफी मत करो कुमार। तुम्हें किसी भी दशा में आनंद पर गोली नही चलानी है।'

'बेवकूफी आप कर रहें है सर।'

'कुमार।'

'सर-आप यह क्यों नही सोचते कि हम घिर चुके हैं और पुलिस हमें गोलियों सो छलनी कर सकती है। क्या ऐसी स्थिति में हमें अपना बचाव भी न करना चाहिए?'

खान ने कुमार की बात का समर्थन किया- 'कैप्टन ठीक कहते हैं सर।'

'चुप रहो खान।'

तभी पुलिस की दिशा से गोलियां चलने लगी।

यूं तो चारों ओर अंधकार था-किंतु सर्च लाइट के कारण इतनी रोशनी थी कि यदि वहां सुई भी होती तो वह भी स्पष्ट नजर आती।

बलराज सहित सभी लोग नीचे लेट गये।

बलराज ने आदेश दिया- 'धीरे-धीरे पीछे हटते रहो। लेकिन ध्यान रहे-गोलियां नहीं चलेंगी।'

'गोलियां चलेंगी सर।' कुमार ने फिर कहा।

'कुमार-यह हमारा आदेश है।'

'हां-आदेश आपका है सर-किंतु कर्तव्य हमारा है। हमें हर प्रकार से अपनी और अपने माल की हिफाजत करनी है।'

'कुमार-कुमार।'

बलराज कहते ही रहे और कुमार ने फिर स्टेनगन का ट्रेगर खींच दिया। कुमार के साथ-साथ अन्य लोगों ने भी गोलियां चलानी आरंभ कर दी।

पुलिस की ओर से भी अंधाधुंध गोलियां चल रही थी।

तभी यह सब चौंके।

एकाएक पीछे की ओर से गोलियां चलने लगी।

इंस्पेक्टर आनंद ने ठीक ही कहा था। बलराज एवं उसके साथी वास्तव में चारों ओर से घिर चुके थे।

यह देखकर कुमार ने बलराज से कहा-'कहिए सर-क्या आप अब भी यही आदेश देंगे कि हमें गोलियां नहीं चलानी है?'

बलराज उत्तर न दे सके।

इस समय कुमार जो कुछ कर रहा था-वह उचित था। पुलिस को रोकने के लिए गोलियां चलाना जरूरी था। किंतु आनंद...। अलराज नहीं चाहते थे कि उनकी ओर से चलने वाली गोलियों में से कोई गोली आनंद के सीने में उतर जाये।

बलराज अभी स्थिति के विषय में सोच ही रहे थे कि कुमार ने उनसे कहा- 'आप मुझे ब्रीफकेस दीजिये सर और दायीं ओर हटकर नदी में कूद जाइए। माल को मैं संभाल लूंगा।

'तुम किस प्रकार बचोगे?'

'मैं और मेरे साथी बच जायेंगे। आप बिल्कुल चिंता न करें। और हां-यह विश्वास रखे कि माल पुलिस के हाथों में न जायेगा।'

बलराज ने उसे ब्रीफकेस दे दिया।

ब्रीफकेस देकर वह धीरे-धीरे पीछे हटे और नदी में उतर गये।

ठीक उसी समय कुमार एवं उसके साथियों ने पुलिस पर अंधाधुंध गोलियां चलाई और तुरंत पीछे हटकर नदी में कूद गये।

***

लगभग तीन बजे लौटा आनंद।

बिस्तर पर लेटते ही नींद आ गयी। सुबह लगभग आठ बजे उसे आंचल ने जगाया। आनंद ने उठते ही पूछा-'तुम कब आयी आंचल?'

'यही तो थी मैं।'

'कब?'

'पूरी रात रही।'

'पूरी रात-यह कैसे हो सकता है?'

'हो सकता है साहब।' इतना कहकर आंचल बैठ गयी और अपना एक हाथ आनंद के सीने पर रखकर वह शरारत से बोली-'अब कहो।'

'क्या कहूं?'

'क्या पूरी रात मैं तुम्हारे दिल में न रही?'

आनंद ने उसे झट से अपनी गोद में खींच लिया और बोला-'यह तो है आंचल। न जाने क्यों-रात कई बार तुम्हारी याद आयी।'

'अच्छा।'

'एक बार तो सोचा...।'

'क्या सोचा...?'

'मिल जाऊं तुमसे।'

'फिर आये क्यों नहीं?'

'कोई मेहमान आ गया था।'

'कौन था?'

'गांव से कोई लड़की आयी थी। किंतु हुआ यह कि वह मेरे आने से पहले ही लौट गई।'

'लड़की कौन थी'

'नाम नहीं बताया था। चाय लोगी?'

'मैं बनाती हूं।'

'रामदास से कह दो।'

'चलो ठीक है। मगर उठने तो दो।'

'अच्छा लगता है।'

'मगर बाबा-दिन का समय है और रामदास यही है। छोड़ो ना।'

आनंद ने उसे छोड़ दिया।

उसी समय रामदास चाय ले आया।

चाय के दौरान आंचल ने आनंद से कहा-'रात पापा से कुछ बातें हुई थी।'

'मेरे विषय में?'

'हां। पापा को इस बात की खुशी है कि तुमने अपना निर्णय बदल लिया है। वह चाहते हैं कि तुम पत्र लिखकर ठाकुर साहब को यहां बुलाओ और इस रिश्ते को पक्का कर लों।'

'इतना जल्दी?'

'पापा की तबियत आजकल ठीक नहीं रहती।'

'पर आंचल-इतनी जल्दी यह सब कैसे हो सकता है? और फिर-अभी तो मैंने इस संबंध में पापा से भी कुछ नहीं कहा।'

'तुम भी विचित्र हो आनंद।' आंचल बोली-'हम दोनों इतने समय से एक दूसरे से मिल रहे हैं और तुम पापा से भी कोई बात नहीं कर सकते।'

'आंचल-पापा मेरी शादी एक अन्य लड़की से करना चाहते हैं। यही कारण है कि मैं उनसे कभी कुछ कहने का साहस नहीं जुटा सका।'

'फिर क्या होगा?'

'कुछ नहीं।'

'और शादी?'

'हो जायेगी बाबा।'

'मगर कब?'

'समय आने पर...।' कहकर आनंद ने बात समाप्त की।

उसी समय फोन की घंटी बजी। आनंद ने रिसीवर उठाया-'हैलो।'

'कोठारी दिस साइड।'

'कहिए।'

'ठाकुर साहब-मैंने सुना है कि आप रात भी खाली हाथों लौटे।'

'मजबूरी थी- बलराज और उसके आदमी भागने में सफल हो गये।'

'और-मेरे लिए मुसीबत पैदा हो गयी।'

'क्यों?'

'बलराज का फोन आया था।'

'फिर...?'

'बलराज जान चुका है कि उसका भेद मैंने दिया है।'

'कोई बात नहीं कोठारी।'

'लेकिन ठाकुर साहब-बलराज साहनी मेरे पीछे पड़ा है। उसने मुझे खत्म करने की धमकी दी है।'

'चिंता मत कीजिए-ऐसा कुछ नहीं होगा। और वैसे भी मिस्टर कोठारी-सुना है कि गुंडागर्दी में तो आप भी किसी से कम नहीं हैं। एक समय था- जब आप भी अपने आपको क्राइम किंग समझते थे।'

'हां-एक समय था ठाकुर साहब। किंतु जब से राना ने अपना कारोगार यहां फैलाया तब ये हमारे जैसे लोगों का तो कोई महत्त्व ही नहीं रहा। कारोबार चौपट हो गया और मेरे अधिकांश आदमी राना के पास चले गये। अब तो बस-सब कुछ आप जैसे ऑफिसर्स की कृपा से चलना है।'

'कोई बात नहीं मिस्टर कोठारी-जिस दिन बलराज साहनी पकड़ में आ गया-उस दिन आप भी माला माल हो जायेंगे।'

कहकर आनंद ने रिसीवर रख दिया।

रिसीवर रखकर उसने आंचल से कहा- 'तुम बैठो आंचल- तब तक मैं तैयार होता हूं।'

'कहीं जाओगे?'

'ड्यूटी।'

'पूरी रात घर से बाहर रहे हो-अब आराम नहीं कर सकते?'

'नहीं आंचल-यह पुलिस की नौकरी ही ऐसी है कि आराम का सवाल ही नहीं उठता।'

'मेरे प्रश्न का क्या रहा?'

'कौन-सा प्रश्न?'

'मैंने शादी के विषय में पूछा था।'

'कोई बात नहीं-अंकल से मैं स्वयं बात कर लूंगा।'

'और।' आंचल बोली-'मैं जानती हूं कि तुम उनसे कभी बात नहीं करोगे।'

'नहीं आंचल।'

'समझने की कोशिश करो आनंद। यह तो सोचो कि मैं जीवन भर कुंआरी नहीं बैठ सकती। पापा बीमार रहते हैं-वह चाहते हैं कि...।'

'ठीक है आंचल-मैं पापा को पत्र लिख दूंगा। वह यहां आ जायेंगे तो अंकल से बातें हो जायेंगी।'

'आनंद।' आंचल एकाएक आनंद के सीने से लग गयी और बोली-'आखिर तुम मेरे प्रेम पर विश्वास क्यों नहीं करते? तुम्हें यकीन क्यों नहीं होता कि मैं तुम्हारी हूं?'

'आंचल।'

'आनंद मैं तुम्हारे बिना जिंदा नहीं रह सकती। यदि मैंने तुम्हें खो दिया तो-मैं मर जाऊंगी आनंद। मैं आत्महत्या कर लूंगी।'

'दिल छोटा न करो आंचल-सब ठीक हो जायेगा।'

आंचल ने आंसू पोंछ लिये।

उसी समय राजू बाहर से आया और आंचल से लिपट गया।

आंचल ने उसे गोद में उठा लिया।

***

सुबह का समय था।

शांता खिड़की के सामने खड़ी बीते दिनों की स्मृतियों में खोयी थी। आंखों से टपटप आंसू बह रहे थे।

एकाएक किसी ने दबे पांव कमरे में प्रवेश किया और निकट आकर शांता से कहा- 'मां।'

यह कुमार था।

शांता ने उसे देखा तो जल्दी से आंसू पोंछ लिये। कुमार से उसके आंसू छुपे न रहे। चौंककर उसने पूछा-'मां तुम्हारी आंखों में आंसू?'

'यूं ही बेटे-यूं ही। कभी जब हृदय में कोई तूफान चीखता है- तो आंखें बरस ही जाती हैं। तू बैठ-मैं तेरे लिए चाय लेकर आती हूं।'

'मुझसे कुछ छुपा रही हो मां।'

'नहीं रे-मैं भला अपने लाल से क्या छुपाऊंगी? मेरे जीवन में ऐसा है ही क्या-जो तुमसे छुपा है। अपनी आंखों से सभी कुछ तो देखा है तूने।'

'वह सब याद मत करो। भूल जाओ उन दिनों को। भूल जाओ-जब तुम्हें मेरी वजह से श्यामा बाई की जली-कटी सुननी पड़ती थी। अब मैं जवान हो गया हूं। अब तो मैं तुम्हारे लिए दुनिया का बड़े-से बड़ा सुख खरीद सकता हूं।'

क्या तुम्हें अपने कुमार पर भरोसा नहीं मां?

शांता ने फिर आंसू पोंछ लिये।

बोली-भरोसा है बेटे। भरोसा है- तभी तो जी रही हूं।' इतना कहकर शांता रसोई में चली गई।

कुमार बैठ गया। जब से उसने होश संभाला था-मां को कई बार रोते देखा था। किंतु उस समय अनजान था वह-मां की पीड़ा को समझ नहीं पाता था। किंतु आज। कुमार समझ नहीं पा रहा था कि आखिर मां के जीवन में ऐसा कौन-सा अभाव था-जिसने उन्हें आंसू बहाने पर विवश किया था।

तभी शांता चाय लेकर आ गई।

चाय रखकर उसने कुमार से पूछा- 'बलराज से कुछ बात हुई?'

'किस विषय में?'

'तू-तू वंदना से शादी करना चाहता है ना?'

'और वंदना-उससे तो मिला होगा?'

'मिला था।'

'उसने क्या कहा?'

'कुछ नहीं मां।'

'हूं।' शांता ने प्याला उठाया। चाय की चुस्की ली और बोली- 'तू उसे भूल नहीं सकता रे? लड़कियां तो और भी हैं इस शहर में।'

'मां।'

'बेटे-मैं इसलिए कह रही हूं कि-हमारी और बलराज की हैसियत में बहुत अंतर है। धरती आकाश जितना। वह महलों वाला है बेटे और हमारे पास अपनी झोपड़ी भी नहीं है। झोंपड़ी भला महल का मुकाबला कैसे कर सकती है। और फिर-तू यह तो जानता ही है न कि तेरी मां क्या है।'

'मां-मुझे अंकल पर पूरा भरोसा है।'

'वह भरोसा अब टूट चुका है बेटे।'

'क्या मतलब?'

'परसों बलराज यहां आये थे।'

'अच्छा।' कुमार ने प्याला रख दिया और उत्सुकता से पूछा-'कुछ कहा तुमने?'

'मैंने तो बहुत कुछ कहा बेटे-किंतु...।'

'किंतु क्या?'

'बलराज ने कहा-मेरी बेटी किसी वेश्या के घर की बहू नहीं बन सकती।'

'मां।' एकाएक चीख पड़ा कुमार।

'हां बेटा-यही कहा था उसने।'

कुमार की आंखों से घृणा की चिंगारियां छूटने लगी।

उठकर वह बोला-'उसने तुम्हें वेश्या कहा था।'

'वेश्या को वेश्या कहना कोई गुनाह नहीं होता बेटे। यकीन कर-मैंने बलराज की बात का बुरा नहीं माना। बुरा तो यह लगा कि बलराज ने मेरे सोये घावों को कुरेद दिया और मुझे यह स्मरण करा दिया कि मैं आज भी वहीं हूं-जो वर्षों पहले थी।'

'मैं देखूंगा बलराज को।'

'नहीं बेटे-बलराज के बहुत अहसान हैं हम पर। यदि बलराज न होता तो मैं आज भी उसी दलदल में फंसी नरक भोग रही होती। उसने मुझे कोठे से उतारा और नयी जिंदगी दी।'

'कुछ नहीं दिया मां उसने तुम्हें-कुछ नही दिया। मैं तुमसे पूछता हूं मां-यदि उसने तुम्हें नयी जिंदगी दी होती तो उसकी जुबान पर तुम्हारे लिये वही गंदा घिनौना शब्द क्यों आता? मैं तुमसे यह भी पूछता हूं मां-कि बलराज ने तुम्हें अपनी पत्नी का दर्जा क्यों नहीं दिया? क्यों समझता रहा वह कि शांता आज भी वही है-जो पहले थी।'

'बस करो बेटे।'

'कुमार घृणा से कहता रहा- 'मां-मुझे शर्म आती है यह कहते हुए कि संभवतः तुमने ही आपने आपको बदलने की कोशिश नहीं की।'

'बेटे-तू समझता है कि...।'

'नहीं मां-मैं ऐसा नहीं समझता कि तुमने नयी जिंदगी जीने की कोशिश नहीं की। तुमने कोशिश तो की मां-किंतु लालच में आकर अपने आपको न बदला। और मैं-मैं जानता हूं मां कि तुमने यह सब मेरे लिए किया। किंतु मां-यदि मुझे पता होता तो-यदि मैं जानता कि मेरी मां को फिर वहीं जिंदगी जीनी पड़ेगी तो मां-मैं तुम्हें भीख मांगने की सलाह देता। किंतु यह कभी न कहता कि...।'

शांता की आंखें फिर भर आई।

कुमार कह तो गया-किंतु अपनी भूल का अनुभव हुआ उसे। मां के लिए प्रति ऐसे शब्दों का प्रयोग उसे कभी न करना चाहिए था।

कुछ क्षणोंपरांत वह बोला-'छोड़ों मां-जो बीत चुका है- अब उसे दोहराने से कोई लाभ नहीं। मैं-मैं बात करूंगा बलराज से।'

'बलराज तेरी बात कभी नहीं मानेगा बेटे।'

'मानेगा वह। यदि उसे अपनी जिंदगी और अपना कारोबार प्यारा है तो उसे मेरी बात माननी ही पड़ेगी।'

'जिद्द नहीं करते बेटे।'

'जिद्द तो करनी पड़ेगी मां।'

'बेटे-बलराज बहुत बड़ा आदमी है।'

'जानता हूं मां।'

'उसके पास दौलत है।'

'यह भी जानता हूं।'

'गुंडों की फौज है।'

'मुझे पता है।'

'क्या बिगाड़ सकेगा तू उसका?'

'तमाशा देखो मां।'

'कैसा तमाशा?'

'यह मैं बाद में बताऊंगा मां-अब चलता हूं।'

'देख।' कुमार को समझाते हुए शांता ने कहा- 'झगड़ा नहीं करना उससे। और वैसे भी तेरे लिए लड़कियों की क्या कमी है।'

कुमार ने मुस्करा कर कहा- 'हां-लड़कियों की तो कोई कमी नहीं मां। किंतु उन लड़कियों का शायद एक भी पिता ऐसा न हो- जिसने मेरी मां को वर्षों तक रखैल बनाकर रखा हो।'

'ब-बेटे।' तड़प उठी शांता।

'मां-बलराज ने तुम्हें अपनी रखैल बनाकर रखा है। इसलिए मैंने फैसला किया है मां-कि मैं उनकी बेटी को...।'

न...नहीं बेटे।'

'मां।' कुमार ने फिर उसी घृणा से कहा- 'मैंने तुमसे छुपाकर रखा-किंतु सच्चाई यह है कि मेरे हृदय में आरंभ से ही प्रतिशोध की अग्नि धधक रही है। मैं बदला लेना चाहता था सेठ बलराज से। मिटा डालना चाहता था मैं उस शख्स को-जिसने मेरी मां के कोठे सो उतार कर भी उसे वेश्या बनाकर रखा। जिसने तुम्हें भविष्य के सुनहरे सपने तो दिखाये-किंतु कभी तुम्हें गंदगी से बाहर न निकाला। तुम सुधर सकती थी मां-तुम बदलना चाहती थी अपने आपको। किंतु वह कमीना-जोंक की तरह लहू पीता रहा वह तुम्हारा। खिलौना समझकर खेलता रहा वह तुम्हारे जिस्म से।'

'कुमार।'

'मैं उससे बदला लूंगा मां। बर्बाद कर दूंगा मैं उसे। और उसकी बेटी वंदना को-तुम देखना मां! वह मेरी पत्नी होकर भी श्यामा बाई के कोठे की शोभा बढ़ायेगी लोग चांदी के चंद सिक्कों में उसकी अस्मत खरीदेंगे और बलराज साहनी यह देखकर पागल हो जायेगा।'

शांता यह सुनकर पत्ते की तरह कांप गयी।

कुमार ने फिर कुछ न कहा और बाहर चला गया।

***

रात आधी से अधिक सफर पूरा कर चुकी थी किंतु बलराज साहनी की आंखों में नींद न थी। रह-रहकर वह आनंद, कुमार एवं आनंद के विषय में सोच रहे थे। वे चाहते थे कि कुमार कोई नया बखेड़ा करे उससे पहले ही वंदना और आनंद का मिलन हो जाये।

किंतु इसमें दिक्कत यह थी कि आनंद उन्हें जानता था। आनंद की दृष्टि में वह अपराधी थे। ऐसी स्थिति में वह आनंद से वंदना के विषय में कुछ भी न कह सकते थे।

ऐसी भी संभावना थी कि आनंद उनकी बेटी की ओर देखना भी पसंद न करता और इसलिए घृणा करता कि वह एक अपराधी की बेटी थी।,

एक बात यह थी कि आनंद उनके लिए पल-पल खतरा बनता जा रहा था। आनंद के रहते वह अपना कारोबार भी नहीं चला सकते थे। आनंद उनके पीछे पड़ा था और किसी भी दिन उन्हें कानून के शिकंजे में कस सकता था।

यदि आनंद के अतिरिक्त कोई दूसरा पुलिस ऑफिसर होता तो वह उसे कभी भी रास्ते से हटा सकते थे।

'किंतु आनंद...।'

वह तो सुहाग था उनकी बेटी का।

वह तो उनकी बेटी के जीवन की सबसे बड़ी खुशी था। ऐसी स्थिति में वह आनंद को मिटाने की बात कैसे सोच सकते थे।

फिर क्या करें वह?

कारोबार बंद कर दें?

अपने आपको कानून के हवाले कर दें अथवा वंदना से कह दें कि वह आनंद तथा अपने बच्चे को सदा के लिए भूल जाये?

सोचते-सोचते बलराज के मस्तिष्क की रगें टूटने लगी।

रात यूं ही बीत गई।

किंतु सुबह का उजाला फैलते ही सहसा उन्होंने एक निर्णय लिया और उठकर वंदना के कमरे में आ गये।

वंदना अभी तक लेटी थी। अपने पिता को देखते ही वह उठ गयी। बलराज ने उससे कहा-'लेटी रहो बेटी-हम तो बस...।

'बैठिए न पापा।'

बलराज बैठ गये और बेटी का ध्यान से देखने लगे। वंदना ने पूछा-'क्यों, क्या देख रहे हैं पापा?'

'देख रहे हैं-हमारी बेटी रात में सो नहीं पाती है। बहुत याद आती है ना राजू और आनंद की?'

'पापा।'

'सुनो बेटे-ऐसा करो। आज आनंद से मिल जाओ।'

'हो सकता है- उन्होंने मुझे भुला दिया हो।'

'ऐसा नहीं हो सकता बेटी। यदि ऐसा होता तो आनंद अपने प्रेम की निशानी को यों अपने हृदय से लगाये न रहता। वह-वह राजू को किसी अनाथ आश्रम में भेज देता और उसकी ओर से सदा के लिए आंखें मूंद लेता। किंतु उसने ऐसा नहीं किया। इसलिए बेटी-क्योंकि वह तुझे आज भी उतना ही चाहता है।'

'लेकिन पापा।'

'समझने की कोशिश करो बेटी। तुम्हारा आनंद से मिलना बहुत जरूरी है। इस कार्य में देर करना उचित नहीं है। यह ठीक है कि अभी उसके जीवन में कोई दूसरी लड़की नहीं आयी है-किंतु यदि कोई लड़की उसके जीवन में आ गयी तो आनंद तुमसे दूर चला जायेगा।'

वंदना चुप रही।

बलराज फिर बोले-'हमारी मानो बेटी-आनंद से आज ही मिल लो। हम चाहते हैं कि तुम्हारा उजड़ा हुआ संसार फिर से बस जाये।'

उसी समय नौकर चाय ले आया।

वंदना की आंखों में विचारों की छाया डोलती रही।

***

फिर वही ममता, वही तड़प और फिर वही बेचैनी। किंतु आज इस बेचैनी के साथ कुछ शंकायें भी थी।

आनंद ने उससे मिलना पसंद न किया तो?

आनंद के हृदय में उसके लिए पहले जैसा प्रेम न हुआ तो?

वंदना सोच रही थी। सोच रही थी और धड़कते हृदय से जीने की सीढ़ियां तय कर रही थी। फिर जब उसने अंतिम सीढ़ी पर पांव रखा तो वह इस प्रकार हांफने लगी मानो मीलों से भागकर आयी हो।

कई क्षणों बाद उसने कॉलबैल का पुश बटन दबाया।

दरवाजा रामदास ने ही खोला। रामदास ने देखते ही कहा- 'आओ बिटिया-जाओ। साहब तो उस दिन थोड़ी देर बाद ही आ गये थे। बहुत नाराज हुए मुझ पर। कहने लगे-तुम किसी मेहमान का आदर करना भी नहीं जानते।'

'आ-आनंद?' वंदना के होंठ खुले।

'बिटिया-? तुम अंदर तो जाओ।'

वंदना ने धड़कते हृदय से अंदर प्रवेश किया। उसकी खोजपूर्ण नजरें आनंद एवं राजू को खोज रही थी। किंतु बरामदे में कोई न था।

रामदास के साथ चलकर वह कमरे में आ गयी और चौंक गयी। सोफे पर एक खूबसूरत-सी लड़की बैठी थी- जो राजू के साथ खेल रही थी। वंदना को आते ही देखकर वह उठ गयी और उसने राजू को गोद में उठा लिया।

रामदास ने युवती से कहा- 'आंचल बिटिया-यह साहब के गांव से आई हैं। एक दिन पहले भी आई थी। किंतु उस दिन यह जल्दी में और साहब से मिले बिना ही चली गयी थी।'

आंचल ने अभिवादन की मुद्रा में हाथ जोड़ लिये।

वंदना ने अभिवादन का उत्तर दिया और बैठ गयी। रामदास बाहर चला गया। आंचल ने बैठकर उससे पूछा-'आप आनंद के गांव से आयी हैं?'

'जी।' धीरे से उत्तर दिया वंदना ने।

'फिर तो-आनंद से आपका करीबी रिश्ता रहा होगा।'

'जी।'

'ठाकुर साहब कैसे हैं-आनंद के पिता?'

'अच्छे हैं।'

'आप यहां।'

'जी।'

'मेरा मतलब है- इस शहर में आपका अन्य कोई संबंधी रहता होगा?'

'जी।'

'मेरा नाम आंचल है और आप?'

'ग-गीता।' वंदना ने बताया।

आंचल ने राजू को उतार दिया। राजू उछलते हुए बाहर चला गया। आंचल ने फिर कहा- 'आपका नाम बहुत अच्छा है।'

'जी।'

'मेरा मतलब है-आपका नाम काफी छोटा है। छोटे और सुंदर नाम मुझे बेहद पसंद हैं। आपको मेरा नाम कैसा लगा?'

'जी-बहुत सुंदर है।'

उसी समय रामदास जलपान ले आया। ट्रे देखकर वह वंदना से बोला- 'लो बिटिया-जलपान करो। मैं तुम्हारे लिए खाना तैयार करता हूं।'

'नहीं-खाना नहीं काका।'

'बिटिया-खाना तो तुम्हें खाना ही पड़ेगा। न खाओगी तो साहब नाराज होंगे और फिर यही कहेंगे कि मैं मेहमानों का आदर-सत्कार करना नहीं जानता।'

'काका-दोपहर का खाना मैं खा चुकी हूं।'

'सच कह रही हो ना?'

'हां काका।'

'चलो ठीक है।'

'आनंद घर पर नहीं है क्या?'

'आ जायेंगे। आंचल बिटिया-तनिक साहब को फोन तो करो। उनसे कहना-आपके गांव से वही बिटिया आयी है।' कहकर रामदास चला गया।

आंचल ने उठकर आनंद के नंबर डायल किये और संबंध मिलने पर बोली- 'आनंद-मैं आंचल बोल रही हूं।'

'क्या बात है आंचल?'

'आनंद-तुम्हारे गांव से गीता नाम की एक लड़की आयी है।'

'लड़की?'

'हां-और वह एक दिन पहले भी आई थी-किंतु तुम्हारे आने से पहले ही चली गई थी।'

'अच्छा-अच्छा।'

'तुम चाहो तो उससे फोन पर बात कर सकते हो।'

'नहीं भई-मेहमानों से इस तरह बात नहीं की जाती।' सुनो-मैं ठीक एक घंटे बाद पहुंच रहा हूं। तुम उससे बातें करो।'

'लेकिन मुझे तो जल्दी है आनंद। शॉपिंग के लिए जाना है।'

'मेरे आने के बाद चली जाना।'

उसी समय संबंध विच्छेद हो गया। आंचल ने रिसीवर रखकर वंदना से कहा- 'आनंद एक घंटे बाद आ रहे हैं।'

'जी।' वंदना ने कहा। फिर कुछ सोचकर पूछा- 'आप क्या आनंद के पड़ौस में ही रहती हैं?'

'यूं समझिए कि मैं अधिकांश समय यहीं रहती हूं और इस घर को अपना ही घर समझती हूं।'

'अपना घर?'

'हम दोनों शीघ्र ही विवाह कर रहे हैं।'

वंदना पर वज्रपात-सा हुआ। इस आघात ने उसके मस्तिष्क को भी सुन्न कर दिया। इस अकस्मात् ही उसके होंठों से निकल गया- 'नहीं-नहीं-यह नहीं हो सकता?'

आंचल उसे ध्यान से देख रही थी। उसने वंदना से पूछा-'क्या नहीं हो सकता गीता जी?'

'जी।' वंदना ने मुश्किल से कहा- 'मेरा मतलब था- आनंद के पिता ठाकुर प्रताप सिंह तो चाहते हैं कि...।'

'मुझे पता है। ठाकुर साहब आनंद की शादी किसी अन्य स्थान पर कर देना चाहते हैं। किंतु सच्चाई यह है कि हम दोनों एक-दूसरे से प्रेम करते हैं। हम दोनों ही नहीं-हम तीनों ही एक दूसरे से बहुत प्रेम करते हैं।'

'हम तीनों।' वंदना बड़बड़ायी। उसका मस्तिष्क पल-पल सुन्न होता जा रहा था और उसे भय था कि कहीं वह चकरा कर गिर न पड़े।

आंचल धीरे से हंस पड़ी और बोली- 'मेरा मतलब है-मैं आनंद और राजू। ये राजू तो मेरे बिना एक पल भी नहीं रहता।'

वंदना उठ गयी। आंचल का प्रत्येक शब्द उसके हृदय में तीर की भांति उतर रहा था। पीड़ा इतनी बढ़ गयी थी कि उसकी वजह से बार-बार उसकी पलकें कंपकंपा रही थी।

आंचल ने उसे उठते देखकर कहा- 'बैठिए न।'

'जी-अब चलूंगी।'

'लेकिन-आनंद आने ही वाले हैं।'

'आप उनसे कहिये-फिर कभी आ जाऊंगी।'

'फिर कब...?'

'जी-किसी भी दिन।' इतना कहकर वंदना ने बलपूर्वक अपने आंसुओं को पीया-बाहर खेलते राजू को प्यार भरी नजरों से देखा और इससे पश्चात् वह तेज-तेज कदमों से चलकर फ्लैट से बाहर आ गयी।

किंतु बाहर आते ही धैर्य का बांध टूट गया और वह हिचकियों से रो पड़ी।

***

वंदना ने ज्यों ही सड़क पार की-ठीक उसी समय बलराज साहनी की गाड़ी वहां आकर रुक गयी। सीहनी ने द्वार खोलकर वंदना को पुकारा-'वंदना'।

वंदना गाड़ी में आयी और सीट पर बैठते ही हिचकियों से रो पड़ी। बलपरज तड़प उठे बेटी को यों रोते देखकर। स्नेह से बोले-'वंदना-क्या हुआ बेटी? आनंद से मुलाकात नही हुई।'

'पापा।'

'करो बताओ बेटी।'

'मैं-मैं शायद बहुत देर से पहुंची पापा। शायद बहुत देर हो गयी मुझे।'

‘आनंद-आनंद शादी कब कर रहें हैं।’

यह सुनकर बलराज को भी आघात लगा। कुछ क्षणों के लिए तो उनका मस्तिषक भी शून्य होकर पह गया। देर तक वह सन्नाटे जैसी स्थिति में रहे और फिर बोले-‘यह कैसे हो सकता है बेटी’

‘यह सच है पापा।’

‘आनंग मिला था’

‘नहीं।’

‘फिर किसने बताया यह सब’

‘आंचल ने।’

‘आंचल कौन है’

वंदना ने सिसकते हुए बताया-‘वही लड़की-जो आनंद से शादी कर रही है।’

‘यह भी हो सकता है कि यह झूठ हो।’

‘नहीं-यह झूठ नही हो सकता।’

‘कोई बात नहीं बेटी-आनंद से हम बात करेंगे।’

‘पापा।’

‘आंसू पोंछ लो बेटी और विश्वास रखो-आनंद को तुमसे कोई छीन नही पायेगा।’ कहते ही बलराज साहनी ने ऐक्सीलेटर दबा दिया।

गाड़ी आगे बढ़ने लगी।

वंदना सिसकती रही।

***

आंचल उस समय बरामदे में थी और राजू को ट्राइसिकिल पर घूमा रही थी। उसी समय आनंद ने अंदर प्रवेश किया। आंचल उसकी ओर घूमकर बोली

‘आनंद-तुम्हारे गांव वाले भी बड़े विचित्र हैं।’

‘क्यों?’

‘तुम्हारे गांव से एक खूबसूरत-सी लड़की आई थी।’

‘गीता?’

‘हां।’

‘बेचारी अनपढ़ होगी।’

वह अनपढ़ थी-अथवा पढ़ी लिखी-यह तो मैं नहीं जानती। किंतु हुआ यह कि एकाएक वह उठी और चली गयी।’

‘कब।’

‘अभी-आधा घंटा पहले। चाय भी नहीं पी।’

‘कुछ कहा?’

'कहती थी-फिर कभी जाऊंगी। मुझे तो लगता है आनंद-वह लड़की तुम्हारे कुछ रहस्य लेने के लिए आई हो।'

'नहीं आंचल।'

'आनंद यह बात मैं इस आधार पर कह रही हूं कि गीता नाम की यह लड़की एक दिन पहले भी आयी थी उस दिन भी तुम्हारे आने से पहले चली गयी थी। अच्छा एक बात बताओ-आज कल तुम किसी ऐसे अपराधी-संगठन के पीछे तो नहीं पड़े-जिसमें गीता नाम की कोई लड़की भी शामिल हो?'

कुछ सोचते हुए आनंद ने उत्तर दिया-'ऐसे संगठन के पीछे तो मैं पड़ा हूं-और रात-रात भर इसीलिए बीनापुर के जंगल में रहता हूं। लेकिन-उस संगठन में गीता नाम की कोई लड़की भी है। ऐसी जानकारी मुझे नहीं है।'

ठीक उसी समय कमरे में रखे फोन को घंटी बजी।

आनंद ने कमरे में आकर रिसीवर उठाया-'हैलो।'

'कैन आई टॉक टू इंस्पेक्टर आनंद?'

'स्पीकिंग-कहिए।'

'इंस्पेक्टर आनंद-फिलहाल हम अपना नाम नहीं बतायेंगे। लेकिन-क्या हम तुमसे कुछ ऐसी बातें भी कर सकते हैं- जिनका तुम्हारे व्यक्तिगत जीवन से सीधा संबंध हैं?'

'पूछिए।'

'मिस्टर आनंद-क्या यह सच है कि आप अपने ही गांव की वंदना नाम की एक लड़की के प्रेम करते थे?'

'यह आप कैसे जानते हैं?'

'मिस्टर आनंद-पहले आप पूरी ईमानदारी से मेरे प्रश्नों का उत्तर दीजिये।'

'यह सच है।'

'तो क्या यह भी सच है कि एक दिन आपने उस लड़की से गुप्त विवाह किया-उसे अपनी पत्नी के रूप में स्वीकार किया और इसके पश्चात् आप उसे सदा के लिए भूल गये।'

आनंद इस पर चौंक गया।

बेचैनी से बोला- 'देखिये-यह बिल्कुल झूठ है कि मैं उसे भूल गया था। असल में बात यह है कि मैं ट्रेनिंग के लिए चला गया था और प्रशिक्षण के दौरान मुझे इतना समय नहीं मिला कि मैं उससे मिल लेता। और-ट्रेनिंग पूरी होने पर जब मैं गांव तो वंदना उससे पहले ही गांव छोड़कर जा चुकी थी।'

'गांव क्यों छोड़ा उसने-आप जानते हैं?'

'पूछा था मैंने लोगों से। पता चला कि पापा के गुंडों ने उसके बाप को इतना मारा था कि उस बेचारे का प्राणांत हो गया था। उससे पहले वंदना मेरे बेटे को जनम दे चुकी थी। ऐसे में वंदना का वहां रहना कठिन हो गया और उसने गांव छोड़ दिया।'

'उसके पश्चात्?'

'एक दिन रहस्यमय ढंग से मेरा बेटा तो मुझे मिल गया-किंतु पता चला कि वंदना मर चुकी थी।'

'अर्थात्-आप यह भली प्रकार जानते हैं कि राजू आपका बेटा है?'

'हां।'

'खैर-मैंने सुना है कि आप दूसरी शादी कर रहे हैं। दूसरी इसलिए-क्योंकि इससे पहले आपकी शादी वंदना से हो चुकी थी।'

'विवशता है-जीवन अकेले नहीं कटता।'

'इसका मतलब है कि आप वंदना को भूल चुके हैं।'

'यह झूठ है।' आनंद ने कहा-'वंदना तो मेरा जीवन है। उसे भूलकर मैं किस प्रकार जी सकता हूं।'

'यदि यह सच है तो आपको एक जानकारी दे सकता हूं।'

'कहिए।'

'वंदना जीवित है।'

'क्या!' चौंक पड़ा आनंद। वह कुछ क्षणों तक तो रिसीवर को देखता रहा और फिर अविश्वास से बोला-'यह-यह कैसे हो सकता है।'

'मिस्टर आनंद-यह सच है।'

'यह सच है तो फिर बताइए-कहां है मेरी वंदना?'

'आप-बलराज साहनी को जानते हैं?'

'सेठ बलराज साहनी?'

'हां।' कहा गया-'वंदना उन्हीं के घर रहती है।'

इसके साथ ही संबंध विच्छेद हो गया।

आनंद ने रिसीवर रख दिया। वह कुछ क्षणों तक तो मूर्तिमान-सा बैठा रहा-फिर उठा और निकट खड़ी आंचल से कांपती आवाज में बोला-तुम-तुमने कुछ सुना आंचल?'

'वह क्या?'

'वंदना जीवित है।'

आंचल पर जैसे कोई चट्टान टूट पड़ी।

आनंद ने उससे फिर कहा- 'यह-यह सच है आंचल वंदना जीवित है?'

'तुमने देखा है उसे?'

'नही! किसी ने फोन पर बताया है।'

'बहुत से लोग गलत सूचनाएं भी तो देते हैं।'

'नहीं आंचल-यह सूचना गलत नहीं हो सकती। फोन करने वाले ने यह भी बताया कि वह कहां है।'

'अच्छा।'

'सेठ बलराज साहनी के घर-मैं उसे जानता हूं।'

आंचल के मस्तिष्क में धमाके-से गूंजते रहे।

'आंचल-।' कुछ क्षणों बाद आनंद ने कहा।

'आं-हां।'

'तुम चलोगी ना?'

'नहीं।'

'ठीक है-तुम बैठो। मैं आता हूं।'

'मैं-मैं चलती हूं आनंद।' कहते ही आंचल मुड़ी और तेज-तेज पग उठाते हुए बाहर चली गयी। आनंद यह न देख सका कि उसकी आंखों में आंसुओं की कितनी बूंदें झिलमिला रही थी।

***

गहरी बेचैनी एवं परेशानी की दशा में बलराज साहनी अपने कमरे में चहल-कदमी कर रहे थे। उन्होंने अभी-अभी आनंद को फोन किया था। वह जानते थे कि आनंद यहां अवश्य आयेगा। प्रसन्नता की बात थी उनके लिए।

कुमार भी नहीं था। स्पष्ट था कि आनंद का आना कुमार को अच्छा नहीं लगेगा। इसके पीछे दो कारण थे। एक तो यह कि आनंद उनके आदमियों को गिरफ्तार करने की योजना बना चुका था और केवल उचित समय की प्रतीक्षा में था। दूसरा कारण यह था कि कुमार उनकी बेटी वंदना को चाहता था। यद्यपि कुमार से उनकी इस विषय में विशेष बातें न हुई थी- किंतु शांता ने तो उनसे सब कुछ बता ही दिया था। कुमार को यह भी पता चलना ही था कि आनंद यहां किस उद्देश्य से आ रहा था। यह जानकर कुमार का नाराज होना स्वाभाविक था।

कठिनाई तो यह थी कि कुमार को उनके कारोबार के समस्त रहस्यों की जानकारी थी। नाराज होने पर कुमार उन्हें बर्बाद कर सकता था।

बलराज साहनी इस समय यही सब सोच रहे थे और समझ न पा रहे थे कि ऐसी स्थिति में उन्हें क्या करना था।

तभी इंटरकॉम बजा।

बलराज साहनी ने मुड़कर रिसीवर उठाया।

'यस।'

'सर-इंस्पेक्टर आनंद आपसे मिलना चाहते हैं।'

'उन्हें ड्राइंगरूम में बैठाओ-हम आते हैं।'

'ओ. के. सर।'

बलराज साहनी ने रिसीवर रख दिया। रिसीवर रखकर वह मुड़े और एकाएक चौंक गये। अचानक कमरे में आकर कुमार ने उन्हें संबोधित किया-अंकल।'

'कहो कुमार।'

'अंकल-इंस्पेक्टर आनंद आया है।'

'हां।'

'मगर क्यों किसलिए सर

'यह तो पूछना पड़ेगा कुमार।'

'यानी आप नहीं जानते सर कि वह यहां क्यों आया है?'

'हां।'

'क्षमा करें सर।' कुमार ने कहा-'फिर तो आनंद को यहां बुलाकर आपने सबसे बड़ी मूर्खता की है। आप तो जानते ही हैं सर-कि हमारा नाम उसकी लिस्ट में है।'

'कुछ नहीं होगा कुमार।'

'क्यों नहीं होगा सर? जो व्यक्ति अभी एक रात पहले हम पर अंधाधुंध गोलियां चला सकता है-वह हमारे विरुद्ध क्या नहीं कर सकता? आपको उसे बुलाना ही नहीं चाहिए था सर। और-जब वह आ गया है तो-अच्छा होगा कि हम उसकी लाश भी बंगले से बाहर न जाने दें।'

'तमीज से बात करो कुमार।' एकाएक बलराज भड़क उठे और बोले-'इंस्पेक्टर आनंद इस वक्त हमारा मेहमान है और मेहमान के साथ दुश्मनी का नहीं-दोस्ती का व्यवहार किया जाता है।'

कुमार ने आक्रोश से कहा-'ये दोस्ती आपको महंगी पड़ेगी सर। और वैसे भी-इंस्पेक्टर आनंद कभी किसी से दोस्ती नहीं करता।'

'कुमार-तुम जा सकते हो।'

'ओ. के. सर। लेकिन एक बात मैं आपको बता देना चाहता हूं कि इंस्पेक्टर आनंद मेरे खिलाफ कोई भी एक्शन लिया तो मैं उसे जिन्दा नही छोड़ूंगा। उस दुनिया की कोई भी ताकत उसे मेरे हाथ से नही बचा सकेगी।'

'बलराज केवल दांत पीसकर रह गये।'

कुमार चला गया।

उसके जाने पर बलराज कुछ क्षणों तक तो चिन्ता मग्न से खड़े रहे और फिर चलकर ड्राइंगरूम में आ गये।

इंस्पेक्टर आनंद वहां पहले से मौजूद था। बलराज को देखते ही वह उठ और शिष्टता सो बोला-'हैलो सेठजी'

'हैलो इंस्पेक्टर-बैठो।'

आनंद ने बैठकर कहा-'साहनी साहब-इस समय मैं पुलिस इंस्पेक्टर की हैसियत से नही-बल्कि एक सामान्य व्यक्ति की हैसियत से आपसे कुछ बातें करने आया हूं।'

'अच्छा हुआ तुमने पहले ही बता दिया इंस्पेक्टर।' हंसते हुए बलराज बोले-'अन्यथा हम तो सोचते रहते कि कहीं तुम...।'

'नही सेठजी।'

'यदि ऐसा है तो खुशी की बात है इंस्पेक्टर। खैर-अव यह बताओ कि हम तुम्हारे लिये क्या कर सकते हैं'

'साहनी साहब-अभी अभी थोड़ी देर पहले आप ही ने फोन किया था ना।' आनंद ने पूछा और बलराज को ध्यान से देखने लगा।

'हां।' बलराज ने उत्तर दिया।

'तो क्या यह सच है कि वंदना जिंदा है।'

'यह सच है इंस्पेक्टर।'

'आप उससे मेरी मुलाकात करा सकते हैं'

'क्यों नहीं।' सिगरेट सुलगाते हुये बलराज ने कहा-'लेकिन-तुम उससे किस संबंध में मिलना चाहते हो'

'साहनी साहब-वह मेरी पत्नी है।'

'और आंचल यह कौन है'

'देखिये-यह सही है कि मैं आंचल से शादी करने वाला था। किन्तु अब मुझे जानकारी मिल चुकी है कि वंदना जीवित है तो-विश्वास कीजिये-भविष्य में मेरा उससे कोई संबंध नहीं रहेगा।'

'हूं।' बलराज कुछ सोचने लगे। फिर बोले-'मिस्टर आनंद।'

'कहिए।'

'मैं तुम्हें वंदना के संबंध में एक जानकारी और देना चाहता हूं किन्तु मैं जानता हूं-कि उसे तुम सहन नही करोगे।'

'वह क्या।'

'तुम जानते हो कि वंदना किसकी बेटी है।'

'उसके पिता का नाम दीना है।'

'नही-वंदना दीना की बेटी नही है। दीना तो उसे भवानीपुर के मेले में पाया था।' बलराज ने कहा।

'फिर...?।'

'वंदना वास्तव में हमारी बेटी है-जो हमसे बचपन में ही भवानीपुर के मेले में बिछड़ गयी थी।'

'ओह !' चौंक गया आनंद।

'और।' बलराज कहते रहे-'हम क्या हैं-यह तुम अच्छी तरह से जानते रो इंस्पेक्टर आनंद। क्या तुम यह जानकर भी कि वंदना एक क्रिमिनल की बेटी है-उससे मिलना और उसे अपने साथ ने जाना पसंद करोगे।'

'यस साहनी साहब।' आनंद को निर्णय लेने में एक पल का भी समय न लगा। वह बोला-'मैं उसे तब भी अपनी पत्नी के रूप में स्वीकार करना चाहूंगा। बात यह है कि-में उसे आपकी नहीं बल्कि दीना की बेटी के रूप में जानना चाहता हूं और-दीना मेरी दृष्टि में कभी बुरा आदमी नहीं रहा। रहा इस बात का प्रश्न-कि आप अपराधी हैं-तो विश्वास कीजिए साहनी साहब-कानून को आप हमेशा धोखा नहीं दे सकते। जिस दिन मुझे आपके संबंध में ठोस प्रमाण मिलेंगे- मैं

आपको खुली हवा में सांस न लेने दूंगा। मैं उस दिन यह भी भूल जाऊंगा कि वंदना वास्तव में आपकी बेटी है।' इतना कहकर आनंद उठ गया।

बलराज साहनी के होंठों पर मुस्कराहट थिरक रही थी।

आनंद को उठते देखकर उन्होंने पूछा-'जा रहे हो इंस्पेक्टर?'

'हां।'

'क्या वंदना से न मिलोगे?'

'मेरा ख्याल है-आप इसे पसंद न करेंगे।'

'क्या मतलब?'

'साहनी साहब-आप यह न समझें कि वंदना की वजह से मैं अपने फर्ज को भूल जाऊंगा। आपके संबंध में मेरा इरादा आज भी वही है-जो पहले था। अर्थात्-समय मिलते ही मैं आपको कानून के हवाले अवश्य करूंगा। और-क्योंकि मैं यह सब पहले ही कह रहा हूं-अतः मुझे विश्वास है कि आप मेरा वंदना से मिलन कदापि न होने देंगे।'

'नहीं-नहीं इंस्पेक्टर।' बलराज ने उठकर कहा- 'ऐसा कभी नहीं होगा। वंदना यदि पहले से तुम्हारी थी तो वह आज भी तुम्हारी है। तुम उससे मिल सकते हो और यदि वह चाहे तो उसे इसी समय अपने साथ ले जा सकते हो। विश्वास करो-विरोध नहीं करेंगे हम। बल्कि सच तो यह है आनंद कि जब तुम वंदना को अपने साथ ले जाओगे-तो हम तुम्हें दामाद जैसा ही स्नेह और आदर देंगे।'

आनंद की आंखों में आश्चर्य के भाव उभर आये।

एक पल रुककर बलराज ने फिर कहा- 'रही अपने फर्ज की बात तो यकीन करो आनंद-हम तुम्हारे फर्ज के रास्ते में कभी न आयेंगे। हम कभी नहीं चाहेंगे कि तुम वंदना की वजह से अपने कर्तव्य से विमुख हो जाओ।'

'साहनी साहब।'

'तुमने अवसर और समय की बात कही न बेटे।'

साहनी भावुक उठे और बोले-'तो हमारी विनती है तुमसे। विनती नहीं-सलाह है। चूकना मत अवसर को और जिस दिन तुम्हें हमारे विरुद्ध ठोस सबूत मिलें-हमें गिरफ्तार कर लेना। यकीन करो-हमें तुमसे कोई शिकायत न होगी।'

आनंद चुप रहा।

आंखें आश्चर्य से फैलती रही।

तभी बलराज ने एक नौकर को पुकारा और उससे कहा-'सुनो-साहब को वंदना के कमरे में ले जाओ।'

आनंद ने बलराज को पहली बार आदर की दृष्टि से देखा और इसके उपरांत वह नौकर के साथ बाहर चला गया।

बलराज चलकर अपने कमरे में आ गये।

***

सांझ अभी झुकी न थी। पश्चिम की दिशा में सूर्य का गोला-चमक रहा था और वे-आनंद तथा वंदना-एक दूसरे के सामने यों खड़े थे-मानो कोई जान-पहचान ही न हो।

वंदना ने चेहरा झुका रखा था।

आनंद उसे भावपूर्ण दृष्टि से देख रहा था।

फिर उसी की आवाज ने इस मौन का तोड़ा- 'वंदना।'

वंदना चुप रही-होंठ न खुले।

'मुझसे नाराज हो वंदना?'

वंदना फिर भी चुप रही। उसके चेहरे पर पल-पल रो देने वाले भाव फैल रहे थे।

आनंद ने फिर कहा- 'मैं जानता हूं वंदना-तुम नाराज हो मुझसे। इसलिए नाराज हो-क्योंकि मैं तुम्हें मंझधार में छोड़कर चला गया था। बाद में मुड़कर भी न देखा तुम्हें। यह भी न सोचा कि तुम्हारा क्या होगा। यह भी न सोचा कि मेरी यादों को अपने हृदय में बसाये हुए तुम किस प्रकार जीवित रहोगी। कितना निष्ठुर निकला मैं-कितना हृदयहीन। तुमने मुझे चाहा-तुमसे दूर-बहुत दूर चला आया।'

वंदना के होंठों से सिसकियां फूट पड़ी।

आनंद ने एक पल रुककर फिर कहा-किन्तु यह झूठ है वंदना। हां-यह झूठ है वंदना कि मैंने तुम्हे भुला दिया था। ईश्वर साक्षी है कि भुला नही था मैं तुम्हे। शायद ही कोई पल ऐसा बीता हो-जब तुम्हारी यादें मेरे करीब न रही हों। किन्तु विवश था मैं चाहकर भी गांव नही जा सका। मिल ब सका तुमसे। क्या करता-प्रशिक्षण पूरा होने तक अवकाश ही न मिला। और-अवकाश मिलने पर जब गांव गया तो पता चला कि तुम गांव सो चली गयी थीं। यह भी पता चला कि पापा के गुंडों ने तुम्हारे बापू की जान ली थी। उसी दिन-पापा के प्रति घृणा पैदा हो गयी मेरे दिल में। न जाने क्या-क्या कह डाला मैंने उन्हें। शाम को नदी किनारे पहुंचा-बहुत रोया और अगले दिन शहर लौट आया।' वंदना सिसकती रही।

आनंद कहता रहा-'कहां-कहां नहीं खोजा मैंने तुम्हें-किंतु निराशा और मुझे लगा-जैसे बेटे के रूप में संसार भर की खुशियां मुझे मिल गई हैं। बेटे के साथ जो पत्र मिला था-उससे पता चला कि तुम दुनिया में नहीं हो।'

वंदना फिर सिसकती रही।

आनंद ने अपनी बात समाप्त की और आगे बढ़कर वंदना के आंसू पोंछ दिये। बोला-'बस करो वंदना। अब मत बहाओ इन अनमोल मोतियों को। मैं जानता हूं- मेरे लिए तुम बहुत रोयी हो। किंतु नहीं-अब नहीं वंदना। रात बीत गयी है और भोर का उजाला फैल चुका है। अब तुम्हें रोने की कोई आवश्यकता नहीं।'

'आनंद-आनंद।' कहते हुए वंदना आनंद के हृदय से लग गयी।

आनंद ने उसे बांहों में भर लिया।

ठीक उसी समय कमरा फायर की आवाज से गूंज गया।

गोली रोशनदास की दिशा से चली थी।

वंदना चौंककर पीछे हट गयी। जबकि आनंद ने फुर्ती से अपनी रिवाल्वर निकाली और रोशनदास की दिशा में लगातार दो फायर झोंक दिये। इसके साथ ही वह कमरे से बाहर आ गया।

ठीक उसी समय नौकरों को लिये हुए बलराज वहां आ गये। आते ही उन्होंने आनंद से पूछा-'गोलियां किसने चलाई थी आनंद?'

'मैंने।'

'तुमने।' बलराज ने शंकित-सी दृष्टि से कमरे में देखा। वंदना द्वार के समीप खड़ी थी। वह बोले-'किंतु क्यों?'

'जिस समय मैं वंदना से बातें कर रहा था-किसी ने मुझ पर रोशनदास से गोली चलाई थी। बचाव में मुझे भी गोली चलानी पड़ी।'

'कौन था वह कमीना? किसने जुर्रत की हमारे बंगले में घुसकर हमारे मेहमान पर गोली चलाने की। खान...।'

'यस सर।'

'तलाश करो उस हरामजादे को। बंगले का कोना-कोना छान मारो और गार्डन में भी देखो।'

'यस सर।'

इसके पश्चात् खान चला गया और नौकरों की फौज गार्डन की दिशा में दौड़ पड़ी। बलराज कुछ क्षणों तक तो सोचने वाले अंदाज में अपने होंठों को काटते रहे-फिर आनंद से बोले-

'सॉरी आनंद-हमें अफसोस है कि...।'

अफसोस जैसी कोई बात नहीं सेठजी। हम पुलिस वालों के लिए दुश्मनों की कमी नहीं होती। हो सकता है-किसी को मेरा यहां आना पसंद न आया हो।'

'हां।' बलराज चौंके और उनकी कल्पना में कुमार का चेहरा घूम गया।

आनंद ने कहा-'जाने दीजिये-अब मैं चलूंगा।'

'ऐसा कैसे हो सकता है आनंद-तुमने तो जलपान भी नहीं किया। और फिर-वंदना?'

'मैं फिर जाऊंगा।' कहते हुए आनंद ने दरवाजे में खड़ी वंदना को देखा और चला गया।

बलराज साहनी की आंखों में अब भी विचारों की छाया डोल रही थी।

***

'कुमार।'

एकाएक बलराज साहनी की आवाज कुमार के कानों से टकरायी तो कुमार के बढ़ते कदम रुक गये।

बलराज कमरे से निकलकर उसके सामने आ गये। कुमार को उन्होंने कड़ी दृष्टि से देखा और बोले-'कुमार।'

'कहिए अंकल।'

'अभी कुछ देर पहले इंस्पेक्टर आनंद पर गोली किसने चलाई थी?'

'मैंने सर।'

'तुमने।'

'यस सर।'

'मगर क्यों? घृणा से पूछा बलराज ने-'किसलिए?'

'कहते हैं सर-बिच्छू और सांप को मारना ही ठीक होता है। इनका जीवित रहना खतरे से खाली नहीं होता।'

'कुमार।'

'और वैसे भी अंकल।' कुमार कहता रहा- 'इंस्पेक्टर आनंद तो ऐसा सांप है-जिसका डंसा पानी भी नहीं मांगता।'

'कुमार।' घृणा से दांत पीसते हुए बलराज साहनी ने कहा-'इंस्पेक्टर आनंद हमारा मेहमान था। उस पर गोली चलाकर तुमने हमारा अपमान किया है।'

'आप गलत सोच रहे हैं अंकल। आप भली प्रकार जानते हैं कि आनंद हमारा शत्रु है। यदि उसका वश चलता तो वह हमें कल रात ही गोलियों से भून डालता। उसने हम पर कितनी गोलियों से भून डालता। उसने हम पर कितनी गोलियां बरसायी थी- यह आपने अपनी आंखों से देखा है। ऐसा व्यक्ति हमारा मेहमान और दोस्त नहीं हो सकता अंकल।'

'मगर-तुम्हें उस पर गोली चलाने से पहले हमसे आज्ञा तो लेनी चाहिए थी।'

'क्षमा करें अंकल। बात जब आत्मरक्षा की हो और दुश्मन सामने खड़ा हो-उस समय किसी से आज्ञा लेना आवश्यक नहीं हुआ करता। उस समय तो केवल दो ही काम होते हैं। स्वयं का बचाव और दुश्मन की समाप्ति।' कहकर रुका कुमार, खान, जयदेव एवं माइकल कुछ दूरी पर खड़े थे- उनकी ओर देखकर वह बोला-'सोचिए अंकल-यदि इस समय आनंद ने हम लोगों पर गोली चलाई होती तो उस स्थिति में हम क्या करते?'

'यस सर।' कुमार की बात का समर्थन करते हुए खान ने कहा-'ऐसी स्थिति में हमें आनंद पर गोली चलानी ही पड़ती।'

'और।' माइकल ने कहा- 'मैं तो कहता हूं सर-कि हमारे लिए कोठारी से अधिक खतरनाक यह इंस्पेक्टर आनंद है। हमें इसे जल्दी-से-जल्दी खत्म कर देना चाहिए।'

'बिल्कुल सर।' जयदेव ने कहा।

टोनी ने भी यही कहा।

बलराज परेशान हो गये और चिल्लाए-'नहीं माइकल-नहीं। इंस्पेक्टर आनंद हमारा उतना बड़ा दुश्मन नहीं है।'

'तो फिर-कौन है वह?' कुमार ने पूछा।

'दोस्त।' बलराज ने उत्तर दिया- 'क्योंकि वह हमारी ओर दोस्ती का हाथ बढ़ा रहा है। हमें उसकी दोस्ती का स्वागत करना चाहिए।'

'ओ. के. सर।' माइकल बोला-किंतु शर्त यह है कि वह हमारे साथ दोस्तों जैसा ही व्यवहार करेगा। और यदि उसने हमारे सामने आने की कोशिश की तो यह तय है सर-कि हम उसे जिंदा नहीं छोडेंगे।'

बलराज ने बेचैनी से दांत पीस लिये।

कैसे बताते कि जिस आनंद को वे लोग अपना शत्रु मान रहे थे-उससे उनका रिश्ता क्या था? कैसे कहते कि आनंद उनकी बेटी के जीवन की सबसे बड़ी खुशी था?

तभी खान ने उनसे पूछा- 'माल कब आ रहा है सर?'

'दो दिन बाद।'

'कोठारी का काम कब करना है?'

'नहीं-अभी नहीं खान।' कहकर बलराज अपने कमरे में चले गये।

कुमार एवं उसके साथी उन्हें समझाने वाली नजरों से देखते रहे।

***

आनंद ने जैसे ही कमरे में प्रवेश किया-वहां पहले से मौजूद आंचल ने उससे पूछा-'वंदना से मुलाकात हुई?'

'हां।' आनंद ने कहा और बैठ गया।

यह सुनकर जैसे आंचल पर वज्रपात हुआ। उसने फिर पूछा-'कैसी है वंदना?'

'अच्छी है।'

'तुमसे बातें हुई?'

'कहा कुछ नहीं-सिर्फ रोती रही।'

'कब ला रहे हो?'

'किसे?'

'अपनी वंदना को।'

'पूछना पड़ेगा।'

'बलराज साहनी से। उनका कहना है कि वंदना वास्तव में उन्हीं की बेटी है।'

'यह कैसे हो सकता है?'

'बलराज का कहना है कि वंदना उनसे भवानीपुर के मेले में बिछड़ गयी थी।'

'यह झूइ भी तो हो सकता है।'

'मेरा इस झूठ से नहीं-बल्कि वंदना से संबंध है।'

आनंद ने कहा।

उसी समय रामदास ने कमरे में आकर कॉफी के प्याले रख दिये और चला गया। आंचल मूर्तिमान-सी खड़ी थी। कुछ क्षणोंपरांत उसने आनंद से पूछा-'मेरे विषय में क्या सोचा है?'

'तुम्हारे विषय में।'

'हां। तुम जानते हो कि एक म्यान में दो तलवारें कभी नहीं रहती।'

'इसीलिए तो पूछ रही हूं।'

'सोचने दो मुझे।'

'मैं जानती हूं-तुम क्या सोचेगे। वैसे भी-इंसान को जब अपनी मंजिल मिल जाती है तो वह गुजरी हुई राहों के विषय में कभी नहीं सोचता। वंदना तुम्हारी मंजिल है और मैं उन राहों के समान हूं-जिनसे अब तुम्हारा कोई संबंध नहीं रहा।'

'ऐसा न कहो।'

'और क्या कहूं?'

'यह कि।' आनंद बोला- 'जिन राहों पर चलकर मंजिल तक पहुंचा जाता है-इंसान उन राहों को कभी नहीं भूलता।

आनंद।' आँचल तड़प कर बोली - भूलने और सम्बंद रखने में अंतर होता हे भूलने की तो इंसान राहो में पड़े उन काँटों को भी नहीं भूलता जो उसके उन फूलों को भी नहीं भूलता-जो उसे अपनी सुगंध देते हैं। मगर-क्या वह भविष्य में उन कांटों की चुभन और फूलों की सुगंध से भी संबंध रखता है? बोलो आनंद-रखता है संबंध?'

'बैठ जाओ।'

'आनंद मुझे तुम्हारा निर्णय चाहिये।'

'हो जायेगा। बैठो-कॉफी पियो।'

आंचल बैठ गयी। उसकी आंखों में आंसुओं की नन्हीं-नन्हीं बूंदें झिलझिला रही थी। आनंद ने उसकी ओर प्याला बढ़ा दिया और स्वयं बोला- 'वंदना से अभी मेरी कोई बात नहीं हुई है। मैं नहीं जानता कि उसने मुझे भुला दिया है अथवा ह्रदय में मेरे लिए आज भी वही प्रेम है।'

'प्रेम न होता तो वंदना को यहां आने की जरूरत ही क्या थी?'

'वंदना यहां आई थी?'

'हां।' उंगलियों की पोरों से आंसू पोंछकर आंचल ने कहा-'मुझे पूरा विश्वास है कि जो लड़की तुमसे दो बार मिलने आ चुकी है-वह वंदना ही थी।'

'पर-वंदना ने मुझसे कुछ नहीं बताया।'

'पूछोगे तो बता भी देगी।' आंचल ने कहा।

आनंद ने इस पर कुछ न कहा।

देर तक मौन रहा।

फिर जब कॉफी समाप्त हो गई तो आंचल ने आनंद से कहा-'देखो आनंद-यूं तो मैंने अपने जीवन में कभी पीड़ाए नहीं देखी। किंतु यदि दुर्भाग्यवश मुझे पीड़ाए मिलती भी हैं तो मेरे अंदर उन्हें सहने की शक्ति भी है। अतः अच्छा होगा आनंद कि तुम मुझसे कुछ मत छुपाओ और स्पष्ट कह दो कि वंदना से तुम क्या चाहते हो। म-मुझे तुमसे वास्तव में कोई शिकायत न होगी।'

'कल तो जाओगी?'

'क्यों?'

'तुम जानती हो-राजू तुम्हारे बिना एक पल भी नहीं रहता।'

'और-तुम...?'

'मैं-मैं तो...।'

'तुम रह सकते हो मेरे बिना?'

'पूछा नहीं कभी।'

'किससे?'

'अपने आपसे।'

'पूछकर देखना। उत्तर सही मिले तो फोन पर बता देना।' इतना कहकर आंचल उठी और बाहर जाने लगी।

उसी समय आंनद आते राजू ने उसका मार्ग रोक लिया। आंचल को रुकना पड़ा।

राजू के हाथों में एक खिलौना था-जो शायद टूट गया था। खिलौना दिखाते हुए राजू ने उससे कहा- 'देखिए न आंटी-हमारा यह खिलौना तो अब बोलता ही नहीं है।'

आंचल चुप रही-किंतु हृदय में ममता के भाव उमड़ते रहे।

राजू में फिर कहा- 'आप बोलती क्यों नहीं आंटी?'

आंचल ने फिर भी कुछ न कहा और तेजी से बाहर चली गयी। राजू उसे पुकारता रहा- 'आंटी-आंटी।' किंतु आंचल के कदम बढ़ते रहे।

आनंद भी उसी ओर देख रहा था।

आंचल के मन की पीड़ा और उसकी नाराजगी उससे छुपी न थी। तभी उसे राजू का ध्यान आया और वह उससे बोला-'लाओ-हमें दिखाओं राजू। तुम्हारे खिलौने को क्या हुआ।'

राजू आगे आ गया।

उसी समय फोन की घंटी बजी।

आनंद ने अपने स्थान से उठकर रिसीवर उठाया।

'हैलो।'

'जे. के. भंडारी।'

'कहिए।'

'मिस्टर आनंद-आप बधाई के पात्र हैं। बधाई इसलिए-क्योंकि अपने जीवन की एक ऐसी बाजी को-जिसे आप वर्षों पहले हार चुके थे-फिर जीत चुके हैं।'

'यह सब आप किसके विषय में कह रहे हैं?'

'वंदना के विषय में।'

आनंद इस पर चौंक गया और बोला-'वंदना को आप कैसे जानते हैं?'

'मिस्टर आनंद-पूरे एक वर्ष तक श्यामा बाई की शोभा बढ़ाने वाली वंदना को भला कौन नहीं जानता। हम तो वैसे भी उसके खास प्रशंसकों में रहे हैं।'

'क्या बकते हैं आप।'

'मिस्टर आनंद-यह बकवास नहीं बल्कि सच्चाई हैं। जिस वंदना को आप फिर से अपनी पत्नी बनाने का सपना देख रहे हैं-वह रामनगर से आने के बाद पूरे एक वर्ष तक श्यामाबाई के कोठे पर रही है।'

'वह बकवास है।'

'आप इस संबंध में वंदना से पूछ सकते हैं।'

'ओह!' आनंद की रंगों में तेजाब-सा घुल गया।

'लेकिन।' दूसरी ओर से कहा गया-'मेरे कहने का अभिप्राय यह नहीं कि मैं वंदना को बदनाम करने की कोशिश कर रहा हूं। मिस्टर आनंद-मैं तो यह कहना चाहता हूं कि आप एक सम्मानित व्यक्ति हैं और ठाकुर प्रताप सिंह के बेटे हैं। ऐसे में आप एक वेश्या को अपनी पत्नी बनाये-यह आपको शोभा नहीं देता।'

'यू शटअप मिस्टर भंडारी।' आनंद इस बार क्रोध से चिल्लाया और उसने रिसीवर पटक दिया।

उसके अस्तित्व में अब भी तेजाब-सा घुल रहा था।

***

रात्रि के दो बजे चुके थे। कुमार की आंखों में नींद न थी- अपने बिस्तर पर वह बेचैनी से पहलू बदल रहा था। इस समय उसकी कल्पना में केवल वंदना का चेहरा घूम रहा था। आज आनंद उससे मिलने आया था- बलराज साहनी ने बुलाया था उसे।

बलराज उन दोनों को फिर से एक कर देना चाहते थे।

दिन में बलराज एवं आनंद की बातें उसने सुनी थी। आनंद ने वंदना से जो कुछ कहा था-वह भी उसने सुना था।

सुनते ही जैसे क्रोध का ज्वालामुखी उसके सीने में धधक उठा था। तभी तो उसने आनंद पर गोली चलायी थी-किंतु निशाना चूक गया था। आनंद का खून हो जाता तो उसके लिए वंदना को पाना कोई कठिन कार्य न था। बलराज साहनी को वह अपनी उंगलियों पर नचा सकता था।

किंतु अब...?

कुमार को यों लग रहा था-मानो वंदना नाम की इस बाजी को वह सदा के लिए हार जायेगा। वंदना आनंद की हो जायेगी और वह...।

सोचते हुए अपने अन्तर्मन को टटोला कुमार ने। वंदना के लिए उसके हृदय में वास्तव में प्रेम था। वंदना को चाहा था उसने। किंतु बलराज साहनी...। इस नाम ने ही कुमार के हृदय में घृणा का विष घोल दिया था।'

और यह सच भी था। उसके हृदय में बलराज के प्रति आदर एवं श्रद्धा की भावना न थी। इस शख्स को वह जब से जानता था-तभी से घृणा करता था। किंतु इस घृणा को पिया था उसने-

अपने भविष्य और मां के सुखों के लिए। अंदर ही अंदर वह गीली लकड़ी की भांति सुलगा था-किंतु फिर भी मुस्कराया था। फिर भी नतमस्तक हुआ था वह बलराज के सामने।

कोठों की जिंदगी उसने अपनी आंखों से देखी थी।

मां को न जाने कितनी बार बनते संवरते और लुटते उसने देखा था।

तभी बलराज साहनी आया था मां के जीवन में। श्यामा बाई से खरीद लिया था उसने मां को। उस दिन बहुत खुश हुई थी मां। वह भी खुश हुआ-मां को एक नरक से मुक्ति मिल रही थी।

कहा था उसने मां से-मां अब हम भी दूसरे लोगों की तरह इज्जत और शराफत की जिंदगी जियेंगे-है न मां?'

'हां बेटे।'

'हमारा अपना एक छोटा-सा घर होगा मां-हमारी अपनी एक दुनिया होगी?'

'हां मेरे लाल।'

'ओ मां-अब तुम्हें भी कोई वेश्या न कहेगा? कोई मुझे भी वेश्या का बेटा न कहेगा? बताओ न मां।'

'हां बेटे।' मां ने कहा था- 'अब कोई तुम्हें वेश्या का बेटा नहीं कहेगा।' आश्वासन दिया था मां ने।

किंतु हुआ क्या? मां अपने आश्वासन को पूरा न कर सकी। बलराज ने कभी उन्हें दलदल से बाहर आने न दिया और उन्हें कभी वेश्या के अतिरिक्त और कुछ न माना।

जिंदगी के प्याले से हर रोज बेबसी के घूंट पिये मां ने।

लुटती रही वह। केवल उसके लिए-केवल अपने कुमार के भविष्य के लिए।

कितने कपटी होते हैं कुछ लोग। अपने चेहरे पर दूसरा चेहरा चढ़ाकर वे किस प्रकार दुनिया को धोखा देते है।

सोचते हुए कुमार ने घृणा से दांत पीस लिये।

धीरे-धीरे दिन का उजाला फैल गया।

नाश्ते से पूर्व वह वंदना के कमरे में पहुंचा। वंदना उस समय नहाकर निकली थी। उसके लंबे काले घने बाल कंधों पर फैले थे। चेहरे को देखकर लगता था-जैसे अभी-अभी-अभी कोई चांद घटाओं से बाहर निकला हो।

इस समय वह खिड़की के सामने खड़ी अपनी केश राशि को सुखा रही थी और कुमार उसे अपलक देख रहा था। यदि उसका वश चलता तो वह सभ्यता की समस्त सीमाएं तोड़कर वंदना को अपनी बांहों में भर लेता और जी भरकर उसके बालों को चूमता। किंतु वह ऐसा न सका और वंदना का ध्यान अपनी ओर आकर्षित करने के लिए खंखारकर गला साफ करने लगा।

वंदना न जाने किन सोचों में डूबी थी।

एकाएक उसकी विचार श्रृंखला टूट गयी। चौंककर कुमार को देखा और होंठों से निकला-'तुम।' आवाज में रुखापन था।

'वंदना-कैसी हो वंदना?'

'ठीक तो हूं।'

'मगर-शायद खुश नहीं हो।'

'वह क्यों?'

'किसी को देखकर होंठों पर मुस्कराहट न उभरे तो और क्या कहा जायेगा?'

'कुछ लोग स्वभाव से ही गंभीर होते हैं।'

'जैसे तुम।' कुमार ने कहा और अकारण ही हंस पड़ा। फिर वह आगे बढ़ा और वंदना के समीप आकर बोला-'सुना है-कल का दिन आपके लिए बहुत शुभ रहा।'

'क्यों?'

'आनंद साहब आये थे।'

'और।' वंदना ने घृणा से कहा-'तुम्हारे लिए शायद अशुभ रहा।'

'न-नहीं तो।'

'तुमने आनंद पर गोली चलाई और निशाना चूक गया।'

कुमार के चेहरे पर सन्नाटा फैल गया।

वंदना ने उसे कड़ी दृष्टि से देखा और फिर बोली-'क्यों सच कहा ना मैंने?'

'यह-यह झूठ है वंदना।' कांपती आवाज में कुमार ने कहा- 'यह सरासर झूठ है कि आनंद पर गोली मैंने चलायी थी। भ-भला आनंद से मेरी क्या दुश्मनी थी? क्या बिगाड़ा था आनंद ने मेरा?'

'मिस्टर कुमार।' वंदना बैठ गयी और कड़वाहट से बोली-आनंद से तुम्हारी केवल यह शत्रुता थी कि वह तुम्हारा प्रतिद्वन्द्वी था। वह उस बाजी को जीतना चाहता था-जिसे तुम अपनी समझ बैठे थे। और यह तो तुम भी जानते हो कुमार कि किसी भी बाजी को जीतने के लिए अपने विरोधी को हटाना अथवा उसे अपने रास्ते से हटाना बहुत जरूरी होता है।'

'हां-लेकिन।'

'कुमार। तुम जान चुके थे कि वंदना आनंद की पत्नी है। और तुम यह भी जान चुके थे कि आनंद यहां अपनी वंदना को लेने आया है। यह जानते ही तुम्हारे ऊपर जैसे वज्रपात हुआ और तुम उस पर गोली चला बैठे।'

'वंदना-वंदना तुम पागल हो गयी हो।'

'पागल तो तुम हो गये थे कुमार। यदि ऐसा न होता तो तुम कभी भी आनंद पर गोली चलाने की मूर्खता न करते। अच्छा-एक बात बताओ।'

'हूं।'

'मुझे चाहते हो?'

कुमार इस प्रश्न पर चौंक गया और बोला-'यह तुम मुझसे क्यों पूछ रही हो? क्या स्वयं तुम्हारा हृदय नहीं जानता कि मैं तुम्हें कितना चाहता हूं।'

'जानती हूं कुमार।' वंदना उठकर दर्पण के सामने आ गयी और अपने बालों को संवारते हुए बोली-'अब एक प्रश्न और।'

'वह क्या...?'

'क्या तुम-मेरी खुशी को अपनी खुशी समझते हो?'

'इसमें झूठ ही क्या है।'

'क्या कर सकते हो तुम मेरी खुशी के लिए?'

कुमार जैसे उलझ कर रह गया और बोला-'वंदना-मेरी समझ में नहीं आता कि तुम मुझसे इस प्रकार का प्रश्न क्यों कर रही हो। किंतु यह सच है कि तुम्हारी खुशी के लिए मैं अपने प्राण भी दे सकता हूं।'

'सच कह रहे हो ना तुम।'

'हां वंदना।'

'हूं।' कुछ सोचते हुए वंदना ने कहा- 'तो फिर मेरी खुशी के लिए एक काम करो।'

'काम-वह क्या?'

'मेरे और आनंद के मार्ग से हट जाओ।'

'क्या?' चौंक गया कुमार। वंदना से ऐसे वाक्य की आशा उसे न थी।

'हां कुमार।' वंदना ने मुड़कर कहा- 'यदि तुम चाहते हो कि तुम्हारी वंदना खुश रहे-तो इसके लिए तुम्हें अपनी भावनाओं की कुर्बानी देनी होगी। खून करना होगा अपनी आशाओं का-अपने अरमानों का।

कुमार निरुत्तर-सा हो गया।

वंदना उसे ध्यान से देख रही थी।

वह बोली-'चुप क्यों हो गये कुमार?'

'यह-यह असंभव है वंदना।'

'क्या मतलब?'

'मैं-मैं ऐसा नहीं कर सकता।'

'तो क्या-मुझे यह सोचना चाहिए कि तुम मुझसे प्रेम नहीं करते?'

'वंदना-मैं प्रेम करता हूं तुमसे। किंतु मैं इतना महान नहीं कि आनंद की खुशी के लिए अपने प्रेम को कुर्बान कर सकूं।'

'लेकिन कुमार।'

'यह भी जान लो वंदना।' कुमार ने कहा-'कि मेरा प्रेम न तो बुजदिल है और न ही कमजोर है। अपने प्रेम के लिए मैं पूरी दुनिया से टकरा सकता हूं और यदि आवश्यक हुई तो-किसी का खून भी कर सकता हूं।'

'कुमार।' वंदना एकाएक घृणा से चिल्लाई।

कुमार ने फिर कुछ न कहा और तेजी से बाहर जा गया।

उसके चेहरे पर पल-पल चट्टान जैसी कठोरता फैलती जा रही थी।

***

आनंद संध्या के समय ड्यूटी से लौटा तो रामदास ने एक पत्र उसके सामने रख दिया। पत्र उसके पिता ठाकुर प्रताप सिंह का था। प्रताप सिंह ने इस पत्र में जहां अपनी अस्वस्थता के विषय में लिखा था- वही आनंद से शीघ्र गांव पहुंचकर एक लड़की देखने का अनुरोध भी किया था।

आनंद ने पत्र पढ़ा।

इसके पश्चात् वह कुछ क्षणों तक तो किन्हीं विचारों में खोया रहा और फिर रामदास से बोला- 'आंचल आयी थी?'

'दोपहर के समय फोन आया था।'

'कुछ कहा?'

'पूछ रही थी आपको।'

'खाना तैयार है।'

'अभी लगाता हूं।'

'पांच मिनट ठहरो।' इतना कहकर आनंद मुड़ा और फोन पर बलराम साहनी के नंबर डायल करने लगा।

संबंध मिलने पर आवाज आई- 'यस।'

'साहनी साहब-मैं आनंद बोल रहा हूं।'

'ओह! कहो आनंद-कैसे हो?'

'अच्छा हूं सेठजी-वंदना कैसी है?'

'अच्छी है। कब आ रहे हो?'

'आज तो समय न मिलेगा।'

'ऐसी क्या बात हैं? भई-डिनर हमारे साथ लो और आज की रात हमारे पास ही रहो।'

'आज तो संभव नहीं सेठजी। किंतु हो सकता है कल मैं आपके साथ लंच ले सकूं।'

'चलो भई-कल ही सही। वैसे-एक सुझाव है हमारा।'

'कहिए।'

'देखो आनंद-अपनी गीता अर्थात् वंदना हमें वर्षों बाद मिली है। तुमने जब उससे गुप्त शादी की थी-उस समय वह दीना की बेटी थी। दीना क्योंकि एक गरीब आदमी था-इसलिए वह वंदना की शादी में एक पैसा भी खर्च न कर सका। किंतु क्योंकि वंदना आज हमारी बेटी है और इस बात को सभी लोग जानते हैं-अतः हम चाहते है कि वंदना का विवाह अत्यंत धूमधाम से हो।'

'लेकिन सेठजी-आखिर इस दिखावे की जरूरत क्या है?'

'जरूरत है आनंद।' दूसरी ओर से बलराज साहनी ने कहा- 'इसलिए जरूरत है क्योंकि वंदना आज किसी निर्धन की नहीं-बल्कि सेठ बलराज की बेटी है। यदि हमने उसे यों ही तुम्हारे साथ विदा कर दिया तो दुनिया क्या कहेगी। और वैसे भी आनंद-हमारे पास जो कुछ भी हैं-वह

सब हमारी बेटी का ही तो है। इतनी धूमधाम से शादी करेंगे। हम अपनी बेटी की-कि पूरा शहर देखता रह जायेगा।'

'मैं आपसे इस विषय में फिर बात करूंगा। अन्य कोई सेवा बताइए।'

'सब-सब ठीक है आनंद।'

आनंद ने रिसीवर रख दिया।

अगले ही क्षण वह चौंक गया।

निकट ही आंचल खड़ी थी। आंचल को देखकर वह बोला-'बैठो आंचल। मैं तो तुम्हारे विषय में रामदास से पूछ रहा था। कैसी हो?'

'राजू को देखने आई थी। रामदास ने फोन पर बताया था कि उसे रात से ही हल्का ज्वार है। कैसा है वह?'

'मुझसे तो अभी मिला ही नहीं-बैठो।'

आंचल बैठ गयी।

कुछ क्षणोंपरांत बोली-'तुम्हारी वंदना कैसी है?'

'ठीक ही होगी।'

'दोबारा नहीं मिले?'

'समय ही नहीं मिला।'

'कुछ व्यक्ति वास्तव में बड़े भाग्यशाली होते हैं।'

'क्यों?'

'जो चाहते है-पा लेते हैं।'

'वंदना के विषय में कह रही हो?'

'हां-और अपने विषय में भी कह रही हूं। कितनी कठिनाइयों और कितने धैर्य से जीवन की एक बाजी जीती थी-किंतु अंत में उसे भी हार बैठी। न जाने तकदीर को मुझसे इतना वैर क्यों है?' ये सब कहते-कहते आंचल की आंखें भर आई।

आनंद निरुत्तर-सा हो गया।

आंचल की पीड़ा उससे छुपी न थी। आंचल के लिए यह सचमुच दुःख की बात थी कि जिस बाजी को जीतने के लिए वह पिछले दो वर्षों से प्रयास कर रही थी- वही उसके हाथों से निकलती जा रही थी।

किंतु क्या करता वह? उसने तो कभी सोचा भी न था कि वंदना जीवित होगी। यदि ऐसा होता तो वह आंचल के इतना करीब ही क्यों रहता? और आज-जब वह अपनी वंदना को देख चुका था-ऐसी स्थिति में वह वंदना के अतिरिक्त अन्य किसी के विषय में कैसे सोच सकता था।

सचमुच अच्छा नहीं किया था उसने आंचल के साथ।

तभी वह चौंका।

आंचल उठ गयी थी। आंखें पोंछकर वह उससे। बोली- 'चलती हूं आनंद।'

'बैठो न आंचल।'

'नहीं आनंद।'

'देखों-यों नाराज होकर जाओगी तो रामदास को भी बुरा लगेगा।'

'तुम्हें अच्छा लगेगा।'

'क्या?'

'मेरा यों चले जाना।'

'नहीं आंचल।'

'तो-रोक क्यों नहीं लेते?'

'किसे?'

'उसी आंचल को-जो तुम्हारे अतिरिक्त किसी दूसरे की कल्पना भी नहीं करती।'

'मैं तो चाहता हूं आंचल...।'

'कठिनाई क्या है?'

'भंवर में फंस गया हूं।'

'तोड़ क्यों नही देते उसे?'

'यही तो दिक्कत है।'

'यह क्यों नहीं कहते कि तुमने अपने मन को दो भागों में बांट दिया है। उसमें से एक मेरे विषय में सोचता है और दूसरा वंदना के विषय में।'

'संभवतः यही सच है।' कहते हुए आनंद ने दीर्घ निःश्वास ली और उठकर बोला-'और आंचल किसी भी व्यक्ति का मन जब दो भागों में बंट जाता है तो-इस प्रकार उसका अस्तित्व भी दो भागों में बंट जाता है।'

'तुम जानते हो दो राहों पर चलकर कभी मंजिल नहीं मिल पाती। भटक जाता है इंसान। जितना आगे बढ़ता है-मंजिल उससे उतनी ही दूर होती जाती है।' आंचल ने कहा।

आनंद बेचैनी की दशा में अपने होंठों को चबाने लगा।

कुछ क्षणोंपरांत आंचल फिर बोली-'मेरी मानो तो उनमें से एक राह से नाता तोड़ दो। भूल जाओ उसे।'

'किसे?'

'दोनों में से किसी एक राह को।'

'देखता हूं आंचल।' आनंद ने कहा।

उसी समय रामदास ने कमरे में आकर खाना लगा दिया। आंचल खाना न चाहती थी-किंतु आनंद के आग्रह पर उसे बैठना पड़ा।

खाने के दौरान आनंद ने उससे कहा- 'देखों आंचल-मैं नहीं जानता कि आने वाला समय हमारे लिए क्या लेकर आयेगा। जीवनभर की जुदाई अथवा जीवनभर का साथ। लेकिन मैं चाहता हूं कि समय जितनी भी मोहलत दे-हमें एक दूसरे से अच्छे दोस्तों की तरह ही मिलना चाहिए।'

'आनंद-मैं स्वयं भी यही चाहती हूं। किंतु तुम जानते हो न-आशाओं के साथ-साथ धैर्य भी टूट जाता है। न जाने क्यों-मुझे ऐसा लगता है कि मेरी तपस्या व्यर्थ जायेगी और तुम मुझसे सदा के लिए दूर चले जाओगे। ऐसे मैं धैर्य कहां। चारों ओर अंधेरा ही अंधेरा नजर आता है।'

'उस अंधेरे में भी प्रकाश की कोई किरण हो सकती है।'

'इसी आशा के सहारे तो जी रही हूं।'

आनंद ने इस पर कुछ न कहा।

धीरे-धीरे खाना समाप्त हो गया। आंचल उठकर बोली- 'अब चलूंगी आनंद।'

'नहीं।' आनंद ने उठकर आंचल के हाथ थाम लिये और स्नेह से बोला-'अभी नहीं आंचल -कुछ देर और...।'

'आनंद।' न जाने क्या हुआ कि आंचल उसके हृदय से लग गयी और बोली-'न जाने इन झूठी आशाओं के सहारे तुम मुझे कब तक जिंदा रखोगे।'

आनंद ने उसे बांहों में भर लिया-बोला-'यह तो मैं भी नहीं जाता आंचल। सिर्फ इतना जानता हूं कि हम दोनों जब तक भी जियेंगे-एक दूसरे के मित्र बने रहेंगे।'

आनंद।'

आंचल सिसक उठी।

उसी समय फोन की घंटी बजी।

आनंद ने आंचल को छोड़कर रिसीवर उठा लिया-

'हैलो।'

'एस. पी. शर्मा।'

'कहिए सर।'

'मिस्टर आनंद-सूचना मिली है कि बलराज साहनी अपने आदमियों को लेकर आज रात फिर बीनापुर के जंगलों में जा रहा है।'

'आप चिंता न करें सर-मैं वहां समय से पहले पहुंच जाऊंगा।'

'मिस्टर आनंद-सबसे पहले तुम्हें यह देखना है कि बलराज साहनी का माल वहां किस मार्ग से पहुंचता है। इसके लिए तुम्हें बीनापुर एवं तारापुर के सभी रास्तों पर नजर रखनी होगी।'

'ओ. के. सर।'

'हैडक्वार्टर कब पहुंच रहे हो?'

'ठीक आधे घंटे बाद सर।'

'दैट्स ऑल।'

आनंद ने रिसीवर रख दिया। इसके पश्चात् उसने आंचल से कहा-'सारी आंचल-में तो चाहता था कि तुम्हें पूरी रात अपनी नजरों के सामने रखूं और देखता रहूं। लेकिन यह नौकरी...।'

'अच्छा हुआ जो तुम्हें अपनी ड्यूटी पर जाना पड़ा। अन्यथा तुम मुझे रोकते और मैं फिर इसी भ्रम में रहती कि तुम मेरे हो। चलती हूं।' इतना कहकर आंचल बाहर चली गयी।

आनंद लंबी गहरी सांस लेकर रह गया।

***

रात्रि के नौ बजे थे और उस कमरे में वे सभी मौजूद थे। बलराज साहनी, कुमार, खान, जयदेव, टोनी और माइकल। मेज पर एक नक्शा रखा था। और बलराज साहनी उस नक्शे रखा था और बलराज साहनी उस नक्शे की विभिन्न लकीरों पर उंगली रखते हुए अपने आदमियों से कह रहे थे-

'यहां से बीनापुर और तारापुर पहुंचने के लिए केवल ये ही तीन मार्ग है और पता चला है कि पुलिस ने इन तीनों मार्गों की नाकाबंदी कर रखी है।'

खान ने कहा-'अभी एक मार्ग और है सर?'

'वह कौन-सा है?'

'नहर का मार्ग?'

'गुड।' बलराज खुशी से उछल पड़े और बोले-'तुमने बिल्कुल ठीक कहा खान। हम इस मार्रा से बीनापुर के जंगल तक पहुंच सकते हैं। इसके लिए हमें केवल एक डोंगी का प्रबंध करना होगा।'

'डोंगी का प्रबंध हो जायेगा सर।'

'कहां से?'

'रानी की झील से। आप जानते हैं-पर्यटक उस झील में नौका विहार करते हैं और दो छोटी नावें वहां प्रत्येक समय मौजूद रहती हैं। झील एवं नहर के बीच केवल आठ दस मीटर की दूरी है।'

'फिर तो हमारे लिए कुछ कठिन न होगा। कुमार।'

'यस सर।'

'हम माइकल को लेकर आते हैं। तुम खान, टोनी एवं जयदेव को लेकर झील पर पहुंचों और दोनों को नहर में उतार दो।'

'ठीक है सर।'

'किंतु ध्यान रहे-बाहर के किसी भी व्यक्ति को पता न चले कि हम नावों का उपयोग कर रहे हैं।'

'ओ. के. सर।' कुमार ने कहा।

इसके पश्चात् कुमार, टोनी, जयदेव एवं खान वहां से चले गये और बलराज साहनी एक सिगरेट सुलगाने लगे।

माइकल उसी नक्शे को देखता रहा।

उसी समय इंटरकॉम बजा।

बलराज साहनी ने रिसीवर उठाया-'यस।'

'पापा-सुना है आप बीनापुर जा रहे हैं। आवाज वंदना की थी।

'कारोबार ही ऐसा है बेटी।'

'लेकिन पापा- आनंद भी तो वहीं होंगे और आपका पीछा करेंगे- यह भी हो सकता है कि आपका मार्ग रोकने की कोशिश करें।'

'यह तो संभव है बेटी।'

'मैं जानना चाहता हूं पापा-कि उस स्थिति में आप क्या करेंगे?'

'वहीं-जो आज तक किया है। आइ मीन-चूहे बिल्ली वाला खेल। पुलिस हमारा पीछा करती है और हम किसी दूसरे मार्ग से निकल भागने में सफल हो जाते हैं। ऐसा नहीं कि पुलिस से कभी हमारी मुठभेड़ न हुई हो- किंतु उस स्थिति में भी भाग्य ने हमारा साथ दिया और हम माल लेकर सकुशल लौट आये। लेकिन-यह सब तुम क्यों पूछ रही हो?'

'पापा।' इंटरकाम पर वंदना ने उत्तर दिया-'आप तो जानते ही हैं कि आनंद से आपका कोई रहस्य छुपा नहीं हुआ है। आनंद यह भी जानता है कि मैं वास्तव में आपकी बेटी हूं। यही नहीं-अपने आनंद को मेरे और उसके विवाह का वचन भी दिया है और आप यह वचन इसलिए पूरा करेंगे-क्योंकि आपके लिए अपनी बेटी की खुशी से बढ़कर संसार में और कोई खुशी नहीं हैं।'

'यह सच है बेटी।'

'लेकिन पापा-यदि यह सच है तो...। यदि यह सच है कि आप अपनी बेटी को उसकी खुशियां लौटाना चाहते है और आनंद को अपना बेटा बनाना चाहते हैं तो...आपको यह सब छोड़ देना चाहिए पापा। क्योंकि यदि आप अब भी उसी मार्ग पर चलते रहे तो आप आनंद की नजरों में सदा के लिए गिर जाएंगे। यह भी हो सकता है कि आनंद आपके दिये हुए वचन पर विश्वास न करे और वह समझे कि आप इस रिश्ते की आड़ में अपना स्वार्थ पूरा करने का प्रयास कर रहे हैं।'

बलराज साहनी इस पर निरुत्तर-से हो गये।

वंदना ने फिर कहा-'एक बात और है पापा।'

'हम सुन रहे हैं बेटी।'

'पापा यह तो आप जानते ही होंगे कि आनंद की तरह-कुमार भी मुझे अपनाना चाहता है।'

'कुछ कहा है उसने।'

'बहुत कुछ कहा है पापा।'

'वह क्या?'

'पापा-कुमार के आनंद के संबंध में अच्छे विचार नहीं हैं। क्योंकि वह एक प्रकार से आनंद को अपना प्रतिद्वंदी मान रहा है-अतः अवसर मिलने पर वह आनंद के साथ कुछ भी कर सकता हैं।'

'हम जानते हैं बेटी। लेकिन चिंता मत करो। हम वचन देते हैं कि हमारे रहते आनंद का कोई बाल को अपना न कर पायेगा। रही इस कारोबार को छोड़ने की बात तो हम सोच रहे हैं बेटी, जैसे ही कोई निर्णय होगा-तुमसे बता देंगे।'

'थैंक्यू पापा।'

बलराज साहनी ने रिसीवर रख दिया।

***

रात्रि के दस बजे थे। बलराज साहनी के पास अभी एक घंटे का समय था। शांता के फ्लैट के सामने पहुंचकर उन्होंने माइकल से गाड़ी रोकने के लिए कहा और फिर बाहर आकर वह उससे बोले-'हम आते हैं माइकल।'

'ठीक है सर।'

'आसपास के वातावरण पर नजर रखना। इंस्पेक्टर आनंद इस गाड़ी को पहचान कर हमारा पीछा कर सकता है।'

'मैं समझ गया सर।' माइकल ने कहा।

बलराज साहनी सीढ़िया ऊपर पहुंचे।

शांता ने पहले की भांति मुस्करा कर उनका स्वागत किया-'आइए सेठजी।'

प्रत्युत्तर में साहनी ने अपनी जेब में हाथ डाला और नोटों की एक गड्डी निकाल कर शांता की हथेली पर रख दी और बोले-'आज पहली तारीख है शांता-और इस तारीख को हम कभी नहीं भूलते।'

'यह तो ठीक है सेठजी। किंतु अब-जब आप शांता को भूलते जा रहे हैं तो आपको यह तारीख भी भुला देनी चाहिए थी।'

'नहीं शांता-ऐसी कोई बात नहीं है। कठिनाई केवल यह है कि आज कल हमारे पास समय नहीं रहता। समय होता तो तुम्हारे पास रोजाना आते।'

'मैं जानती हूं-ऐसा कहकर आप शांता को छल रहे है।'

'शांता प्लीज।'

'खैर-बैठेंगे नहीं?'

'चलेंगे शांता-कहीं जाना है।' इतना कहकर बलराज साहनी ने रिस्टवाच में समय देखा और बोले-'शांता-कुछ कहना है तुमसे।'

'कुमार के विषय में?'

'हां।'

'जानती हूं-अवश्य ही उसने आपकी शान में कोई गुस्ताखी की होगी। बच्चा है और-बच्चे गलतियां कर ही बैठते हैं। विशेष कर उस समय तो वे आपे से बाहर हो जाते हैं जब उनकी जिद्द पूरी नहीं होती। आखिर-उसकी बात मान क्यों नहीं लेते सेठजी।'

'तुम्हारा मतलब है शांता...।'

'हां सेठजी।' शांता ने कहा-'मेरा मतलब यही है कि आप वंदना की शादी कुमार से कर दें। बेटी है-पराया धन है-आखिर कभी तो ब्याही जायेगी। और-अपना कुमार-आप तो जानते हैं कि वंदना की तरह अपना कुमार भी लाखों में एक हैं।'

'बकवास बंद करो शांता।' एकाएक गुस्से से चीख पड़े बलराज-'हम तुम्हें चाहते हैं-तुम्हें अपना समझते हैं। किंतु इसका मतलब यह तो नहीं कि तुम हमें बात-बात पर गालियां दो और हमारी इज्जत से खेलने की कोशिश करो। ध्यान रहे-आइंदा तुम्हारी जुबान पर यह बात दोबारा न आये। रहा तुम्हारा यह कर्ज कि हमने तुम्हें अपनी रखैल बनाकर रखा-तो इसके बदले में हम तुम्हारे बेटे को अपनी आधी सम्पत्ति देने को तैयार हैं। जब इच्छा हो ले लेना। मगर वंदना का नाम अपनी जुबान पर न लाना।'

शांता चाहकर भी कुछ न कह सकी। किंतु यह सच था कि इस समय उसकी आंखों से घृणा की चिनगारियां छूट रही थी।

बलराज साहनी ने उसकी आंखों की ओर ध्यान न दिया और मुड़कर बोले-'चलते हैं शांता।'

इसके पश्चात् वह मुड़े और फ्लैट से उतर कर अपनी गाड़ी में बैठ गये।

माइकल ने उनके बैठते ही एक्सीलेटर बढ़ा दिया।

गाड़ी तीव्रगति से रानी झील की दिशा में दौड़ने लगी।

***

रात्रि के ग्यारह बजे थे और रानी झील तथा उसके आसपास का वातावरण इस समय पूरी तरह सन्नाटे में डूबा था। झील के एक ओर छोटी-सी पहाड़ी थी और दूसरी ओर मैदान में दो रैस्टोरेंट बने थे-किंतु इस समय वे भी खामोशी में डूबे हुए थे।

पहाड़ी को काटकर बनायी गयी वह नहर झील के पूर्वी भाग से होकर बीनापुर की ओर चली गयी थी। झील से नहर की दूरी अधिक न थी।

इस समय कुमार और उसके साथी झील के तट से लगी दो डोगियों को पानी से बाहर निकालने का प्रयास कर रहे थे। कार्य थोड़ा कठिन था- किंतु सफलता मिलने में देर भी न लगी और दोनों डोगियों कुछ ही देर पश्चात् झील से बाहर आ गयी।

कुमार सिगरेट सुलगाने लगा।

खान अपने चेहरे का पसीना पोंछ रहा था।

ठीक उसी समय नहर की दिशा से लगातार चार गोलियां चली।

कुमार एवं उसके साथी जल्दी से नावों के पीछे छुप गये। गोलियां फिर चली और इसके साथ ही चेतावनी भी दी गयी-सेठ बलराज साहनी-मैं तुम्हें आत्मसमर्पण के लिए दो मिनट का समय देता हूं। जीवन चाहते हो तो अपने हथियार डाल कर समर्पण कर दो।'

कुमार ने यह सुनकर घृणा से दांत पीस लिये और बड़बड़ाया-'हरामजादा।'

'कौन?' निकट बैठे खान ने पूछा।

'इंस्पेक्टर आनंद। मेरा वश चलता तो मैं इसकी बोटियां काटकर चील-कौवों को खिला देता।'

'इसे कैसे पता चला कि हम यहां है?'

'पीछा किया होगा हमारा। खान...।'

'हूं।'

'तुम इसे उलझाने की कोशिश करो।'

'मतलब?'

'रुक-रुककर गोलियां चलाते रहो।'

'इससे क्या होगा?'

'पुलिस पार्टी उलझी रहेगी। मैं पीछे हटकर सड़क की दिशा में पहुंच रहा हूं।'

'इसका मतलब है-पुलिस पर तुम पीछे से हमला करोगे।'

'पुलिस पर नहीं आनंद पर। मेरी दुश्मनी इसी कमीने से है।' कुमार ने उसी घृणा से कहा।

तभी चेतावनी फिर सुनाई दी-'सेठ बलराज साहनी-तुम चारों ओर से घिर चुके हो। अच्छा होगा कि आत्मसमर्पण कर दो। अन्यथा गोलियों से भून दिए जाओगे।'

चेतावनी सुनकर कुमार ने खान से कहा, 'मैं चलता हूं खान। जयदेव और टोनी की जिम्मेदारी तुम पर है। जैसे भी हो अपना बचाव करना-मगर इस कुत्ते के हाथ मत आना।'

'आनंद किस दिशा में है?'

'सड़क पर-मैंने उसकी आवाज से अनुमान लगाया है।' कुमार ने कहां और इसके साथ ही वह अपनी कारबाइन लिये घुटनों एवं पंजों के बल पीछे हटने लगा। पीछे हटने से पहले उसने देख लिया था कि उसके पीछे तो कोई न था।

झील के किनारे-किनारे वह निरंतर पीछे हटता रहा। सड़क मुश्किल से सौ मीटर की दूरी पर थी और वहां तक पहुंचना कुमार के लिए कोई कठिन कार्य न था।

तभी पूर्व की दिशा से गोलियां चलने लगी।

प्रत्युत्तर में उसके साथी भी रुक-रुककर गोलियां चलाने लगे।

जब कुमार की बिज्जु जैसी आंखें टिकी थी पुलिस की उस जीप पर जिसके निकट खड़ा इंस्पेक्टर आनंद बार-बार अपने जवानों को आगे बढ़ने का आदेश दे रहा था।

कुमार तेजी से उसी ओर बढ़ रहा था।

गोलियां चलती रहीं-फासला कम होता रहा और एक क्षण ऐसा भी आया जब कुमार ने इंस्पेक्टर आनंद के ठीक पीछे पहुंचकर उसकी ओर अपनी कारबाइन तान दी और घृणा से कहा-

'इंस्पेक्टर आनंद-जीवन चाहते हो तो अपनी रिवाल्वर नीचे डाल दो। साथ ही अपने जवानों से कहो कि वे अपनी राइफलें नीचे रखकर अपने सथान से बीस मीटर पीछे हट जायें।'

'तुम कौन हो?' पूछा आनंद ने।

'कैप्टन कुमार कहते हैं मुझे।'

'सेठ बलराज साहनी से तुम्हारा क्या संबंध है?'

'वही-जो संबंध एक हाथ का दूसरे से होता है।'

'अर्थात् तुम-बलराज साहनी के दूसरे हाथ हो।'

'हां-और साथ ही तुम्हारा प्रतिद्वंदी भी।'

'क्या मतलब?'

'वंदना को मैं उतना ही चाहता हूं जितना तुम चाहते हो। किंतु कठिनाई यह है कि तुम्हारे रहते वंदना मेरी कभी नहीं बन सकती।'

'इसलिए तुम मुझे खत्म कर देना चाहते हो।'

'एक म्यान में दो तलवारें कभी नहीं रहती मिस्टर आनंद।'

'हां।' आनंद ने कहा-'तलवार तो एक ही रहती है कैप्टन कुमार। मगर कौन-सी रहती है-इसका निर्णय सिर्फ आने वाला वक्त करता है।'

'जिस वक्त की तुम बात कर रहे हो आनंद-वह इस समय मेरी मुट्ठी में है। कारबाइन का ट्रेगर खींचते ही तुम्हारा जिस्म गोलियों से छलनी हो जाएगा और वंदना सदा के लिए मेरी हो जायेगी।'

'तुम शायद पागल हो गये हो कुमार।' व्यंग्य से कहा आनंद ने-'मुझे गोलियों से छलनी कर देना उतना सरल नहीं-जितना तुम समझ बैठे हो।'

'फिर तो तुम मरना ही चाहते हो आनंद।' कुमार ने कहा और घृणा से दांत पीस लिये।

ठीक उसी समय पश्चिमी की से एक गोली चली और इसके साथ ही कुमार के मुख से घुटी-सी चीख निकल गई। चलने वाली उसकी कलाई को चीरकर निकल गयी थी।

कारबाइन उसके हाथ से छूट गई।

यह देखकर इंस्पेक्टर आनंद फुर्ती से मुड़ा। और-इससे पूर्व कि वह कुमार के विरुद्ध कुछ कर पाता-न जाने किस ओर से आकर एक हैंड ग्रनेड उसके दायी ओर फटा।

आनंद फुर्ती से पीछे हट गया। यदि वह ऐसा न करता-तब भी उसे कोई खतरा न था। हैंड ग्रेनेड कुछ दूरी पर फटा था।

हथगोले के कारण आनंद का ध्यान कुमार की ओर से हट गया। वैसे भी धुएं के कारण कुमार कुछ क्षणों के लिए उसकी दृष्टि से ओझल हो गया था। जबकि कुमार ने इस अवसर का लाभ उठाया और वह तेजी से एक ओर को भागता चला गया।

***

सूर्य की पहली किरण ने धरती को अभी-अभी छुआ था। आनंद ने अपने फ्लैट में कदम रखे और वह हारा थका-सा एक कुर्सी पर गिर पड़ा। सेठ बलराज साहनी एवं उसके आदमी आज भी उसके हाथों से बच निकलने में सफल हो गये थे।

पूरी रात उसने आंखों की आंखों में गुजार दी थी।

बीनापुर एवं तारा पुर का पूरा जंगल उसने छान मारा था-किंतु बलराज एवं उसका एक भी आदमी उसे न मिला था।

आनंद अब भी यही सब सोच रहा था।

सोचते-सोचते सहसा एक विचार उसे मस्तिष्क में बिजली की भांति कौंध गया। विचार ने उससे कहा-

'आनंद-बलराज साहनी को तुम उसके बंगले से गिरफ्तार क्यों नहीं कर लेते? सुना है-उसके आदमी भी स्थायी रूप से वहीं रहते हैं।'

'नहीं-यह ठीक नहीं।' आनंद ने स्वयं ही अपने विचार को दबाने की कोशिश की।

'क्यों?'

'वंदना को यह बुरा लगेगा।'

'तो क्या-वंदना के कारण तुम अपने कर्तव्य को भी भूल जाओगे?'

'कदापि नहीं।'

'तो फिर-देरी क्यों? जाओ और फोर्स लेकर उसे गिरफ्तार कर लो।'

'यह कायरता होगी।'

'इसमें कायरता कैसी? तुम जानते हो-बलराज देश और समाज का दुश्मन है और उसे कानून के हवाले करना तुम्हारा पहला फर्ज है।'

'मैं-मैं उसे रंगे हाथों गिरफ्तार करना चाहता हूं।'

'नहीं आनंद-ऐसा कहकर तुम अपनी दुर्बलता को छुपाने का प्रयास कर रहे हो।'

'मेरी दुर्बलता?'

'तुम्हारी दुर्बलता वंदना है आनंद। इस दुर्बलता के साथ एक भय भी तुम्हारे मन में है। तुम्हें भय है कि कहीं अपने पिता को गिरफ्तार होते देखकर-वंदना तुम्हें अस्वीकार न कर दे।'

'वंदना ऐसी नहीं है।'

'वंदना कैसी भी है-किंतु सच्चाई यह है कि तुमने उसके विषय में यही सोचा है।' विचार ने कहा।

आनंद उलझकर रह गया।

उसी समय रामदास ने कमरे में आकर चाय रख दी।

आनंद ने प्याला उठाया तो रामदास ने उससे कहा-'साहब लगभग दस बजे आंचल का फोन आया था।'

'अच्छा।'

'तबियत खराब है उनकी।'

'क्या हुआ था?'

'ज्वर था शायद।'

'हूं।' आनंद ने इतना ही कहा और प्याला होंठों से लगा लिया।

अब वह आंचल के विषय में सोच रहा था। जैसे दोहराने पर आकर ठहर गया था उसका जीवन। एक राह पर आंचल थी और दूसरी पर वंदना। एक ने उसे पागलपन की सीमा तक चाहा था और दूसरी ने उसके लिए अपना सब कुछ छोड़ दिया था। एक उसकी प्रेमिका थी और दूसरी ने उसके बच्चे को जन्म दिया था।

आनंद समझ न पा रहा था कि इनमें से कौन-सी राह की ओर बढ़े। किसे त्याग दे और किसे स्वीकार करे।

सोचते हुए उसने अपने अन्तर्मन को टटोला तो पाया-वंदना का उस पर सबसे अधिक और पहला अधिकार था। भले ही उसने वंदना से गुप्त विवाह किया था-किंतु सच्चाई यही थी कि वह उसकी पत्नी थी।

आंचल ने केवल प्रेम ही किया था उससे।

जी सकती थी वह उससे अलग होकर भी। कोई भी स्वीकार कर सकता था उसे। जीवन की राहों पर कोई भी उसका हाथ थाम सकता था। उसे विश्वास था-आंचल अपने आपको संभाल लेगी और एक न एक दिन उसे सदा के लिए भूल जायेगी।

धीरे-धीरे चाय समाप्त हो गयी।

आनंद ने प्याला रख दिया।

उसी समय फोन की घंटी बजी। आनंद ने रिसीवर उठाया-'हैलो।'

'सेठ बलराज साहनी।'

'ओह।' आनंद के चेहरे पर कड़वाहट फैल गयी। वह बोला-कहिए सेठजी कैसे हैं आप?'

'अच्छे हैं आनंद-तुम सुनाओ।'

'आप ही के विषय में सोच रहा था।'

'वह क्या?'

'साहनी साहब-मेरा विचार है-आप एक गलतफहमी के शिकार हो रहे हैं।'

'कैसी गलतफहमी आनंद?'

'साहनी साहब-संभवतः आप यह सोच रहे हैं कि वंदना की वजह से मैं आपको गिरफ्तार न करूंगा। जबकि आपका ऐसा सोचना गलत है। यह ठीक है कि वंदना मेरी दुर्बलता है और मेरे जीवन की सबसे बड़ी खुशी है-किंतु फिर भी मेरे लिए वह मेरे कर्तव्य से बढ़कर नहीं है।'

'आनंद।'

'यकीन कीजिए साहनी साहब-यदि स्वयं वंदना भी अपराधी होती तो मैं उसे भी गिरफ्तार करने में संकोच न करता।'

'हम जानते हैं आनंद। तुम्हारी कर्तव्यनिष्ठा एवं ईमानदारी के कई किस्से हमने सुने हैं। किंतु विश्वास करो-हमारे दिमाग में ऐसी कोई गलतफहमी नहीं है-यह भी यकीन रखो कि हम दोनों के इस खेल के बीच वंदना कभी नहीं जायेगी। वंदना तुम्हारी है और उसे तुम कभी भी अपने साथ ले जा सकते हो। रही-हमें गिरफ्तार करोगे तो हमें कोई दुःख न होगा। बल्कि खुशी होगी कि तुमने ऐसा करके अपनी कर्तव्यनिष्ठा का परिचय दिया है।'

'कानून की मर्यादा से आपका क्या अभिप्राय है?'

'सिर्फ यह कि तुम हमें रंगे हाथों और समुचित प्रमाणों के साथ गिरफ्तार करोगे।'

'क्या यह झूठ है कि आप स्मगलिंग करते है?'

'बिल्कुल सच है यह और वंदना भी इस सच को जानती है। लेकिन-तुम जानते हो न आनंद-कानून का काम सिर्फ बातों से ही नहीं चलता। कानून देखता है गवाहों और सबूतों की आंखों से। और जहां तक हम समझते है। आनंद-अभी तक तुम्हारे डिपार्टमेंट के पास ऐसा कोई सबूत नहीं जिससे यह सिद्ध हो सके कि हम कोई अवैध कार्य करते हैं। हां-बीनापुर और तारापुर के जंगलों में तुमने हमें कई बार देखा है और दो बार तुमने हमारे आदमियों पर गोली भी चलाई है। बता सकते हो-तुमने ऐसा क्यों किया था? माना कि हम शहर से दूर और रात के समय जंगल में घूम रहे थे। किंतु रात के वक्त जंगल में घूमना-कानून की नजरों में अपराध तो नहीं होता। हो सकती है कोई हमारी बहुमूल्य वस्तु जंगल में खो गयी हो और हम उसे खोजने गये हो।'

'आप झूठ बोलते हैं साहनी साहब।' घृणा से कहा आनंद ने-'आप भली प्रकार जानते हैं कि आप वहां तस्करी का माल लेने जाते हैं।'

'कौन-सा माल इंस्पेक्टर?'

आनंद इस पर निरुत्तर-सा हो गया।

बलराज साहनी से गर्व एवं व्यंग्य से कहा-'इंस्पेक्टर आनंद-जब तुम इतना भी नहीं जानते कि हम किस माल की तस्करी करते हैं-फिर तुम यह बात किस आधार पर कह सकते हो कि हम वहां तस्करी का माल लेने जाते है?'

आनंद इस तर्क को भी न काट सका।

बलराज साहनी की आवाज फिर सुनाई दी-'छोड़ों आनंद-यह तो एक मनोरंजन खेल है जो हम दोनों के बीच चल रहा है और चलता रहेगा। इस खेल से हमारी रिश्तेदारी का कोई संबंध नहीं होना चाहिए। और हां-हमने वंदना की शादी के लिए शुभ मुहूर्त निकलवा लिया है- इसी माह की सात तारीख ठीक रहेगी। उस दिन हम अपने बंगले में बहुत बड़ी पार्टी देंगे और मेहमानों को साक्षी करके वंदना का हाथ तुम्हारे हाथों में दे देंगे। उम्मीद है-तारीख तुम्हें याद रहेगी।'

'ठीक है साहनी साहब।'

तभी दूसरी ओर से संबंध विच्छेद हो गया और आनंद ने रिसीवर रख दिया। उलझन के भाव उसके चेहरे पर अभी भी फैले हुए थे।

***

कुमार ने रिसीवर रख दिया। अपने कमरे के फोन पर वह आनंद एवं सेठ बलराज साहनी की एक-एक बात सुन चुका था।

सुनते ही चेहरे पर कठोरता फैल गयी थी।

आंखों से जैसे घृणा की चिनगारियां छूटने लगी थी। अपनी कलाई के दर्द को भूलकर वह उठा और चलकर खान के कमरे में आ गया। खान उस समय भी पी रहा था। नींद आने तक पीते रहना उसकी आदत थी।

कुमार को देखते ही उसने अपना गिलास रख दिया और आदर से बोला-'आओ कैप्टन। दर्द अब कैसा है?'

'पहले से कम है।'

'अच्छा हुआ-गोली सिर्फ कलाई को छीलकर गयी। कहीं चीरकर निकल जाती-तो कलाई बेकार हो जाती।'

कुमार बैठ गया।

खान ने अपनी बात जारी रखी-'वैसे कैप्टन-उस समय जो कुछ भी हुआ-ठीक ही हुआ। यदि उस व्यक्ति ने इंस्पेक्टर आनंद पर गोली न चलाई होती और हैंड ग्रेनेड ने न फेंका होता तो।'

'इंस्पेक्टर आनंद इस वक्त दुनिया में न होता।'

'क्या मतलब?'

'मिस्टर खान-यदि यह सब एक मिनट बाद हुआ होता तो मैं आनंद को गोलियों से छलनी कर डालता और इस प्रकार जिंदगी की वह बाजी जो बहुत तेजी से मेरे हाथों से निकलती जा रही है- हमेशा के लिए मेरी हो जाती।'

'वंदना की बात कर रहे हो?'

'हां।' कुमार ने घृणा से कहा- 'और मैं यह भी जानता हूं खान-कि गोली किसने चलाई थी और हैंड ग्रेनेड किसने फेंका था।'

'किसने'

'अपने बॉस ने।'

'बॉस उस समय कहाँ थे'

'हेड ग्रेनेड फटने के बाद जब रेस्टोरेन्ट की दिशा में भाग रहा था-तो वहा मेने मजार के पास ही एक गाड़ी को देखा था।'

'बॉस वहां थे?'

'नहीं।'

'इसका मतलब है जब तुम इंस्पेक्टर के पीछे थे तो उस समय साहनी एवं विलियम भी पास की झाड़ियों में छुपे हुए थे। फिर जैसे ही उन्होंने तुम्हें खतरे में देखा-उन्होंने इंस्पेक्टर पर एक साथ दो आक्रमण किये।'

'इंस्पेक्टर पर नहीं-मुझ पर।'

'तुम पर!' चौका खान।

'हां।' सिगरेट सुलगाते हुए कुमार बोला-'आक्रमण मुझ पर किये गये थे।'

'मगर क्यों?'

'इसलिए-क्योंकि मैं अगले ही पलों में आनंद की जीवन लीला समस्त करने वाला था और साहनी साहब उसे इसलिए बचाना चाहते थे-क्योंकि वह आनंद को अपने दामाद के रूप में स्वीकार कर चुके हैं। अतः ठीक उस समय-जब मैं अपनी कारबाइन का ट्रेगर खींचने वाला था-साहनी साहब ने पूरी कुशलता से मेरी कलाई को निशाना बनाया और कारबाइन मेरे हाथों से छूट गयी।'

'हूं-हैंड ग्रेनेड?'

'वह केवल आनंद का ध्यान दूसरी ओर आकर्षित करने के लिए फेंका गया था। मेरा मतलब है- साहनी साहब मुझे भी निकल भागने का अवसर देना चाहते थे। क्योंकि यदि हैंड ग्रेनेड न फेंका जाता तो आनंद मुझ पर गोली चला बैठता अथवा मुझे गिरफ्तार कर लेता।'

'मैं समझ रहा हूं कैप्टन।' खान ने कहा- 'और साहनी साहब तुम्हें इसलिए गिरफ्तार कराना नहीं चाहते थे- क्योंकि इस प्रकार तुम्हारे माध्यम से उनके कारोबार के गुप्त रहस्य आनंद तक पहुंच जाते।'

'बिल्कुल ठीक समझे खान।'

'मगर कैप्टन।'

'हूं।'

'यह भी तो हो सकता था कि उस समय साहनी साहब का निशाना चूक जाता और उनकी रिवाल्वर से निकली गोली तुम्हारी कलाई के बजाए तुम्हारी खोपड़ी में घुस जाती।'

'बिल्कुल हो सकता था खान। और हो सकता है- उस समय साहनी साहब का यही उद्देश्य रहा हो।'

'इससे उन्हें क्या लाभ होता?'

कुमार ने सिगरेट का कश लिया और कहा-'खान-तुम जानते हो कि साहनी साहब से मैं अपने और वंदना के विषय में बता चुका हूं। अर्थात्-साहनी साहब जानते हैं कि मैं वंदना को पाना चाहता हूं-किंतु वह ऐसा नहीं चाहते। वह यह भी जानते हैं कि मैं निकट भविष्य में वंदना एवं आनंद की शादी में रुकावट डाल सकता हूं।'

'अर्थात्-साहनी कैप्टन नाम की इस दीवार को सदा के लिए गिरा देना चाहते हैं।'

'हां।'

'और वह भी उस आनंद के लिए जो हमारा सबसे बड़ा दुश्मन है।'

'दुश्मनी के साथ वह हम पर तीन बार गोलियां भी चला चुका है।' कुमार ने कहा।

खान अपने लिए गिलास भरने लगा बोला-'दिमाग खराब हो गया है बॉस का। इंस्पेक्टर आनंद से रिश्तेदारी जोड़ते समय उसे यह तो सोचना ही चाहिए था-कि आनंद अवसर मिलने पर उसे तथा उसके आदमियों को छोड़ने वाला नहीं है। मैं बात करूंगा बॉस से।'

'नहीं खान-तुम्हारी बातों से कुछ नहीं होगा। अब तो मुझे ही कुछ करना होगा।'

'विद्रोह करोगे?'

'वह भी ढंग से कि साहनी को हमारे आगे झुकना ही पड़ेगा। तुम्हें जयदेव और टोनी पर तो भरोसा है ना।'

'माइकल पर भी।'

'गुड-मैं उससे सुबह मिलूंगा।' कहकर कुमार उठ गया।

खान ने उससे पूछा-'एक पैग लोगे?।'

'नहीं खान-मैं इस वक्त कभी नहीं पीता।'

खात ने फिर कुछ न कहा। उसने अपना गिलास होंठों से लगा लिया और कुमार चलकर अपने कमरे में आ गया।

***

सूरज अभी-अभी उगा था। बाहर लॉन में सुहावनी धूप छिटकी थी। वंदना अभी-अभी सोकर उठी थी और बिस्तर की चाय ले रही थी। खिड़की के मार्ग से आते शीतल हवा के झोंके उसके बालों से खिलवाड़ कर रहे थे।

सहसा बलराज साहनी ने उसके कमरे में प्रवेश किया। देखकर वंदना ने कहा-'गुड मार्निंग पापा।'

'मार्निंग बेटे-कैसे हो?'

'अच्छी हूं पापा।'

बलराज बैठ गये। उंगलियों में सिगरेट सुलग रही थी। सिगरेट का कश लेकर वह बोले-'रात आनंद से मुलाकात हुई थी। हमने तुम दोनों के विवाह का दिन निश्चित कर दिया है।'

'जी।'

'इसी माह की सात तारीख। बैंड बाजे और बारात का कोई चक्कर न होगा। पार्टी होगी-शहर भर के मेहमान आयेंगे तुम हमेशा के लिए आनंद की हो जाओगी। हां-एक बात का ध्यान नहीं रहा। हम चाहते थे कि इस शुभ मौके पर आनंद के पिता ठाकुर प्रताप सिंह भी पार्टी में आते।'

वंदना ने इस पर कुछ न कहा।

तभी बलराज चौंक गये। चेहरा घुमाकर देखा-कुमार न जाने कब से द्वार के पास खड़ा उनकी बातें सुन रहा था। कुमार का यों आना उन्हें अच्छा नहीं लगा।

वह बोले-'कुमार तुम।'

'क्षमा करें अंकल। बात कुछ ऐसी थी कि मुझे यहीं आना पड़ा।'

'कहो।'

'अंकल।' कुमार ने एक बार कनखियों से वंदना को देखा और आगे बढ़कर बोला-'मैं जानना चाहता हूं कि मुझ पर गोली चलाने के पीछे आपका उद्देश्य क्या था?'

'व्हाट?'

'अंकल-अब यह पूरी तरह से स्पष्ट हो चुका कि रात जब मैं इंस्पेक्टर आनंद के पीछे कारबाइन लिये खड़ा था-तो मुझ पर गोली आपने चलाई थी और हैंड ग्रेनेड भी आप ही न फेंका था। विलियम मुझसे इस संबंध में सब कुछ बता चुका है कि गोली मुझसे इस संबंध में सब कुछ बता चुका है।'

'हूं।' बलराज किन्हीं सोचों में डूब गये और बोले-'तो विलियम तुमसे बता चुका है कि गोली हमने चलाई थी।'

'यस अंकल।'

'तुम बता सकते हो-उस समय तुम्हारा क्या उद्देश्य था?'

'किसी भी ढंग से अपने साथियों को बचाना। क्योंकि पुलिस ने हमें तीन ओर से घेर रखा था और ऐसे में हम में से किसी का भी बच पाना कठिन था-अतः मुझे विवश होकर इंस्पेक्टर आनंद को अपना निशाना बनाना पड़ा। और यह आवश्यक था अंकल।'

'तुम आनंद को खत्म करना चाहते थे?'

'मैं पहले ही कह चुका हूं अंकल कि यह आवश्यक था। गैंग के नियम आप भी अच्छी तरह जानते हैं।'

'हूं।' बलराज साहनी ने सिगरेट कुचल दी। उठकर कुमार को कड़ी दृष्टि से देखा और बोले-'तुम जानते हो-आनंद से हमारा क्या संबंध है?'

कुमार ने उसी घृणा एवं दृढ़ता से उत्तर दिया- 'आनंद से आपका कोई भी संबंध रहा हो। लेकिन क्षमा करें अंकल-अपने व्यक्तिगत संबंधों के लिए अपने आप मेरे और मेरे साथियों के जीवन से कदापि खिलवाड़ नहीं कर सकते! आप आनंद से कोई भी संबंध रखें-किंतु यह भी याद रखे कि आनंद ने यदि भविष्य में मेरे आदमियों से टक्कर लेने की कोशिश की-अथवा उन पर गोली चलाई तो मैं उसे जिंदा नहीं छोड़ूंगा।'

'यू शटअप कुमार।' एकाएक गुस्से से चिल्लाए बलराज-'बातें करते समय यह मत भूलो कि हम तुम्हारे बाप हैं।'

'और-आप भी याद रखें साहनी साहब-कि आपका यह बारोबार मेरे और मेरे साथियों के दम से चल रहा है। आपके व्यवसाय की पूरी नींव हमारे कंधों पर रखी है। कंधे हटाते ही आपका यह महल भरभरा कर गिर जायेगा।'

'कुमार।'

'एक बात और याद रखो साहनी साहब,' कुमार कहता रहा- 'यदि आपने भविष्य में आनंद से कोई संबंध रखा तो भले ही मेरा और मेरे साथियों का अंजाम कुछ भी हो-मगर यह तय है कि आज पूरी तरह बर्बाद हो जायेंगे।'

'कैप्टन ठीक कहते हैं बॉस।' यह आवाज खान की थी।

बलराज साहनी ने आवाज के साथ ही चेहरा उठाकर देखा-दरवाजे में खान,टोनी, जयदेव और माइकल खड़े थे।

देखकर बलराज के जबड़े भिंच गये और आंखों में खून उतर आया। चाहकर भी वह कुछ न कह सके और कुमार तथा उसके साथी बाहर चले गये।

***

और-संभवतः यह पहला अवसर था-जब बलराज साहनी को अपनी भूलों का अहसास हुआ था। जब उन्होंने यह जाना था कि दुनिया के प्रत्येक गुनहगार के पांवों के नीचे कठोर धरती नहीं-बल्कि दलदल हुआ करती है-जिसमें वह पलपल धंसता रहता है और एक दिन उसका समस्त अस्तित्व उस दलदल में समा जाता है। संभवतः उन्होंने पहली बार ही यह जाना था कि

अंडरवर्ल्ड की इस दुनिया में रहने वाला प्रत्येक व्यक्ति पिता, पुत्र एवं भाई होने से पहले सिर्फ एक अपराधी होता है और अपराध उसका धर्म-ईमान होता है। यहां न कोई भावनाओं को समझता है और न ही प्यार की भाषा को जानता है। वास्तव में बुरी तरह उलझ गये थे बलराज।

एक ओर उनकी ममता थी।

उनकी बेटी की खुशियां थी और दूसरी ओर उनका अपना व्यवसाय था।

बेटी के लिए वह अपने व्यवसाय को छोड़ सकते थे और अपना सब कुछ पुलिस के हवाले कर सकते थे।

किंतु उनका स्वयं का जीवन-स्वयं की प्रतिष्ठा।

बलराज साहनी समझ न पा रहे थे कि ऐसी स्थिति में वह क्या करें। कुमार को नाराज कर दें अथवा बेटी की खुशियों का गला दबा दें।

एकाएक कमरे में आकर वंदना ने उन्हें संबोधित किया-पापा।',

'हां।' बलराज चौंक गये और सिगरेट ऐश ट्रे में डालकर बोले-'आओ-आओ बेटी।'

'पापा-आपने मेरी शादी के लिए सात तारीख निश्चित की है ना?'

'हां-हां बेटे।'

'पापा-क्या ऐसा नहीं हो सकता कि...।'

'क्या नहीं हो सकता बेटे?'

'मेरा मतलब है पापा।'

'कहो बेटे।'

'पापा-मैं यह शादी नहीं करना चाहती।'

'क्या मतलब?'

'मतलब यह है पापा कि-आनंद मुझे पसंद नहीं।'

'क्या।' बलराज चौंककर उठ गये और बोले-'यह क्या कह रही हो तुम।'

'पापा यह सच है।'

'नहीं वंदना-तू झूठ बोल रही है। यह सच नहीं है कि आनंद तुझे पसंद नहीं है। हमने तेरी और उसकी बातें सुनी है। बातें सुनकर यह जाना है कि आनंद तेरे जीवन की वो अनमोल खुशी है-जिसे गंवाकर तू जिंदा भी नहीं रह सकती। आनंद के लिए अपने शरीर की खाक बना दी तूने। तूने दर-दर की ठोकरें खायीं तो सिर्फ उसके लिए।'

'पापा।'

'लगता है तू कुमार से डर गयी है। कुमार की धमकियों ने तुझे भयभीत कर दिया है। लेकिन हम तुझसे बता दें कि वह हमारे टुकड़ों पर पलने वाला कुत्ता है। कुछ नहीं बिगाड़ सकता वह हमारा।'

'मगर-आनंद तो आपका बिगाड़ सकता है पापा,' वंदना बोली-'आप तो जानते ही हैं कि आनंद ने आपको गिरफ्तार करने की कसम खाई है।'

‘और तू सोचती है-सेठ बलराज साहनी को गिरफ्तार करना इतना सरल है? वंदना बेटी-पुलिस लाख सिर पटकेगी मगर फिर भी हमारे खिलाफ सबूत न जुटा सकेगी।’

‘सबूत उसे मिल जायेंगे पापा।’

‘सबूत उसे मिल जायेंगे-वह कैसे?’

‘कुमार के माध्यम से। कुमार आपसे टूटकर सीधा पुलिस से मिलेगा और आपको गिरफ्तार करा देगा।’

‘मुश्किल है यह।’

‘पापा-ये मुश्किल नहीं बल्कि आसान है। आप भली प्रकार जानते हैं कि कुमार आपसे बगावत कर रहा है।’

बलराज ने तुरंत ही कुछ न कहा।

वह बैठ गये और कुछ क्षणोंपरांत बोले-‘इसका भी कोई न कोई उपाय हम सोच लेंगे।’

वंदना ने बेचैनी से कहा- ‘कुछ नहीं होगा पापा-कुछ नहीं होगा। समस्या केवल कुमार की ही नहीं-बल्कि दूसरे लोगों की भी है। आप तो जानते हैं कि खान वगैरह भी सब उसी के साथ हैं।’

‘हूं।’

‘और।’ वंदना फिर बोली-‘कुमार तथा उसके साथी आपसे इसलिए विद्रोह कर रहे हैं-क्योंकि आप एक पुलिस इंस्पेक्टर को अपना दामाद बनाना चाहते हैं। इसलिए मेरी मानिए पापा और इस संबंध को सदा के लिए तोड़ दीजिये।’

‘नहीं वंदना।’

‘पापा-मैं नहीं चाहती कि आपके जीवन की अंतिम सांसें जेल में पूरी होंगी और आपका यह बना-बनाया घर रेत के टीले की भांति बिखर जाये। कुछ भी न रहे आपके पास। आपकी इज्जत दो कौड़ी की भी न रहे। इसलिए पापा-मेरी आपसे विनती है कि आप आनंद से कोई भी संबंध न रखें और जैसे भी हो अपने आपको बचाने की कोशिश करें’

बलराज साहनी कुछ भी न कह सके।

वंदना मुड़ी और अपनी गीली आंखें पोंछते हुए कमरे से बाहर चली गयी।

***

दोपहर का समय था।

आनंद खाना खाकर लेटा तो लेटते ही नींद आ गयी। सहसा अपने कपोल पर किसी के कोमल होंठों का स्पर्श पाकर उसकी नींद टूट गयी। चौंककर आंखें खोली। देखा-आंचल धीरे-धीरे द्वार की ओर बढ़ रही थी।

आनंद ने उसे पुकारा-‘आंचल।’

आंचल के बढ़ते पांव रुक गये।

आनंद ने फिर कहा- ‘आओ आंचल।’

'चलूंगी आनंद। यूं ही चली आई थी।'

'और अब नाराज होकर जाओगी? बिना मिले-बिना कुछ कहे।'

'कहने के लिए अब रहा ही क्या है?'

'क्यों?'

'आशाओं का जो महल बनाया था-वह तो गिर चुका।'

'महल तो फिर भी बन सकता है आंचल।'

'मरी हुई आशाएं कहां जीवित होती हैं।'

'होती हैं आंचल।' आनंद उठकर बोला-'मनुष्य अपने लिए फिर कोई नई राह चुने-फिर अपनी मंजिल तक पहुंचने की आशायें सजाये-तो टूटी हुई आशायें फिर से जुड़ जाती है।'

'आनंद।' आंचल का गला भर आया।

'हां आंचल-यही फलसफा है जिंदगी का। राहें मिलती हैं-बिखर जाती हैं। उन राहों पर कोई साथी मिलता है और बिछड़ जाता है। मगर इन सबका मतलब सफर की समाप्ति नहीं होती। सफर तो चलता ही रहता है आंचल-और इंसान को एक न एक दिन अपनी मंजिल भी जरूर मिल जाती है। जरूरत होती है सिर्फ धैर्य की, हौसले की और हिम्मत की।'

आंचल की आंखें भर आई।

'और फिर।' आनंद उठकर आंचल के समीप आ गया और बोला-'तुम यह क्यों नहीं सोचती कि हम दोनों एक दूसरे के अच्छे मित्र भी हैं। मित्रता के नाते हमें एक दूसरे के अच्छे मित्र भी हैं। मित्रता के नाते हमें एक दूसरे की विवशताओं एवं भावनाओं का समझना चाहिए।'

आंचल की आंखों से आंसू बह निकले।

'बुरी बात है यह।' आंचल के आंसू पोंछकर आनंद बोला-'इंसान को कायरों की भांति आंसू नहीं बहाने चाहिए। बैठो।'

'आनंद।' आचल के होंठों से सिसकियां फूट पड़ी और वह आनंद के हृदय से लगकर बोली-'मैं जी नहीं पाऊंगी तुम्हारे बिना।'

'मैं जानता हूं आंचल-में जानता हूं।'

तभी द्वार के निकट रामदास ने खंखारकर अपना गला साफ किया तो आनंद जल्दी से पीछे हट गया और आंचल सिसकियां रोककर अपने आंसू पोंछने लगी।

रामदास ने अंदर आकर कहा-'साहब-वंदना जी आई हैं। बरामदे में खड़ी हैं।'

यह सुनकर आंचल का चेहरा उतर गया।

आनंद से वह बोली-'मैं चलती हूं आनंद। हो सके तो मेरे अंतिम वाक्य को याद रखना।'

इसके पश्चात् वह चली गयी और आनंद बैठकर वंदना के विषय में सोचने लगा। कुछ क्षणोंपरांत ही वंदना अंदर आ गयी। आनंद ने उसका स्वागत करते हुए कहा- 'जाओ वंदना-बैठो।'

वंदना बैठ गयी।

आनंद ने उससे पूछा- 'कैसी हो?'

'अच्छी हूं आनंद।'

'साहनी साहब ने तुम्हें अपना निर्णय तो सुना दिया होगा?'

'हां।'

'मैंने नियंत्रण पत्र तैयार होने को दिये हैं और पापा को भी पत्र लिख दिया है। यूं ऐसी आशा तो नहीं कि वह हमारी शादी में सम्मिलित होंगे-किंतु ऐसा करना जरूरी था।'

'आनंद-मैं चाहती हूं कि यह शादी अब न हो।'

'मैं समझ गया। यही न कि व्यर्थ का दिखावा तुम्हें पसंद नहीं? मुझे भी यह सब पसंद नहीं है। और सच तो यह है कि जब हमारी शादी हो चुकी है-हमने ईश्वर को साक्षी मानकर एक दूसरे को पति-पत्नी के रूप में स्वीकार कर लिया है-तो आखिर अब इस दिखावे की जरूरत भी क्या है। लेकिन साहनी साहब को कौन समझाये।'

'आनंद। मैंने तुमसे सदा के लिए दूर रहने का फैसला किया है और निश्चय किया है कि मैं तुम्हें हमेशा के लिए भूल जाऊंगी।'

'क्या मतलब?' आनंद चौंककर उठ गया।

'मतलब यह है आनंद कि मैं तुम्हें भूल जाना चाहती हूं।'

'यह सुनकर आनंद के चेहरे पर सन्नाटा फैल गया।'

कई क्षणोंपरांत तक वह सन्नाटे जैसी स्थिति में खड़ा रहा और फिर बोला-'यह-यह कैसे हो सकता है वंदना? तुमने मेरे लिये इतने दुःख झेले-इतनी ठोकरें खाई और आज जब-मंजिल तुम्हारे सामने है तो तुम अपनी राह बदल रही हो।'

'हां आनंद।'

'मगर क्यों?'

'पापा के लिए।' वंदना बोली-'मैं नहीं चाहती कि उन्हें मेरी खुशियों के लिए अपने जीवन की बलि देनी पड़े अथवा अपना शेष जीवन जेल की चहारदीवारी में काटना पड़े।'

'मैं समझ गया वंदना। तुम्हारा मतलब है यदि यह शादी होती है तो...।'

'पापा तुम्हारी ओर से सावधान न रहेंगे और न ही तुम्हारे विरुद्ध कोई कदम उठायेंगे। क्योंकि वह तुम्हें अपने दामाद रूप में स्वीकार कर चुके होंगे। जबकि तुम-मैं तुम्हें जानती हूं आनंद, तुम्हें उस स्थिति में भी अपना फर्ज प्यारा होगा और तुम उनकी भावुकता का अनुचित लाभ उठाकर उन्हें गिरफ्तार कर लोगे।'

'यह सच है वंदना। इस सच्चाई को मैं साहनी साहब के सामने भी स्वीकार कर चुका हूं। अवसर मिलते ही गिरफ्तार तो मैं उन्हें करूंगा। इसलिए-क्योंकि वह मेरी दृष्टि में आज भी अपराधी हैं और उस दिन भी अपराधी होंगे।'

'तुम अपना निर्णय नहीं बदल सकते? मेरा मतलब है-तुम मेरे लिए उनके गुनाहों को माफ नहीं कर सकते?'

'नहीं वंदना।'

'तुम यह क्यों नहीं सोचते कि वह मेरे पापा हैं?'

'वंदना-यदि वह स्वयं मेरे पिता भी होते-तब भी मैं अपना निर्णय नहीं बदलता और प्रत्येक दशा में अपना कर्तव्य पूरा करता।'

'लगता है-तुम्हारे पास कि भावनाओं को समझने वाला हृदय ही नहीं है। यह भी हो सकता है कि तुम्हारी दृष्टि में अब मेरा कोई महत्त्व न रहा हो।'

आनंद ने बेचैनी से कहा- 'वंदना मेरे लिए तुम आज भी वही हो जो पहले थी। मैं आज भी तुम्हें अपनी जीवन की सबसे बड़ी खुशी मानता हूं और तुम्हें उतना ही चाहता हूं। किंतु मेरी विवशता...। वंदना-में किसी भी दशा में अपनी वर्दी पर दाग नहीं लगा सकता।'

वंदना चुप रही।

एक पल रुककर आनंद ने फिर कहा- 'मेरी समझ में यह नहीं आता वंदना-साहनी साहब यदि तुम्हें अपनी जिंदगी की सबसे बड़ी खुशी मानते हैं तो वह इस खुशी के लिए आत्मसमर्पण क्यों नहीं कर देते? छोड़ क्यों नहीं देते अंडरवर्ल्ड की दुनिया को। हो सकता है उनके ऐसा करने से कानून उन्हें माफ कर दें।'

वंदना इस पर निरुत्तर-सी हो गई।

मुड़कर वह बोली-'मैं-मैं चलती हूं आनंद।'

'जाने से पहले अपना निर्णय न बदलोगी?'

'नहीं।'

'खैर-अपने बेटे से तो मिलोगी?'

वंदना के बढ़ते कदम रुक गये।

चेहरे पर भावों का तूफान फैल गया।

आनंद उसे ध्यान से देख रहा था। वह बोला-'बैठो-मैं तुम्हारे राजू को लेकर आता हूं।'

'रहने दो आनंद।'

'मिलोगी नहीं उससे?'

'मैं उसे देख चुकी हूं।'

'कहां?'

'बरामदे में-ट्राइसिकिल पर था।'

'बहुत शैतान हो गया है। पूरे दिन ट्राइसिकिल चलाता है। काफी समझदार भी हो गया है। याद करता रहता है तुम्हें।'

'क्या?'

'पूछता है-हमारी मम्मी कहां हैं?'

आनंद उसके हृदय में भावनाओं का तूफान जगा रहा था। वंदना यह सब जानती थी। बोली-'आंचल से शादी कर लेना। फिर उसे मां की कमी अनुभव न होगी।'

'आंचल पराई है-मां जैसी ममता न दे सकेगी। जबकि-तुमने उसे जनम दिया है। पूरे नौ मास तक अपने उदर में रखा है उसे।'

'तुम्हारे निर्णय ने मेरी ममता का गला दबा दिया है। सोचती हूं-राजू कभी मेरा न था। मैंने उसे जन्म ही न दिया था।' भरे गले से केवल इतना ही कहा वंदना ने। चेहरा घुमाकर उसने एक बार आनंद को देखा और तेज-तेज पग उठाते हुए बाहर चली गयी।

आनंद उसे चाहकर भी न रोक सका और लंबी-गहरी सांस लेकर रह गया।

***

शांता ने द्वार खोल दिया। कुमार को देखकर वह बोली-'कितनी निर्दयी है रे तू। आंखें तरस जाती हैं तुझे देखने के लिए और तू है कि...।' फिर एकाएक कुमार की कलाई पर बंधी पट्टी को देखकर वह चौंक गयी और बोली-'यह क्या हुआ रे?'

'कुछ नहीं मां-चोट लग गयी थी। मामूली-सी चोट है-ठीक हो जायेगी। तुम सुनाओ।'

'राह देख रही थी तेरी।'

'जानता हूं मां-तुम हमेशा मेरी राह देखती हो। लेकिन क्या करूं-नौकरी ही ऐसी है कि-।'

'चल-अंदर चल।' शांता ने कहा।

कुमार अंदर आ गया।

शांता उसके लिए चाय ले आयी। चाय रखकर वह कुमार से बोली-'अभी एक दिन पहले सेठजी आये थे। मैंने जान-बुझकर तेरी और वंदना की बात चलाई थी।'

'अवश्य ही उन्होंने उल्टा जवाब दिया होगा।'

'हां।'

'चिंता न करो मां-उस बूढ़े की अक्ल मैं ठीक कर दूंगा।'

'नहीं बेटे-झगड़ा ठीक नहीं। मैं तो कहती हूं-साहनी से जो कुछ भी मिले ले लो और माधोपुर चलो।'

'साहनी बहुत कमीना है मां-सीधे तरीके से कुछ देने वाला नहीं है। उसकी सच्चाई तो मैंने अब जानी है। अन्यथा पहले मैं भी उसे देवता ही समझता था। लेकिन मेरा नाम भी कुमार है। उंगलियां टेढ़ी करना भी मुझे आता है। ऐसा चलकर चलाऊंगा कि साहनी को मेरे पांवों में गिरना ही पड़ेगा।' कहकर कुमार ने प्याला होंठों से लगा लिया।

शांता बोली- 'वंदना को तू भूल क्यों नहीं आता?'

'वंदना कोई आकाश से उतरी परी नहीं है मां। उस जैसी न जाने कितनी लड़कियां मेरे आगे पीछे घूमती हैं।'

'फिर तू क्यों उसके लिये पागल हुआ जा रहा है'

'नहीं-उसके लिए नहीं मां।'

'और...?'

'बलराज साहनी की उस दौलत के लिए-जो उसने मेरे सहयोग से इकट्ठी की है। यदि मैं न होता तो वह इतनी जल्दी धरती से उठकर आकाश पर न पहुंचता। मुझे उसकी वही दौलत चाहिए मां।'

‘मुझे तो यकीन ही नहीं होता कि वह दो-चार लाख से ज्यादा की बात करेगा।’

‘यह तो वक्त ही बतायेगा मां।’ इतना कहकर कुमार ने अपना प्याला खाली किया और उठ गया।

शांता ने चौंककर पूछा-‘जा रहा है क्या?’

‘बहनापुर तक जाना है।’

‘अब तो शाम होने को है।’

‘अंधेरा होने से पहले लौट आऊंगा।’

‘साहनी का काम होगा?’

‘हां।’

‘ध्यान रखा कर अपना।’

‘चिंता न करो मां। जब तक तुम्हारा आशीर्वाद मेरे साथ है-तो मेरा कुछ बिगड़ने वाला नहीं है। चलता हूं।’

‘खाना खाकर जाना।’

‘नहीं मां-अब देर हो रही है।’ इतना कहकर कुमार मां के पांवों में झुका और चला गया।

शांता दीर्घ निःश्वास लेकर रह गयी।

***

बलराज साहनी ने रिसीवर रख दिया। तभी उन्होंने देखा-माइकल उनके सामने खड़ा था। आगे बढ़कर माइकल ने उनसे कहा-‘मुझे अफसोस है सर-माल वहां नहीं है।’

‘क्या?’

‘यस बास-मैंने बीनापुर और तारापुर के जंगल का चप्पा-चप्पा छान मारा है किंतु माल मुझे नहीं मिला।’

‘मगर शाहनवाज ने तो फोन पर बताया है कि माल उसने गिराया था।’

‘हो सकता है सर-हमारे आने के बाद पुलिस को मिल गया हो।’

‘नहीं-यह असंभव है माइकल।’ बलराज ने कहा। फिर एक सिगरेट सुलगाकर वह बोले-‘कुमार कहां है?’

‘कैप्टन तो दोपहर से ही गायब है सर।’

‘क्या कुमार भी बीनापुर गया था?’

‘नो सर-कैप्टन वहां न थे।’

‘हूं।’ बलराज किन सोचों में डूब गये। फिर सहसा उन्हें कुछ याद आया और वह जल्दी-जल्दी शांता के नंबर डायल करने लगे। संबंध मिलने पर बोले-‘शांता-हम साहनी बोल रहे हैं।’

‘कहिए सेठजी।’

‘शांता-हम जानना चाहते हैं कि कुमार तुमसे कब मिला था?’

‘आज ही।’

'आज ही कब?'

'यूं समझिए एक घंटा पहले।'

'अब कहां हैं?'

'कहता था-बीनापुर जाना है।'

'गुड।' कहकर बलराज साहनी ने रिसीवर ने रिसीवर रख दिया और माइकल से बोले- 'कुमार बीनापुर गया है। हो सकता है- वह सुबह भी बीनापुर गया हो। तुम ऐसा करो-इसी समय नागेश और विक्रम को लेकर बीनापुर चले जाओ।'

'सर-आप तो जानते ही हैं कि नागेश और विक्रम ने वर्षों तक कोठारी के लिए काम किया है। यह तो ठीक है कि अब उनका कोठारी से कोई संबंध नहीं हैं किंतु फिर भी मेरी आपसे प्रार्थना है सर-कि हमें उन पर इतनी जल्दी भरोसा न करना चाहिए। मेरा मतलब है सर-अभी तक बाहर का कोई व्यक्ति यह नहीं जानता कि माल हमें किस ढंग से प्राप्त होता है और बीनापुर के जंगल से हमारा क्या संबंध है। यहां तक कि स्वयं कोठारी एवं पुलिस भी इस विषय में पूरी तरह से अनभिज्ञ है। किंतु नागेश और विक्रम के रहने से हमारा यह रहस्य रहस्य न रहेगा।'

'लेकिन माइकल....।'

'सर-आप नागेश एवं विक्रम को यहीं रहने दें। बीनापुर मैं अकेला भी जा सकता हूं।'

'कुमार का क्या होगा?'

'जी?'

'हमारा मतलब है माइकल-कुमार को तुम पर संदेह हो सकता है।'

'क्यों?'

'कुमार यह भी सोच सकता है कि तुम उनके विरुद्ध जासूसी कर रहे हो।'

'आप चिंता न करें सर-कुमार मुझ पर संदेह न करेगा।'

'ठीक है माइकल।'

इसके पश्चात् माइकल चला गया और बलराज साहनी कुर्सी की पुश्त से सटकर सिगरेट के लंबे-लंबे कश खींचने लगे।

इस समय वह केवल कुमार के विषय में सोच रहे थे। कुमार पर उन्होंने आरंभ से ही आवश्यकता से अधिक भरोसा किया था। संभवतः इसलिए-क्योंकि वह शांता का बेटा था और उनके हृदय में शांता के लिए अपार प्रेम था।

एक समय था- जब बेटी की गुमशुदगी एवं पत्नी की मौत ने उन्हें बुरी तरह से तोड़ दिया था। जख्म कुछ ऐसे बने कि उन्हें भरने की कोशिश में वह श्यामा के कोठे पर जाने लगे।

वहीं मुलाकात हुई थी शांता से। गोरा सिंदूरी रंग-रसीले होंठ और आंखें ऐसी कि देखने वाला डूबता चला जाये। सचमुच डूब गये थे वह शांता की आंखों में जीने के लिए एक वजह उन्हें मिल गयी थी। शांता प्रतयेक शाम उनकी राह देखती और वह उसके पहलू में लेटकर यों अनुभव करते-मानो उनके सूखे उपवन में फिर से खुशियों के फूल मुस्करा उठे हों।

शांता वास्तव में उनकी जिंदगी बन गयी थी। जिंदगी भी ऐसी जिसके बिना वे एक सांस भी न ले सकते थे।

मन में आया था-शांता से विवाह कर लें। किंतु समाज के भय एवं दोस्तों की सलाह ने उन्हें ऐसा करने से रोक दिया था। फिर भी शांता को ले आये थे वह-एक रखैल के रूप में-एक प्रेमिका के रूप में। शांता का बेटा कुमार उस समय दूसरे शहर में पढ़ रहा था। बलराज उसे भी ले आये थे।

वास्तव में कुमार से मोह हो गया था उन्हें। कुमार शांता का बेटा था-इसलिए और इसलिए भी-क्योंकि अपनों के नाम पर उनका कोई अपना न था।

और आज...।

उनकी इसी दुर्बलता का लाभ उठाया था कुमार ने। जिस पौधे को उन्होंने अपने स्नेह से सींचा था-उसी के कांटे आज उन्हें छलनी बनाने पर तुले थे। जो अपना था-वहीं उनसे विद्रोह कर रहा था। जिस पर आंखें मूंदकर विश्वास किया था -वही उनके सीने में विश्वासघात की कीलें ठोंक रहा था।

सच तो यह है कि उन्हें अपने ही प्रेम ने छला था।

अपने ही विश्वास ने उन्हें धोखा दिया था।

उलझ कर रह गये थे बलराज साहनी। फंस गये थे ऐसे चक्रव्यूह में-जिससे निकलने का कोई भी मार्ग उन्हें न मिल रहा था।

सच यही था कि उनका सम्पूर्ण जीवन और सामाजिक प्रतिष्ठा दस समय कुमार की मुट्ठी में कैद थी। कुमार उन्हें कभी भी और किसी भी क्षण बर्बाद कर सकता था।

बलराज समझ न पा रहे थे कि ऐसी स्थिति में वह क्या करें।

बलराज सोचते रहे-उंगलियों में सिगरेट सुलगती रही।

***

हृदय में भावनाओं का तूफान-मस्तिष्क में विचारों का द्वन्द्व और आंखों में उलझन के भाव लिये वंदना नपे-तुले कदमों से अपनी राह पर चल रही थी।

सांझ ढल चुकी थी-किंतु वातावरण पर अंधकार के साये अभी न फैले थे। सहसा वह चौंक गयी। किसी ने उसे पीछे से पुकारा-'वंदना।'

वंदना के बढ़ते पांव रुक गये।

मुड़कर देखा-यह कुमार था जो उसकी ओर बढ़ रहा था।

वंदना के चेहरे पर घृणा फैल गयी। किंतु इस घृणा को उसने बलपूर्व दबाया और मुस्करा कर बोली-'हैलो कुमार।'

'हैलो वंदना। शायद शॉपिंग के लिए निकली थी।'

'शॉपिंग का मुझे शौक नहीं।'

'यूं ही घूमने का मन हुआ और चली आयी। तुम...'

‘अंकल के काम से गया था।’

‘किंतु क्या?’

‘जब से तुम्हारी नजरें बदली हैं-तब से कुछ भी कहते हुए भय लगता है।’

‘लेकिन-मैंने सुना है कि तुम किसी से नहीं डरते।’

‘यह सच है वंदना। किंतु प्रेम करने वालों के विषय में एक कहावत है। कहते हैं-इंसान जिससे बेइंतहा मुहब्बत करता है- उससे डरता भी है।’

वंदना इस पर खिलखिलाकर हंस पड़ी। उसकी यह हंसी अर्थपूर्ण होते हुए भी बेजान एवं खोखली थी।

कुमार ने पूछा-‘इसमें हंसने की क्या बात है?’

‘हंसने की ही बात है।’

‘क्यों?’

‘प्रेम का भय से क्या संबंध? जहां भय है-वहां प्रेम कैसे हो सकता है?’

‘प्रेम पहले होता है-और भय बाद में।’

दार्शनिक बन गये हो शायद।

‘दार्शनिक तो मैं आरंभ से ही हूं।’

‘अच्छा-कब से?’

‘जब से तुम्हें देखा है।’

‘बहुत बोलते हो।’

‘सॉरी!’ मैं जानता था कि मेरा बोलना तुम्हें बुरा लगेगा।

‘बुरा मान गये।’

‘नहीं।’

‘तो आओ।’ वंदना ने कुमार का हाथ थाम लिया और बोली-‘निकट के किसी रेस्टोरेंट में बैठते हैं।’

‘वंदना।’

‘हूं।’

‘यह सपना है-अथवा सच्चाई?’

‘सपना क्यों?’

‘मेरा मतलब है- कहां वह बेरुखी और कहां यह अपनापन। कहां वह घृणा और कहां यह स्नेह।’

‘मैं जानती थी-तुम यह सवाल जरूर करोगे। खैर-तुम्हारे इस प्रश्न का उत्तर यह है कि समय के साथ संसार बदलता है। यहां तक कि मनुष्य की भावनायें भी। और यह भी तो हो सकता है कि आज से पहले मैंने तुम्हें समझने में भूल की हो-क्यों?’

‘ठीक कहती हो तुम।’ कुमार ने केवल इतना ही कहा।

दोनों चलकर निकट के एक रेस्तरां में आ गये। कुमार के लिए यह प्रसन्नता की बात थी। कितना समय हो गया था उसे साहनी के बंगले में रहते हुए। किंतु यह पहला अवसर था-जब वह वंदना के साथ किसी रेस्तरां में बैठा था।

उसने कॉफी का आर्डर दे दिया और फिर एक सिगरेट सुलगाकर बोला-'एक बात पूछूं वंदना?'

'पूछो।'

'क्या यह सच है कि तुम आनंद से शादी कर रही हो?'

'यह बात आज से पहले सच थी।'

'और आज?'

'मैंने अपना निर्णय बदल दिया है।'

'एकाएक?'

'हां।'

'ऐसा क्यों?'

'आंचल की वजह से।'

'आंचल कौन?'

'आनंद की प्रेमिका।'

'तुम्हारा मतलब है-वह आंचल नाम की किसी लड़की से प्रेम करता है?'

'हां।'

'हो सकता है यह सब झूठ हो।'

'कुमार-मैंने उन्हें अपनी आंखों से प्रेमालाप करते देखा है।'

'कब?'

'आज की बात है यह-अभी की।'

'हूं।' कुमार ने सिगरेट की राख झाड़ दी और सोचते हुए कहा- 'इसका मतलब है- आनंद तुम्हें धोखा दे रहा था।'

'पापा की दौलत के लिए।' वंदना बोली- 'तुम जानते ही हो पापा के पास करोड़ों की दौलत है और वह अब मेरी है।'

'अजीब होते हैं कुछ लोग भी। केवल दौलत के लिए प्यार का झूठा नाटक करते हैं।'

वंदना ने इस पर कुछ न कहा।

तभी कॉफी आ गयी।

काफी के मध्य कुमार ने पूछा-'तो अब क्या सोचा है तुमने?'

'किस विषय में?'

'अपने विषय में।'

'देखती हूं।' वंदना बोली- 'जिंदगी कहां ले जाती है।'

'जिंदगी तो अपने वश में होती है। जिधर चाहा उधर मुड़ गयी।'

'कभी-कभी पराये वश में भी होती है।'

'इसका मतलब है।' कुमार बोला-जिंदगी की इस बाजी को मैं कभी नहीं जीत पाऊंगा।

'इतनी निराशा भी ठीक नहीं।'

'आशाओं को कैसे जिंदा रखूं?'

'धैर्य से काम लो और समय की प्रतीक्षा करो। एक बात और...।'

'वह क्या?'

'पापा को अपने पक्ष में रखो।'

'उनके मिजाज का तो पता ही नहीं चलता। कभी-कभी तो ऐसा व्यवहार करते हैं मानो उनका मुझसे कोई रिश्ता ही नहीं।'

'भूल तुम्हारी भी है। बड़ों का आदर करना तुम्हें नहीं आता। तुम्हें पापा को इतनी बड़ी धमकी न देनी चाहिए थी।'

'सॉरी वंदना-मैं इसके लिए लज्जित हूं। वचन देता हूं-भविष्य में ऐसा कभी न होगा। किंतु शर्त यह है कि...।'

'मैं तुम्हें निराश न करूंगी।'

'तुम-तुम सच कह रही हो ना वंदना।'

'हां कुमार...।' वंदना ने कहा

कुमार ने भावुकता वश उसका हाथ चूम लिया। किंतु तभी वंदना ने जल्दी से अपना हाथ पीछे खींच। लिया। हॉल में बैठे बहुत से लोग उसी की ओर देख रहे थे।

***

रात्रि के आठ बज रहे थे। बलराज साहनी उस समय बाहर वाले लॉन में चहलकदमी कर रहे थे। सहसा एक टैक्सी गेट के सामने रुकी। गेट खुला और कुमार तथा वंदना ने एक साथ बंगले में प्रवेश किया। कुमार ने वंदना का हाथ अपने हाथ में ले रखा था। दोनों के होंठों से हंसी फूट रही थी।

यह देखकर बलराज साहनी का सिर घूम गया।

सचमुच आश्चर्य की बात थी यह।

बलराज समझ न पा रहे थे कि एकाएक वंदना को क्या हो गया था। कुमार से तो वह अपार घृणा करती थी। यहां तक कि-कुमार ने ऐसा कौन सा जादू किया था उस पर।

बलराज साहनी ने देर तक सोचा-किंतु इस प्रश्न का उत्तर उन्हें न मिला। चलकर वह अपने कक्ष में गये। उसी समय माइकल भी लौट आया और उसने कमरे में आकर बलराज साहनी से कहा-'रिपोर्ट सर।'

'हूं-कुमार मिला वहां?'

'नो सर।'

'कोठारी अथवा पुलिस?'

'नहीं सर।'

'खैर-कुमार लौट आया है। उस पर यह जाहिर मत करना कि तुम उसके विरुद्ध जासूसी करने के लिए बीनापुर गये थे।'

'यस सर।'

'जाओ-अब आराम करो।'

'सर-माल की क्या रिपोर्ट है?'

'हमने शाहनवाज को फोन कर दिया है। अभी आठ दिन तक कोई नहीं आयेगा। इन आठ दिनों में तुम्हारा काम है कि तुम कुमार पर नजर रखोगे।'

'ओ. के. सर।'

'कुमार को भेज दो।'

फिर माइकल चला गया और बलराज साहनी बैठकर सिगरेट सुलगाने लगे। कुछ क्षणोंपरांत कुमार आ गया। बलराज साहनी ने उससे बैठने के लिए कहा और बोले-'कुमार-हम जानते हैं कि तुम पूरे दिन कहां-कहां रहे और किन-किन लोगों से मिले? और हां-तुम्हे यह जानने का कोई अधिकार नहीं कि हम तुमसे यह सब क्यों पूछ रहे हैं। गैंग के नियमानुसार अपने आदमियों पर नजर रखने का और उनके विषय में सम्पूर्ण जानकारी लेने का हमें पूरा अधिकार है।'

'और मेरा ख्याल है अंकल-यह जानकारी आपको मिल चुकी है।'

'क्या मतलब?'

'माइकल ने मेरा पीछा किया था।'

'मगर हमने तो...।'

'झूठ मत बोलिये अंकल। मुझे आपसे कोई शिकायत नहीं कि आपने माइकल को ऐसा आदेश क्यों दिया। शिकायत तो ये है कि आप तिजौरियां तोड़ने वाले एक मामूली से चोर को इतना महत्त्व दे बैठे और यह भी भूल गये कि माइकल किसका आदमी है।'

'ओह।'

'अंकल।' कुमार ने कहा-मैं सिर्फ इतनी प्रार्थना करता हूं कि मेरे और आपके बीच-इतनी बड़ी दरार ठीक नहीं। कहते हैं-दरार बड़े से बड़े पर्वत को भी दो भागों में बांट देती है।'

'तुम्हें अपनी धमकी याद है?' बलराज साहनी ने पूछा।

'धमकी याद है अंकल-और मैं उसे पूरी भी कर सकता हूं।' दृढ़ता से कहा कुमार ने-'कोई कठिन काम नहीं है मेरे लिये। किंतु मैं ऐसा करूंगा नहीं अंकल-क्योंकि आप मेरे बॉस ही नहीं-बल्कि गॉडफादर भी हैं। आप ही ने मुझे धरती से उठाकर आकाश पर बैठाया है। यूं समझिए-मैं तो अनजान था अंडरवर्ल्ड की इस दुनिया से। आप ही ने मेरी उंगली पकड़ी और मुझे इस दुनिया से। आप ही ने मेरी उंगली पकड़ी और मुझे इन राहों पर चलना सिखाया।'

‘बात तो तुमने समझदारी की है कुमार। किंतु यदि तुम सोचते हो कि हम तुम्हारे गॉडफादर हैं तो फिर एक बात भली प्रकार समझ लो। गॉडफादर को धोखा देना उतना आसान नहीं होता-जितना तुम समझ रहे हो।’

‘क्या मतलब?’

बलराज उठकर बोले-‘कुमार-हमें अपना माल चाहिए।’

‘कौन-सा माल अंकल?’

‘माल से भरा वह ब्रीफकेस जो तुम्हें बीनापुर से मिला है। क्या तुम यह कहना चाहते हो कि ब्रीफकेस तुम्हारे पास नहीं हैं?’

‘नहीं अंकल-झूठ बोलना मेरी आदत नहीं।’

‘तो...?’

‘ब्रीफकेस मेरे पास है।’

‘इसका मतलब है-माइकल ने ठीक कहा था।’

‘क्या कहा था माइकल ने?’

‘यह कि ब्रीफकेस तुम्हारे पास है।’

‘आप फिर झूठ बोल रहे हैं अंकल।’

‘क्यों?’

‘इसलिए-क्योंकि माइकल ने आपसे कुछ नहीं कहा। और इसलिए नहीं कहा-क्योंकि वह मेरा आदमी है। न जाने क्यों आप उसे बार-बार अपना समझ बैठते हैं।’

‘ओह...।’ बलराज बैठ गये।

कुमार ने कहा-‘एक बात और है अंकल।’

‘कहो।’

‘उस समय-जब मैं बीनापुर के जंगल की खाक छान रहा था तो माइकल भी मेरे पास था।’

बलराज ने यह सुनकर घृणा से दांत पीस लिये। बोले-‘इसका मतलब यह है कि तुम और माइकल मिलकर...।’

‘नहीं अंकल-माल को हजम करना हमारा उद्देश्य न था। ऐसा होता तो मैं आपसे कभी न कहता कि माल मेरे पास है।’

‘खैर-सूटकेस कहां है?’

‘माल आपको मिल जायेगा अंकल।’

‘मगर कब?’

‘कल सुबह।’

‘अब क्यों नहीं?’

‘इसलिए-क्योंकि ब्रीफकेस यहां नहीं बल्कि उसी जंगल में है।’

‘जंगल में है-तुम उसे लेकर क्यों नहीं आये?’

‘इसलिए अंकल-क्योंकि इंस्पेक्टर आनंद मेरा पीछा कर रहा था। मुझे यह भी पता चला कि वह उस मैदान में एक अस्थायी चौकी बना रहा है। लेकिन आप चिंता न करें। मैं कुछ देर बाद फिर बीजापुर जाऊंगा और अवसर मिलते ही ब्रीफकेस ले आऊंगा।’

बलराज समझ न पा रहे थे कि कुमार की बातों में कितनी सच्चाई है।

और-इससे पहले कि वह कुछ कहते-कुमार बाहर चला गया।

***

वंदना उठी और चलकर खिड़की के सामने आ गयी। आकाश में पूर्णिमा का चांद चमक रहा था। वातावरण पर दूधिया चांदनी चिटकी रही थी और वंदना के मन-मस्तिष्क में विचारों का द्वंद्व छिड़ा था।

आनंद को भूलना असंभव था इसके लिए। आनंद सदा के लिए किसी दूसरे का हो जाये-इसे वह किसी भी दशा में सहन कर सकती थी। और फिर-आज तक उसी के लिए तो जियी थी वह। उसी के लिए तो इतने दुःख सहे थे उसने।

किंतु बलराज साहनी-उसके पिता।

यदि वह आनंद की हो तो उनका क्या होगा? पापा यह न सोचेंगे कि बेटी ने अपनी खुशियों के लिए अपने पिता के जीवन की भी परवाह न की और उनकी बर्बादी पर अपने सपनों का महल खड़ा कर दिया।

नहीं-यह उचित न था उसके लिए।

फिर क्या करे वह? पापा को बचाने के लिए कुमार की हो जाये? किंतु कुमार...।

वंदना ने अपने अन्तर्मन को टटोला। उसके हृदय में कुमार के लिए घृणा के अतिरिक्त और कुछ न था। कुमार से तो वह केवल इसलिए मिली थी-ताकि कुमार अपनी धमकी को कार्य रूप न दे और पापा के विरुद्ध कोई अनुचित कदम न उठाये। किंतु कुमार को वह लंबे समय तक तो नहीं छल सकती थी।

एकाएक अपने कंधे पर किसी के हाथ का स्पर्श पाकर वंदना चौंक गयी। जल्दी से मुड़कर देखा-यह कुमार था।

वंदना के होंठों से निकला...‘तुम।’

‘नींद न आ रही थी।’

‘सोने की कोशिश क्यों न की?’

‘कोशिश तो की थी।’

‘फिर...?’

‘तुम्हारी याद सताने लगी।’ कहकर कुमार बिस्तर पर बैठ गया और बोला-‘आओ न वंदना।’

‘क-कहां?’

‘मेरे पास। कुछ देर पास बैठोगी तो चैन मिलेगा।’

'नहीं-इस समय नहीं कुमार।'

'वह क्यों?'

'पापा आ सकते हैं।'

'अंकल बाहर गये हैं।'

'फिर भी कुमार...।'

'वंदना।' कुमार उठकर वंदना के समीप आ गया और उसके कंधे थामकर बोला-तो क्या मुझे यह सोचना चाहिए कि तुम मुझे मूर्ख बना रही थी।'

'मैंने ऐसा कब कहा?'

'फिर यह बेरुखी-यह संकोच-यह भय और-परायों जैसा व्यवहार?'

'नारी हूं न-इसलिए संकोच स्वाभाविक है और वैसे भी कुमार-अभी तो हम दोनों के बीच बहुत लंबी दूरी हैं।'

'कम कर दो ना इस दूरी को-सदा के लिए मिटा दो इसे।'

'वह क्यों कर?'

'इस तरह वंदना-इस तरह।' कुमार ने कहा और इसके साथ ही उसने वंदना को अपनी बाहों के घेरे में ले लिया।

वंदना यह देखकर घबरा गयी। उसके शीघ्र ही अपने आपको कुमार के बंधन से छुड़ाया और पीछे हटकर बोली-'तुम-तुम जाओ कुमार।'

'क्यों-क्या तुम मेरी नहीं?'

वंदना चुप रही।

'बोलो वंदना- क्या तुम मुझसे प्रेम नहीं करती? क्या तुम सदा-सदा के लिए मेरी नहीं हो?'

'मैं-मैं तुम्हारी हूं कुमार।' वंदना को कहना पड़ा।

'वास्तव में मेरी हो?'

'हां।'

'थैंक्यू वंदना। यदि तुम वास्तव में मेरी हो तो फिर-संसार की कोई भी शक्ति हमारे मिलन को नहीं रोक सकती। हमें-हमें मिलना ही होगा वंदना। हमें सदा के लिए एक होना होगा।'

कहते हुए कुमार ले वंदना को फिर बाहों में भर लिया। वंदना ने इस बार भी अपने आपको छुड़ाया और चीख पड़ी-'कुमार।'

'क्या हुआ वंदना?'

'कुमार-में चाहती हूं कि तुम अभी और इसी समय बाहर चले जाओ।'

'एक शर्त पर वंदना रानी।'

'वह क्या?'

'तुम्हें कहना पड़ेगा कि तुम मुझे नहीं-बल्कि आनंद को चाहती हो।'

'मैं तुमसे बाद में बात करूंगी।'

'दिन के उजाले में-क्यों?'

'हां।'

'रात में भय लगता है- शायद इसलिए?'

'कुमार प्लीज।'

'मैं तुम्हारी मजबूरी समझता हूं। आराम करो।' कहते हुए कुमार धीरे से हंसा और हंसते हुए बाहर चला गया।

वंदना किसी अंजाने भय से कांप कर रह गयी।

***

रात्रि के दस बजे थे। आकाश में चांद मुस्करा रहा था। बलराज साहनी ने पुल के समीप गाड़ी रोक दी। गाड़ी से उतर कर वे आगे बढ़े और दूर तक चले गये। लगभग एक घंटे तक वे मैदान में घूमते रहे और फिर गाड़ी के पास आ गये।

आंखों में निराशा झलक रही थी। संभवतः जिस वस्तु की तलाश में वह यहां तक आये थे वह उन्हें नहीं मिली थी।

बलराज सिगरेट सुलगाने लगे।

तभी किसी की जानी-पहचानी आवाज उनके कानों से टकरायी-'हैलो सेठजी।'

बलराज फुर्ती से घूम गये।

सामने इंस्पेक्टर आनंद खड़ा था। देखकर उनके चेहरे पर सन्नाटा फैल गया। संभवतः आनंद उनका पीछा करते-करते यहां तक आया था।

'कैसे हैं आप?'

'अच्छे हूं। और तुम?'

'शिकार की तलाश में आया था।'

'मिला।'

'कौन?'

'तुम्हारा शिकार।'

'हां-किंतु जान बूझकर छोड़ दिया।'

'कुछ शिकार बेहद खतरनाक होते हैं-शायद इसलिए।'

'जी नहीं। दया आयी थी उस पर। आप सुनाइए।'

'नींद नहीं आ रही थी।'

'इसलिए घूमने चले आये।' कहते हुए धीरे से हंसा और बोला-'सेठजी साहब-कहते हैं कि बुढ़ापा इंसान को बहुत कुछ सिखा देता है। शायद उसी शिक्षा की वजह से अधिकांश लोग बुढ़ापे में सच बोलने लगते हैं। किंतु आप कभी सच नहीं बोलते।'

'तुम-तुम कहना क्या चाहते हो?'

'फिलहाल तो कुछ नहीं कहूंगा सेठजी। किंतु एक सलाह अवश्य दूंगा।'

'वह क्या?'

‘यदि हो सके तो रात के वक्त इस जंगल में मत आया कीजिये।’

‘शुक्रिया आनंद।’ बलराज साहनी ने लापरवाही से कहा और सिगरेट का धुआं उछालते रहे।

आनंद उन्हें ध्यान से देखता रहा था। कुछ क्षणोंपरांत वह बोला-‘एक बात और है साहनी साहब।’

‘वह क्या?’

‘कल वंदना आयी थी।’

‘अच्छा।’

‘शादी के लिए विचित्र-सी बात रखी है उसने।’

‘कैसी शर्त?’

‘वह चाहती है कि मैं आपकी ओर से आंखें मूंद लूं और किसी भी स्थिति में आपको गिरफ्तार करने की कोशिश न करूं।’

‘ओह।’

‘किंतु मैंने उसकी शर्त मानने से इंकार कर दिया है।’

‘क्या कहा है तुमने?’

‘मैंने कहा है कि उसके लिए मैं अपने फर्ज से मुंह नहीं मोड़ सकता।’

‘हम उसे समझाने का प्रयास करेंगे।’ बलराज ने अंतिम कश लेकर सिगरेट एक ओर को उछाल दी और कहा-‘हम नहीं चाहते कि वह हमारे जीवन के लिए अपनी आशाओं का खून कर दे। तुम्हें तारीख तो याद रहेगी ना?’

‘हां-तारीख तो मुझे याद है साहनी साहब। किंतु मैं चाहता था कि यदि उससे पहले आप स्वयं को कानून के हवाले कर देते तो अच्छा रहता। विश्वास कीजिए-मैं आपको बचाने का पूरा प्रयास करूंगा और अदालत से प्रार्थना कि वह आपको लंबी सजा न दे।’

‘थैंक्यू आनंद। हम तुम्हारी इस सलाह पर विचार कर रहे हैं। बेटी की खुशियों के लिए यदि हमें हथकड़ियां भी पहननी पड़ी-तब भी हमें कोई दुःख न होगा।’

‘मुझे यह जानकर खुशी हुई साहनी साहब।’

बलराज गाड़ी में बैठ गये।

आनंद से उन्होंने पूछा-‘तुम्हारे पास तो गाड़ी होगी?’

‘जी हां।’

‘चलोगे नहीं।’

‘कम से कम आपके साथ तो नहीं।’

‘क्यों?’

‘मेरे अधिकार इसे पसंद न करेंगे।’

‘किंतु वंदना को स्वीकार करने के पश्चात् तो...।’

'तब भी मेरा प्रयास यह रहेगा कि मैं आपसे व्यक्तिगत रूप से कोई संबंध न रखूं। इसलिए तो चाहता हूं कि आप उससे पहले ही अपने आपको कानून के हवाले कर दें। ताकि विभाग का कोई भी व्यक्ति मेरी ओर उंगली न उठा सके।'

'सोचेंगे आनंद।'

आनंद ने इस पर कुछ न कहा।

बलराज साहनी ने इंजिन स्टार्ट कर दिया।

पूरे रास्ते वह आनंद के विषय में ही सोचते रहे।

***

रात भर सो न सकी वंदना। अपने ही विचारों में उलझी रही थी। दिन का उजाला फैल चुका था-किंतु फिर भी उसे उलझनों से मुक्ति न मिली थी।

सहसा बलराज साहनी ने कमरे में प्रवेश किया। वंदना उठकर बोली-'आइए पापा।'

'कैसी हो बेटी?'

'अच्छी हूं पापा। रात आप देर से लौटे थे?'

'हां।' बलराज बैठ गये और बोले-'बीनापुर तक गये थे। उस समय आनंद भी वहीं था। बता रहा था तुम्हारे विषय में।'

'जी।'

'तुम मिली थी उससे। तुम्हें उसके सामने इतनी बड़ी शर्त न रखनी चाहिए थी।'

'पापा।'

'देखो बेटे-अंडरवर्ल्ड में रहने वाला कोई भी व्यक्ति-भले ही वह कितना ही चालाक एवं शक्तिशाली रहा हो-किंतु एक न एक दिन कानून के शिकंजे में उसे कसना ही पड़ता है। यूं समझो-एक अपराधी अपने जीवन की शुरूआत तो अपने ढंग से करता है-मगर उसका अंत कानून के ढंग से होता है। फांसी, पुलिस की गोली-अथवा जेल-यही अंतिम मंजिल होती है प्रत्येक अपराधी की। हमारी मंजिल भी यही है बेटे। आज नहीं तो कल-हमारे साथ भी यही सब होना है।'

'न-नहीं पापा।'

बलराज कहते रहे-'चले जायेंगे हम यह महल और ऐशो-आराम की जिंदगी छोड़ कर। उस दिन हमारे हाथों में हथकड़ियां होंगी और ये दुनिया कहेगी-यही है सेठ बलराज साहनी। जिसने अपने देश और समाज को धोखा देकर यूं तो करोड़ों की दौलत कमायी-मगर वह अपने लिए दो गज कफन भी न खरीद सका?'

इतना कहकर बलराज साहनी उठ गये।

वह कुछ क्षणों तक मूर्तिमान से खिड़की से बाहर देखते रहे और फिर लंबी बहरी सांस लेकर बोले-'नहीं-नहीं बेटी। तुम्हें हमारे लिए-हमारे जीवन के लिए अपनी खुशियों से यों खिलवाड़ न करना चाहिए था। हमें तो जाना ही है एक दिन-फिर यह कहां का इंसाफ है कि तुम

अपनी समस्त खुशियां को जलाकर राख कर दो। नहीं-तुम्हें आनंद के सामने ऐसी जिद्द न करनी चाहिए थी।'

'वह भी तो अपनी जिद्द पर अड़ा है पापा,' वंदना बोली- 'आनंद जब मेरे लिए अपनी हठ नहीं छोड़ सकता तो फिर मैं...।'

'वंदना-वंदना वह विवश है। वह सिर्फ हमारा आनंद ही नहीं है-बल्कि एक पुलिस ऑफिसर भी है। अपराधी को गिरफ्तार करना और कानून की रक्षा करना उसका फर्ज है। अपना फर्ज उसे पूरा करना ही चाहिए।'

'मगर पापा-आनंद को यह तो सोचना ही चाहिए कि आप मेरे पिता हैं।'

'उसने सोचा होगा बेटी-आनंद के नाते उसने यह सब जरूर सोचा होगा। लेकिन हमने कहा न-वह आनंद के अतिरिक्त एक ईमानदार पुलिस ऑफिसर भी है। कानून का रक्षक है वह। और-कानून के रक्षक को कानून से बड़ा और प्यारा कोई नहीं होता बेटी।' कहकर फिर बैठ गये बलराज। देर तक वह शून्य में कुछ देखते रहे और फिर बोले-'इसलिए हमने फैसला किया है कि हम अपने आपको कानून के हवाले कर देंगे।'

'नहीं बलराज साहनी,' एकाएक द्वार के निकट से किसी की गरजदार आवाज सुनाई पड़ी- 'तुम ऐसा करके गैंग के साथ गद्दारी नहीं कर सकते।'

वंदना चौंक गई।

बलराज भी चौंक कर द्वार की ओर देखने लगे।

कमरे में कुमार, खान,जयदेव, टोनी एवं माइकल ने एक साथ प्रवेश किया था। सभी के हाथों में रिवाल्वरें चमक रही थी और रिवाल्वरों का रूख बलराज की ओर था।

बलराज यह देखकर झटके से उठे और गुस्से से चीख पड़े-'यह क्या बदतमीजी है? तुम लोग यहां क्यों आये हो?'

'साहनी साहब,' कुमार ने मुस्कराकर कहा- 'ये लोग सिर्फ यह बताने आये हैं कि आपका खेल खत्म हो चुका है।'

'क्या मतलब?'

'मतलब साफ है साहनी साहब-आप गैंग के साथ गद्दारी कर रहे हैं। और-आप जानते हैं न साहनी साहब-गैंग के नियमानुसार जब कोई व्यक्ति गैंग को धोखा देता है- गैंग के साथ गद्दारी करता है तो उसे क्या सजा दी जाती है।'

खान ने कुमार की बात का समर्थन करते हुए कहा-'मौत की सजा साहनी साहब।'

'यू शटअप खान। हमारे टुकड़ों पर पलने वाले तुम-तुम हमें मौत की सजा दोगे। चले जाओ यहां से। हम कहते है- अभी और इसी क्षण निकल जाओ हमारे बंगले से।'

खान इस पर ठहाका मार कर हंस पड़ा।

उसकी यह हंसी इतनी भयानक थी कि बलराज के अस्तित्व में भय की लहर-सी दौड़ गयी। घबराकर उन्होंने फाटक पर खड़े अपने गार्ड्स को पुकारा।

यह सुनकर कुमार ने कहा-'वे दोनों आराम कर रहे हैं साहनी साहब। और वैसे भी-वे अब आपके नहीं-हमारे नौकर है।'

'क्या?' बलराज के चेहरे पर सन्नाटा फैल गया।

वंदना भी सन्नाटे में डूब गयी।

तभी कुमार के संकेत पर जयदेव एवं टोनी आगे बढ़े और बलराज से बोले-आइए, हमारे साथ चलिए सेठ साहब।

बलराज का सिर घूम गया। समझते देर न लगी कि कुमार उन्हें अपने ही घर में कैद कर देना चाहता था।

उसी समय वंदना अपने पिता के सामने आ गयी और टोनी से बोली-'नहीं-नहीं पापा को तुम कहीं नहीं ले जा सकते। यह-यह घर हमारा है।'

'बेशक वंदना रानी।' कुमार ने कहा-'बेशक यह तुम्हारा ही घर है। लेकिन वक्त अब तुम्हारा नहीं है मेरी जान! और तुम जानती हो न-जब बुरा वक्त आता है तो शेर भी फंस जाता है।'

'तमीज से बात करो कुमार।'

'तमीज तो मैं तुम्हें सिखाऊंगा वंदना रानी। बल्कि हो सका तो तुम्हारे सिर से आनंद का भूत भी उतार दूंगा।'

'माइकल।'

'यस कैप्टन।'

'इस हरामजादी को पीछे हटाकर सेठ साहब को बेसमेंट में ले चलो। मैं इनसे इत्मीनान से बातें करना चाहता हूं।'

'ओ. के. कैप्टन।' माइकल ने वंदना की कलाई पकड़ ली।

'और-यही अवसर था-जब बलराज साहनी अपने आपको न रोक सके और उन्होंने माइकल पर छलांग लगा दी। इस आयु में भी उनके जिस्म में बला की फुर्ती थी। किंतु संभवतः खान जानता था कि बलराज अपने बचाव के लिए ऐसा भी कर सकते हैं। अतः बलराज ने ज्यों ही छलांग लगाई-खान ने पूरी तरह से उनकी गर्दन पर कैरेट का हाथ दिया।'

बलराज की गर्दन की हड्डी बोल गयी।

मुंह से घुटी-सी चीख निकली और वह कुर्सी पर गिर पड़े।

उसी समय जयदेव, टोनी एवं खान ने उन्हें दबोच लिया। जबकि माइकल ने वंदना को ऊपर उठाया और उसे पलंग पर उछाल दिया।

***

आनंद पूरी रात बाहर रहा था और अभी न लौटा था। आंचल वहीं थी। अभी-अभी आयी थी और राजू को ट्राइसिकिल पर घुमा रही थी।

'राजू!' बच्चे से खेलते हुए आंचल ने उससे कहा- 'तुम जानते हो तुम्हारे पापा तुम्हारे लिए एक अच्छी मम्मी ला रहे हैं।'

'यह मम्मी क्या होती है आंटी?'

'मम्मी-मम्मी होती है बेटे।'

'हमारी डॉल जैसी-है न?' राजू ने पूछा और उत्सुकता से आंचल की आंखों में झांकने लगा।

आंचल की हंसी छूट गयी। राजू को अपनी ओर खींच कर वह बोली-'नहीं बेटे, तुम्हारी गुड़िया तो बहुत छोटी है नन्ही-सी। जबकि मम्मी बहुत बड़ी होती है।'

'कितनी बड़ी आंटी?'

'यूं समझो-मेरे जैसी।'

'फिर तो हम उसके साथ खेल भी न पायेंगे आंटी। हमारे हाथ तो अभी बहुत छोटे हैं।'

आंचल फिर हंस पड़ी।

किंतु उसी क्षण आनंद ने अंदर प्रवेश किया और उसे यों एकाएक आते देखकर आंचल ने अपनी हंसी रोक ली। आनंद बढ़ा तो राजू ने उससे कहा-'पापा-आंटी कहती थी-आप हमारे लिये मम्मी लायेंगे।'

'हां।' आनंद ने कनखियों से आंचल को देख लिया और फिर राजू से कहा-'हां लायेंगे बेटे। जरूर लायेंगे।'

कहकर वह कमरे में आ गया।

उसी समय आंचल आ गयी।

आंचल खड़ी रही।

आनंद ने पूछा-'बैठोगी नहीं?'

'सोचती हूं-कुछ दिनों के लिए पूना चली जाऊं।'

आंचल ने बैठने के बजाए आनंद से कहा।

'क्यों?'

'मन की शांति मिलेगी।'

'यहां क्या दिक्कत है?'

'बेचैनी-सी रहती है।'

'ऐसा क्यों?'

'तुम्हारे कारण।' आंचल बोली-'न जाने ऐसा क्यों होता है कि-जब घर से चलती हूं तो बहुत खुशी होती है। किंतु यहां आते ही-जैसे मेरी समस्त खुशियों को ग्रहण लग जाता हैं। न जाने कौन है वह जिससे मेरी खुशियां देखी नहीं जाती और मेरी आंखें भर आती हैं।'

आनंद इस पर धीरे से हंस पड़ा और आंचल के कंधे थामकर बोला-'फिर तो एक काम करो आंचल।'

'वह क्या?'

'किसी मैंटल हास्पिटल में भर्ती हो जाओ। मुझे लगता है तुम तेजी से पागलपन की ओर बढ़ रही हो।'

'यहीं रहने दो ना।'

'यहीं कहां?'

'अपने घर में-इससे अच्छा हास्पिटल मुझे कहां मिलेगा। और सबसे अच्छी बात तो यह है कि यहां एक और पागल मेरे साथ रहेगा।'

'हूं-यह तो है आंचल।' आनंद ने शरारत से कहा- 'लेकिन-यदि वह पागल कुछ ज्यादा ही खतरनाक हुआ तो?'

'क्या करेगा?'

'जानना चाहती हो?'

'हूं।'

'बहुत प्यार करेगा तुम्हें। इतना कि...।' कहते हुए आनंद ने आंचल को अपनी बांहों में भरा और उसके होंठों पर चुम्बनों की झड़ी लगा दी।

आंचल ने अपने आपको छुड़ा लिया। बोली-'आनंद-मुझे तो लगता है कि भगवान को भी समझा जा सकता है-किंतु तुम्हें नहीं। प्यार भी करते हो और रुलाते भी हो।'

'बैठो-सब ठीक हो जायेगा।'

उसी समय रामदास चाय ले आया।

आंचल बैठ गयी।

उसी समय फोन की घंटी बजी। आनंद ने हाथ बढ़ाकर रिसीवर उठाया और कहा-'हैलो।'

'शर्मा दिस साइड।'

'ओह-कहिए सर।'

'मिस्टर आनंद-अभी-अभी पुरानी सराय पुलिस स्टेशन से सूचना प्राप्त हुई है कि किसी ने कोठारी का खून कर दिया है-कोठारी पर बनर्जी मार्केट में अंधाधुंध गोलियां चलाई गयी थी। हत्यारे संख्या में दो थे और वे भागने में सफल हो गये है।'

आनंद यह सुनकर चौंक गया और बोला-मैं अभी आता हूं सर।'

'आनंद-हमें लगता है-हत्यारे बलराज साहनी के आदमी थे। बलराज साहनी पर नजर रखो।'

'ओ. के. सर।' कहकर आनंद ने रिसीवर रख दिया और जल्दी चाय का प्याला खाली करने लगा।

प्याला खाली होते ही वह उठा और आंचल से बोला-'बनर्जी मार्केट में एक खून हो गया है।'

आंचल क्या कहती-केवल होंठों को काटकर रह गयी और आनंद तेजी से बाहर चला गया।

***

बेसमेंट में वे केवल तीन मौजूद थे। कुमार, जयदेव और टोनी। तीनों की उंगलियों में सिगरेटें सुलग रही थी और शराब से भरे गिलास सामने रखे थे।

उसी समय माइकल एवं खान भी आ गये।

कुमार ने खान से पूछा-'काम हुआ?'

'यस कैप्टन।' खान ने बैठकर उत्तर दिया-'कोठारी नाम का यह कांटा हमेशा के लिए निकल गया।'

'गुड।'

'हम लोग पिछले एक घंटे से उसका पीछा कर रहे थे। आखिर बनर्जी मार्केट में अवसर मिला और हमने उसका खेल खत्म कर दिया।'

'थैंक्यू खान। थैंक्यू माइकल। कोठारी हमारे मार्ग में बहुत बड़ी रुकावट था। आनंद को तमाम गुप्त सूचनाएं वही दे रहा था।'

खान ने पूछा-'शाहनवाज से बात हुई?'

'हां।'

'माल कब मिलेगा?'

'कल-उसी फ्लाइट से।'

'विक्रम और नागेश का क्या करना है?' जयदेव ने पूछा।

'विक्रम और नागेश से हमें कोई संबंध नहीं रखना है,' कुमार ने कहा। इसके पश्चात् उंगलियों में सुलगती सिगरेट ऐश ट्रे में डालकर वह बोला-'और हां-मैं तुम लोगों से एक बात और कहना चाहता हूं। मैं इस गैंग को ड्रेगन सिंडीकेट का नाम दे रहा हूं।'

'ड्रेगन सिंडीकेट।'

'हां।'

'बहुत अच्छा नाम है।' खान ने कहा।

'हां। और मैं यह भी स्पष्ट कर रहा हूं कि इस सिंडीकेट का कोई भी चीफ नहीं है।'

'बिना चीफ का सिंडीकेट।'

'पहले पूरी बात सुन लो। मेरा अभिप्राय यह है कि हम सभी इसके चीफ हैं और सभी इसके मेम्बर हैं। हम में से न तो कोई छोटा और न बड़ा होगा। सिंडीकेट पर हम सबका समान अधिकार होगा। जयदेव तुम क्या कहते हो?'

'मैं इससे सहमत हूं।'

'टोनी तुम?'

'मेरा ख्याल है-हम सभी इस बात से सहमत हैं।'

'गुड।'

माइकल ने पूछा-'बलराज साहनी का क्या करना है?'

'मैं स्वयं इस प्रश्न का उत्तर देना चाहता था,' कुमार ने कहा-फिर एक पल रुककर वह बोला-'असल में दोस्तो-पुलिस की नजरों में अपराधी हम नहीं हैं-बल्कि बलपाज साहनी है। इसका मतलब यह है कि पुलिस हमारे पीछे नही-बल्कि बलराज साहनी के पीछे पड़ी है।'

'कैप्टन-तुम शायद यह कहना चाहते हो कि यदि हम साहनी का खून कर देते हैं तो पुलिस यह समझेगी कि साहनी के साथ-साथ उसका गैंग भी खत्म हो चुका है।'

'हां।'

'किंतु पुलिस यह भी तो सोचेगी कि साहनी का खून किसने किया है।'

'बिल्कुल सोचेगी माइकल। किंतु इसके लिए हम दूसरा तरीका अपनायेंगे। हम साहनी का खून इस ढंग से करेंगे कि उसे आत्महत्या माना जाये। मरने से पहले साहनी इस आशय का एक पत्र भी पुलिस को लिखेगा।'

'बिल्कुल ठीक।'

'और वंदना?' खान ने पूछा।

'वह मेरा शिकार है। मैं उसे जिंदा रखना चाहूंगा। किंतु यदि आप लोग यह चाहेंगे कि उसे भी खत्म कर दिया जाये तो...।'

'नो कैप्टन।'

'थैंक्यू खान।' इतना कहकर कुमार ने अपना गिलास खाली किया और उठ कर बोला-'अब आप लोग आराम कर सकते हैं।'

सभी लोग उठ गये।

***

बलराज साहनी की आंखों से क्रोध तथा घृणा की चिन्गारियां छूट रही थी और वह जैसे अंगारे चबाते हुए सामने खड़े कुमार से कह रहे थे- 'नीच,फरेबी, धोखेबाज-एक कुत्ता भी जिसका नमक खाता है-जीवनभर उसका वफादार बनकर रहता है। एक नाग भी जिसके हाथों से दूध पीला है- उसे कभी नहीं डंसता। मगर तू-तू एक नाग और कुत्ते से भी गया गुजरा निकला। क्या नहीं किया हमने तेरे लिए? तुझे अच्छी शिक्षा दिलाई। तुझे ऐशो-आराम की जिंदगी दी और जीने का ढंग सिखाया। तुझे अपना समझा-बेटे की तरह तेरी परवरिश की और आज तूने ही हमारे सीने में विश्वासघात कर खंजर उतारा। काश-काश! हम तुझे समझ पाते कुमार। काश! हमने तुझे अपना न समझा होता और काश-हम ये सोचते कि तेरा जन्म किसी शरीफ औरत के उदर से नहीं-बल्कि एक वेश्या के गर्भ से हुआ है।'

कुमार इस पर ठहाका मारकर हंस पड़ा और बोला 'सचमुच-आपकी बातें बहुत मजेदार होती हैं साहनी साहब। दिल करता है-सुनता रहूं। मगर अफसोस यह है कि मेरे पास इतना वक्त नहीं है। ईश्वर ने चाहा तो कल सुबह मुलाकात होगी और वह मुलाकात हमारी आखिरी मुलाकात होगी साहनी साहब।'

'हरामजादे।'

कुमार हंसते हुए बेसमेंट से बाहर आ गया।

वंदना उस समय अपने कमरे में थी। जैसे ही कुमार उसके कमरे में दाखिला हुआ-उसके होंठों से सिसकियां फूट पड़ी। सिसकते हुए वह गिड़गिड़ायी-'पापा को छोड़ दो कुमार। मैं तुम्हारे आगे हाथ जोड़ती हूं।'

'सिर्फ एक शर्त पर वंदना रानी।'

'कुमार-मैं तुम्हारी सभी शर्तें मानने को तैयार हूं।'

'शादी करोगी?'

'कुमार-मैं जीवन भर तुम्हारी दासी बनकर रहूंगी।'

'गुड! तो फिर कल के लिए तैयार रहो वंदना। कल हमारी शादी होगी और बलराज साहनी अपने हाथों से कन्यादान करेंगे।'

'मुझे मंजूर है कुमार।'

'ओ. के. मेरी जान! फिर हम कल मिलेंगे।' कहते हुए कुमार ने वंदना के गाल पर हल्की-सी चिकोटी भरी और हंसते हुए बाहर आ गया।

अगले ही क्षण वह बलराज साहनी के स्टडीरूम में दाखिला हुआ और वहां रखे फोन पर किसी के नंबर डायल करने लगा।

संबंध मिलने पर पूछा गया-'कौन?'

'मां-मैं तुम्हारा बेटा बोल रहा हूं।'

'कुमार?'

'हां मां।' और मां तुम्हें यह बताना चाहता हूं कि तुम्हारे बेटे ने जिंदगी की जो बाजियां हारी थी-वह उन्हें फिर से जीत चुका है।'

'मैं समझी नहीं बेटे।'

'मां-तुम्हारा यही तो सपना था ना कि एक दिन तुम्हारा बेटा बहुत बड़ा आदमी बने। उसके पास कोठी, बंगला, कार सभी कुछ हो और उसके पास इतनी दौलत हो कि वह दुनिया की बड़ी से बड़ी खुशी को खरीद सके।'

'हां बेटे-यही सपना था मेरा। लेकिन...।'

'तो-यूं समझो मां कि तुम्हारा वह सपना आज पूरा हो गया है।'

'कैसे बेटे-कैसे?'

'मां-मैंने बलराज साहनी को कैद करके समस्त कारोबार पर अपना अधिकार कर लिया है। इस समय वह मेरे कैदी हैं और वह मुझसे अपने जीवन की भीख मांग रहे हैं। मगर मैं-उन्हें जिंदगी नहीं बल्कि मौत दूंगा मां। अभी-कुछ देर पश्चात् मैं बलराज साहनी के इस युग को हमेशा-हमेशा के लिए मिटा दूंगा और उसकी बेटी वंदना। वह श्यामा बाई के कोठे की शोभा बढ़ायेगी।'

'कुमार।'

कुमार ने हंसते हुए रिसीवर रख दिया।

***

संध्या होने में अभी देर थी। बलराज साहनी अपने स्टडीरूम में कुर्सी के साथ बंधे पड़े थे। वंदना को दूसरी कुर्सी के साथ बांधा गया था। वंदना हिचकियों से रो रही थी।'

आंसू तो बलराज की आंखों में थी थे-किंतु वह रो नहीं रहे थे और कांपते स्वर में अपनी बेटी को समझा रहे थे-'मत रोओ-मत रोओ बेटी और जो कुछ हो रहा है उस समय का परिवर्तन समझकर स्वीकार कर लो।'

'पापा।'

'भूल हमारी थी बेटी। जिंदगी की इस दलदल में पांव रखते समय हमने अपना अंजाम नहीं सोचा था। नहीं सोचा था हमने कि आग खाने वालों को अंगारे उगलने ही पड़ते हैं। नहीं जाना था हमने कि अपराधी का अंत हमेशा बुरा होता है। केवल दौलत को अपना समझा हमने। केवल दौलत पर हमने भरोसा किया और दौलत के लिए हम देश, समाज और मनुष्यता को भी भूल गये।'

'कुमार ने आपको धोखा दिया पापा।'

'कोई किसी को धोखा नहीं देता बेटा-कोई किसी के साथ फरेब नहीं करता। इंसान जब छला जाता है-अपने ही गुनाहों द्वारा मारा जाता है। कोई दोष नहीं है। कुमार का इसमें। दोष हमारा है बेटी। हमने अपने जख्मों को भरने के लिए ग़ैरों का सहारा लिया और उन पर विश्वास किया।' बलराज के स्वर में अपार दुःख था।

वंदना सिसकती रही।

बलराज कुछ और भी कहते-किंतु तभी कमरे में आते कुमार, खान, जयदेव, टोनी एवं माइकल को देखकर वह घृणा से दांत पीसने लगे।

जबकि कुमार आगे बढ़ा और बलराज से बोला-'साहनी साहब यह आपकी जिंदगी की आखिर शाम है। अगले ही कुछ ही क्षणों में मेरी रिवाल्वर से पांच शोले निकलेंगे और आप सदा के लिए मौत की नींद सो जायेंगे। यकीन कीजिये-मैं आपको पीड़ा रहित मौत देना चाहता हूं। इसलिए साहनी साहब-क्योंकि आप जैसे भी हैं-मेरे गॉडफादर भी रहे हैं।'

'कुमार-हमें अपनी मौत का कोई दुःख न होगा। मौत तो आनी ही थी एक दिन। पुलिस के हाथों भी मर सकते थे।'

'ईश्वर आपकी आत्मा को शांति दे साहनी साहब।'

कुमार-हम सिर्फ यह चाहते हैं कि हमारी बेटी को कुछ मत कहना। बहुत ठोकरें खाई हैं इस गरीब ने। बहुत दुःख सहे हैं अपने जीवन में। बस इतनी कृपा करना कुमार-कि इसे रोकना मत।'

कुमार इस पर ठहाका मार कर हंस पड़ा।

तभी एक गरजदार आवाज कमरे में गूंज गयी- 'कुमार।'

आवाज के साथ सभी लोग चौंक गये और मुड़कर द्वार की ओर देखने लगे। देखा-'वहां कुमार की मां शांता हाथ में रिवाल्वर लिये खड़ी थी।'

देखकर कुमार के होंठों से आश्चर्य भरा स्वर निकल गया-'मां-तुम।'

'कमीने-भूल गया तू सेठजी के अहसानों को। जानता है-यदि तुझे सेठजी ने सहारा न दिया होता तो आज तू गलियों में भीख मांगता। दर-दर की ठोकरें खाता तू। और यह दुनिया-यह दुनिया तुझे जिंदगी भर वेश्या की औलाद ही कहती। जबकि इन्होंने तुझे नई जिंदगी दी-तुझे जीना सिखाया-तुझे जिंदगी के तौर तरीके सिखाये। और यह तेरी मां-आज भी श्यामाबाई के कोठे की शोभा बढ़ाती नालायक। उसी कोठे से अर्थी निकलती इसकी।'

'उपदेश मत दो मां और चली जाओ यहां से। चीख पड़ा कुमार-'मत बताओ मुझे कि इस भेड़िये ने हमारा कितना खून पिया है।'

'कुमार।'

'मैं इसे खत्म करूंगा मां और इसकी बेटी को श्यामबाई के कोठे पर नीलाम करूंगा। हट जाओ मेरे सामने से।' कहते ही कुमार ने बलराज की ओर रिवाल्वर तान दी।

शांता झट से बलराज के सामने आ गयी और कुमार की ओर रिवाल्वर तानकर घृणा से बोली-'कुमार-मेरे बलराज को कोई हाथ भी नहीं लगायेगा। और यदि किसी ने ऐसा करने की कोशिश की तो-खून पी जाऊंगी मैं उस कमीने का।'

'होश में आओ मां-होश में आओ।'

'बेहोश तो तू हो गया है कुमार-होश की जरूरत तो तुझे है। मैं कहती हूं-दूर हो जा मेरी नजरों के सामने से। चला जा यहां से।'

'यह असंभव है मां। तुम्हारा बेटा जब निशाना लगाता है तो वह अपने शिकार को जिंदा नहीं छोड़ता।' कहते हुए कुमार ने खान की ओर देखा।

खान उसका संकेत समझ गया। वह बलराज के दायीं ओर खड़ा था। कुमार का संकेत पाते ही उसने रिवाल्वर का ट्रेगर दबा दिया और गोली बलराज की कनपटी में धंस गयी।

यह देखकर शांता पूरी शक्ति से चिल्लाई- 'कुमार-कमीने।' और इसके साथ ही शांता ने अपने बेटे को लक्ष्य करके रिवाल्वर का ट्रेगर दबा दिया।

कुमार अपना बचाव न कर सका और चीख मार कर गिरा।

किंतु तभी खान की रिवाल्वर से लगातार दो शोले निकले और शांता की छाती में समा गये। शांता चीखते हुए बलराज साहनी की लाश पर गिरी।

तभी बाहर एक धमाका हुआ।

धमाके की आवाज सुनकर खान तथा उसके साथी कमरे से बाहर निकले। और इससे पूर्व कि वे कुछ समझ पाते-पुलिस की कई राइफलें उनकी ओर उठ गयी। पुलिस के जवान बरामदे में दोनों ओर छुपे थे और उनके साथ इंस्पेक्टर आनंद भी था।

यह देखकर खान तथा उसके साथियों के चेहरों पर सन्नाटा फैल गया।

***

अगली सुबह श्मशान में तीन चिताएं एक साथ जली। ये चिताएं शांता, कुमार तथा बलराज साहनी की थी।

इंस्पेक्टर आनंद भी वहीं था।

वंदना भी वहीं थी और वह अपने पिता बलराज साहनी के चिता के सामने सिर पटक-पटककर रो रही थी।

आनंद ने उसे उठाया तो वंदना उसके हृदय से लग गई और हिचकियों से रो पड़ी।

***

एक ही रात में जैसे पूरा एक युग बीत गया था। बलराज साहनी संसार से चले गये थे। कुमार को स्वयं उसकी मां ने खत्म कर दिया था और उसके साथी गिरफ्तार हो गये थे।

नियमानुसार पुलिस ने बलराज साहनी की कुछ सम्पत्ति को अपने अधिकार में ले लिया था। रह गयी थी अकेली वंदना। जिस समय पुलिस अपनी कार्यवाही कर रही थी-बलराज साहनी के कमरे के सामने खड़ी वह आंसू बहा रही थी। तभी आनंद ने उसके समीप आकर उससे कहा-

'ना-ना रोओ नहीं वंदना। इस बंगले पर पुलिस का अधिकार होने का अर्थ यह नहीं कि तुम्हारा आश्रय छिन गया है।'

'आनंद।' वंदना रोते-रोते उसके हृदय से लग गई। आनंद ने उसे बाहों में भर लिया और बोला-

'वंदना-तुम्हारा आश्रय तो यहां है-मेरे हृदय में। तुम्हें यहां रहना है। तुम यहां रहोगी वंदना।'

वंदना सिसकती रही।

तभी आनंद चौंक गया। आंचल बरामदे की सीढ़ियों पर खड़ी अपनी आंखें पोंछ रही थी। दौड़कर आनंद आगे बढ़ा और आंचल से बोला-'जिंदगी सचमुच एक पहली होती है आंचल। पल में रुलाती है और पल में हंसाती है। मगर मैं रोने में नहीं-हंसने में यकीन करता हूं। क्योंकि रोने से पीड़ाएं बढ़ती हैं और हंसने से कम होती हैं।'

'आनंद!'

'इसलिए आंचल-रोओ मत और बीते हुए समय को सपना समझकर भुला दो। वैसे भी-जिंदगी की सभी बाजियां जीतने के लिए नहीं-कुछ हारने के लिए भी होती हैं।'

आंचल ने इस पर कुछ न कहा और बंगले से बाहर चली गई।

आनंद उसे क्रमशः नजरों से ओझल होते देखता रहा।

* * *

www.ingramcontent.com/pod-product-compliance
Ingram Content Group UK Ltd.
Pitfield, Milton Keynes, MK11 3LW, UK
UKHW042105021026
15589UKWH00001B/191

9 789356 849563